CB061439

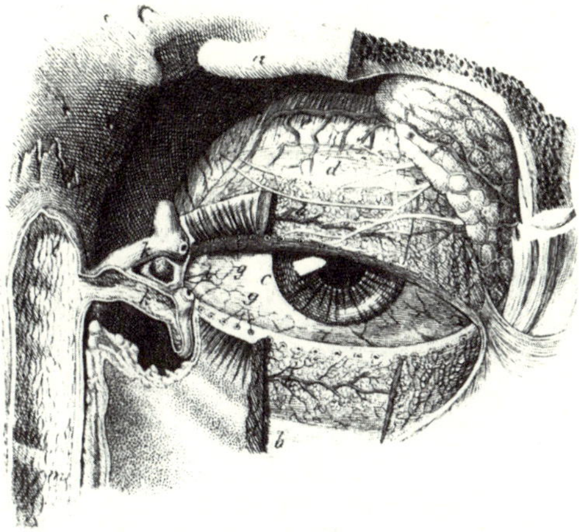

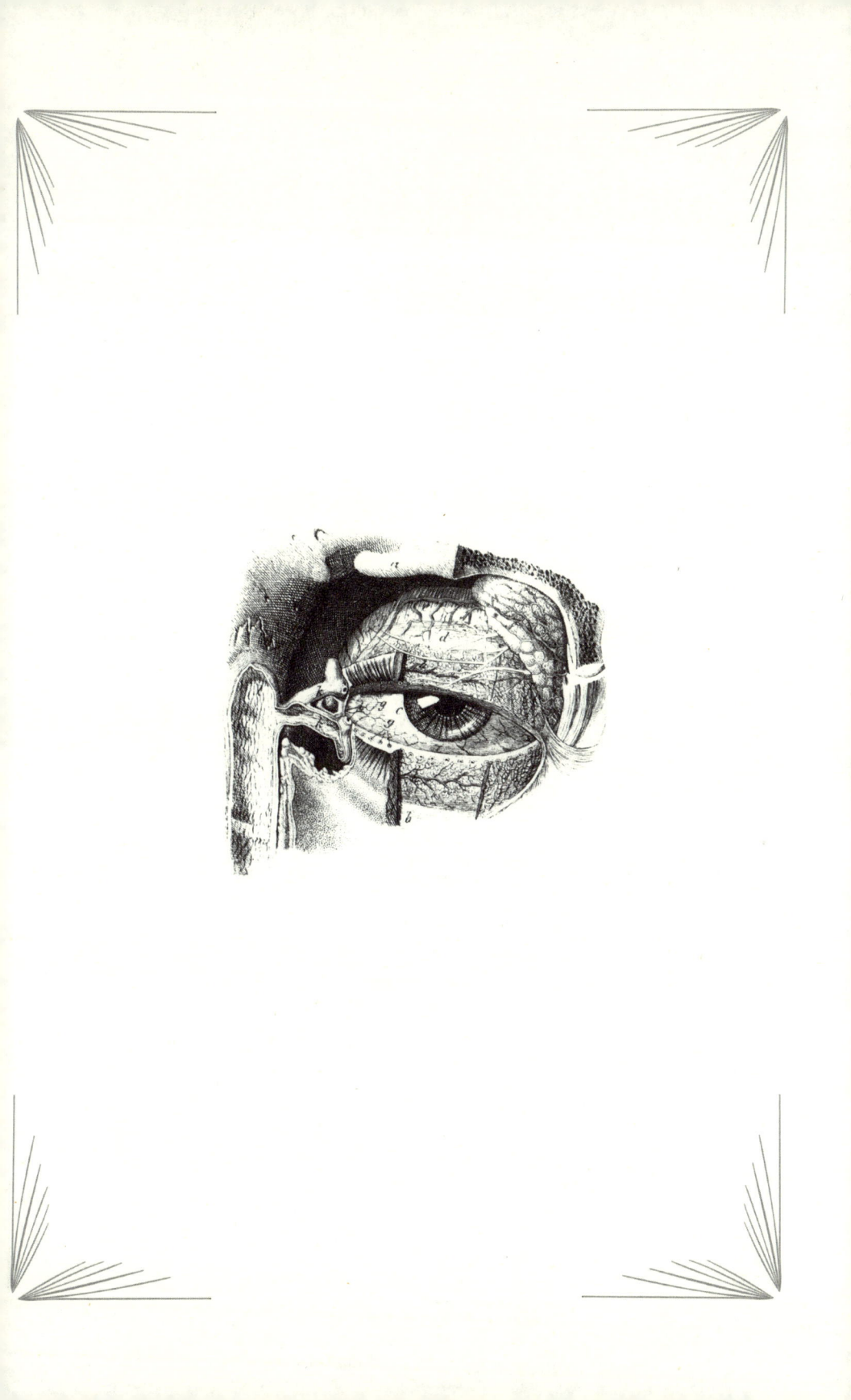

A Willian Godwyn, esta obra é respeitosamente dedicada pela autora.

Mary Shelley

Copyright © 2021 Pandorga

All rights reserved.
Todos os direitos reservados.
Editora Pandorga
1ª Edição | Novembro 2021

Título original: *Frankenstein: or the Modern Prometheus*
Autor: Mary W. Shelley

Diretora Editorial
Silvia Vasconcelos

Editora Assistente
Jéssica Gasparini Martins

Capa
Rafaela Villela

Diagramação
Lilian Guimarães

Tradução
Fátima Pinho

Preparação e cotejo
Mariana Cardoso

PandorgA

Dados Internacionais de Catalogação na Publicação (CIP) de acordo com ISBD

S545f   Shelley, Mary Wollstonecraft

Frankenstein: ou o Prometeu Moderno / Mary Wollstonecraft Shelley; traduzido por Fátima Pinho. - Cotia : Pandorga, 2021.

288 p. ; 16cm x 23cm.

Tradução de: Frankenstein: or the Modern Prometheus
Inclui bibliografia.
ISBN: 978-65-5579-142-6

1. Literatura inglesa. 2. Ficção científica. 3. Frankenstein. 4. Gótico. 5. Terror. I. Pinho, Fátima. II. Título.II. Título.

CDD 823.91
2021-4416   CDU 821.111-3

Elaborado por Vagner Rodolfo da Silva - CRB-8/9410
Índices para catálogo sistemático:
1. Literatura inglesa: Ficção 823.91
2. Literatura inglesa : Ficção 821.111-3

FRANKENSTEIN

MARY SHELLEY

OU O PROMETEU MODERNO

"... LOGO MINHA MENTE FOI TOTALMENTE TOMADA POR UM ÚNICO PENSAMENTO, UMA CONCEPÇÃO, UMA PROPOSTA. (...) ANDANDO PELAS PEGADAS JÁ MARCADAS, DESBRAVAREI NOVOS CAMINHOS, EXPLORAREI PODERES DESCONHECIDOS E REVELAREI AO MUNDO OS MAIORES SEGREDOS DA CRIAÇÃO."

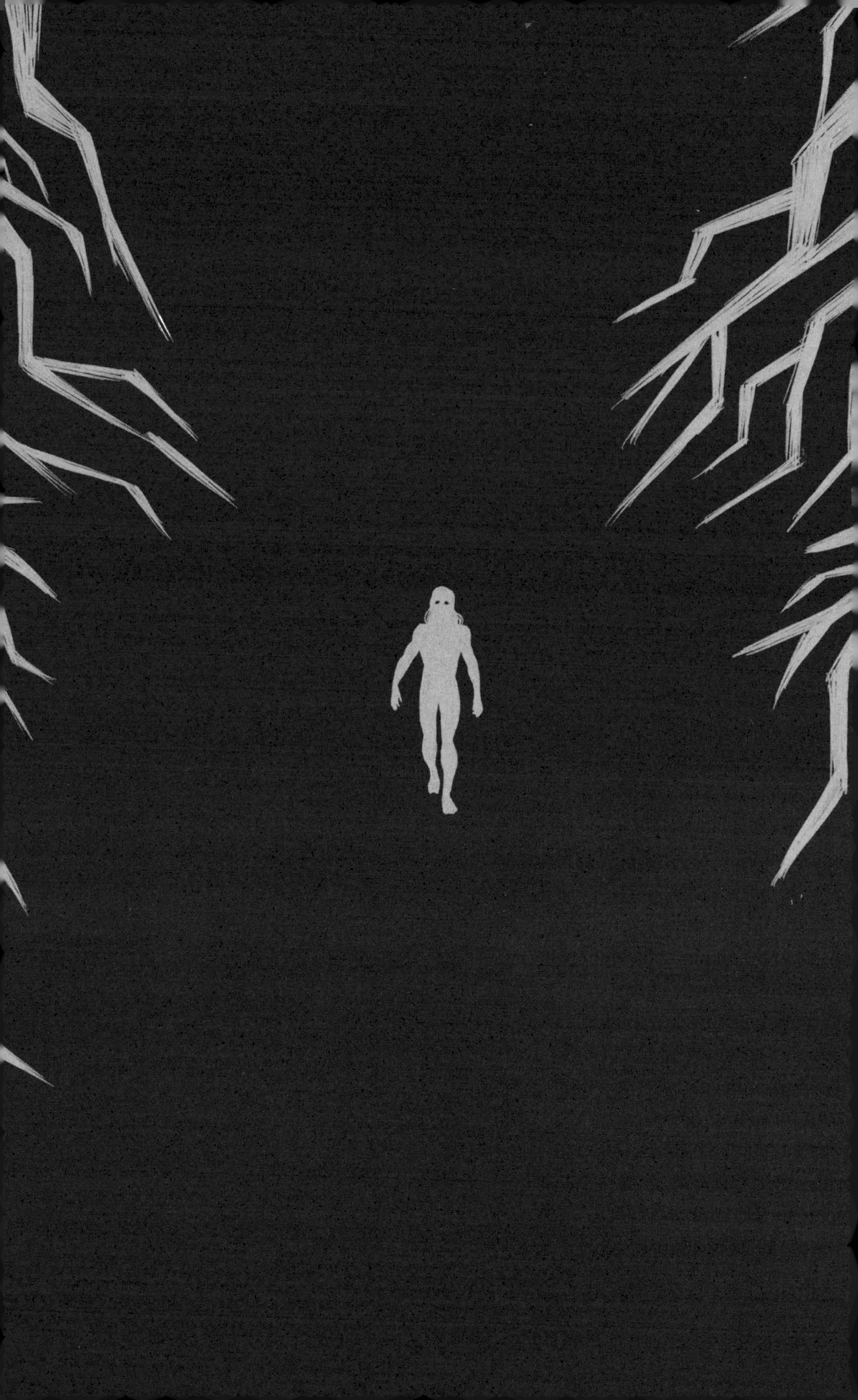

Sumário

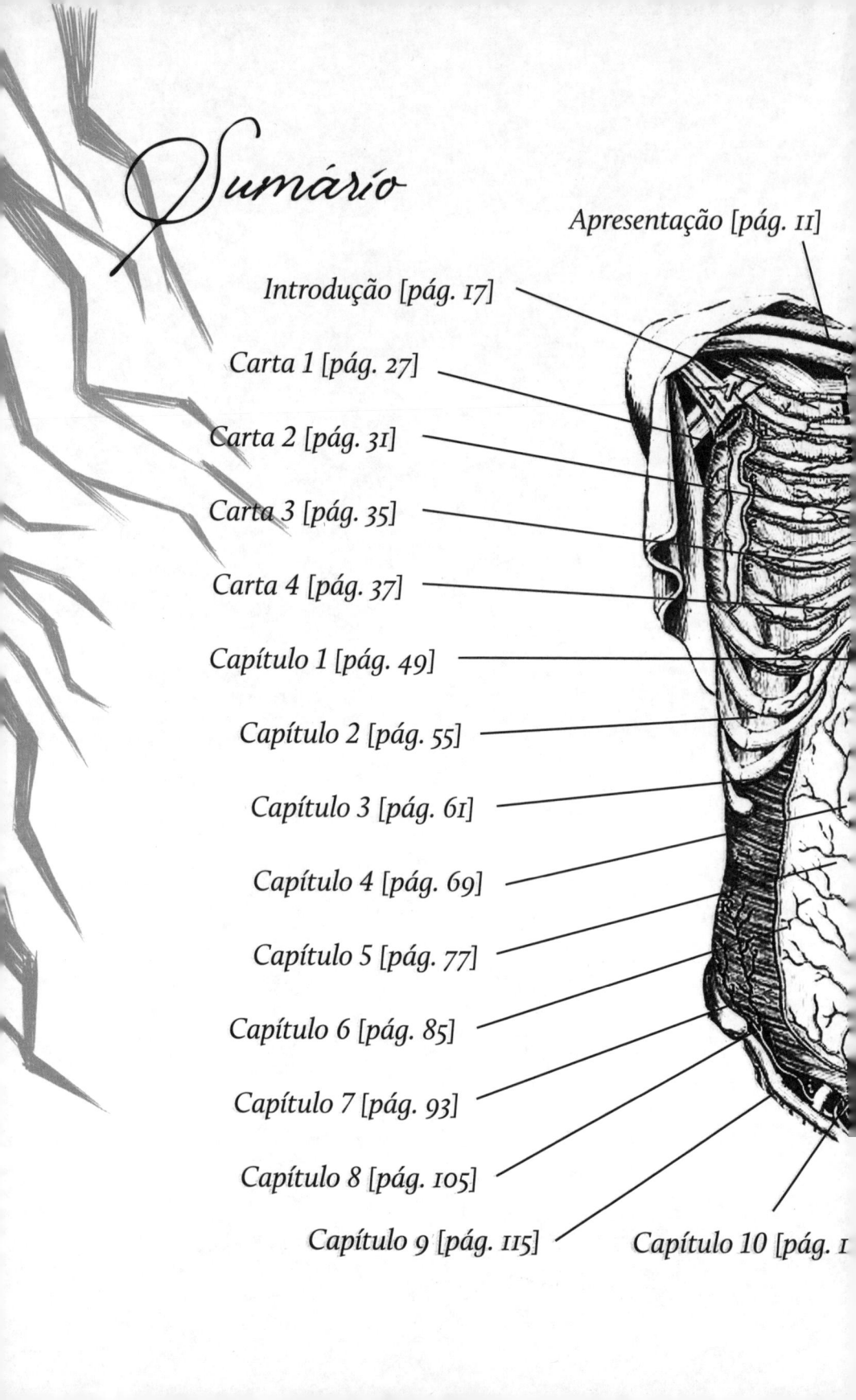

Apresentação [pág. 11]

Introdução [pág. 17]

Carta 1 [pág. 27]

Carta 2 [pág. 31]

Carta 3 [pág. 35]

Carta 4 [pág. 37]

Capítulo 1 [pág. 49]

Capítulo 2 [pág. 55]

Capítulo 3 [pág. 61]

Capítulo 4 [pág. 69]

Capítulo 5 [pág. 77]

Capítulo 6 [pág. 85]

Capítulo 7 [pág. 93]

Capítulo 8 [pág. 105]

Capítulo 9 [pág. 115]

Capítulo 10 [pág. 1

Capítulo 11 [pág. *131*]

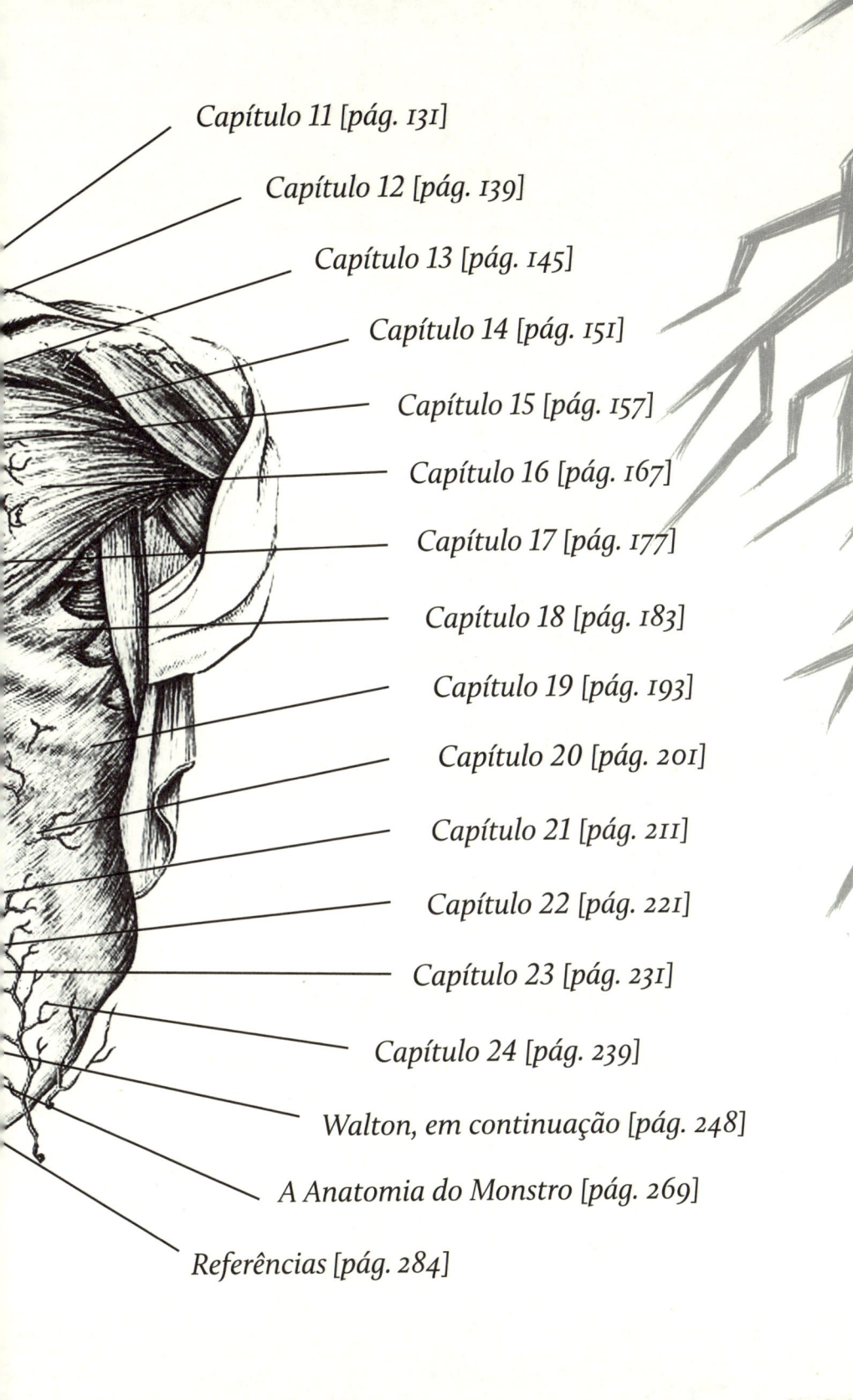

Capítulo 12 [pág. *139*]

Capítulo 13 [pág. *145*]

Capítulo 14 [pág. *151*]

Capítulo 15 [pág. *157*]

Capítulo 16 [pág. *167*]

Capítulo 17 [pág. *177*]

Capítulo 18 [pág. *183*]

Capítulo 19 [pág. *193*]

Capítulo 20 [pág. *201*]

Capítulo 21 [pág. *211*]

Capítulo 22 [pág. *221*]

Capítulo 23 [pág. *231*]

Capítulo 24 [pág. *239*]

Walton, em continuação [pág. *248*]

A Anatomia do Monstro [pág. *269*]

Referências [pág. *284*]

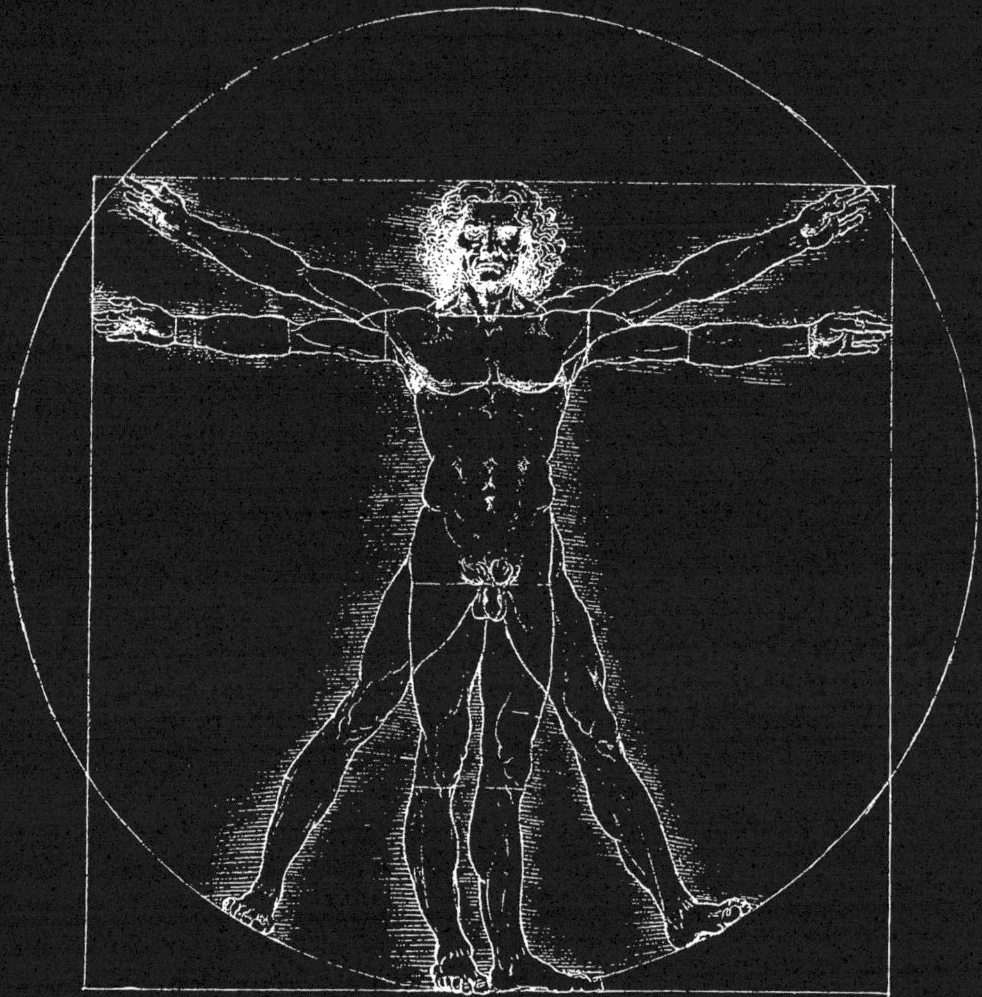

Apresentação

Mary Wollstonecraft Shelley nasceu em Somers, Londres, em 1797, filha da filósofa feminista Mary Wollstonecraft e do também filósofo e jornalista William Godwin, que descrevia a filha como "singularmente ousada, um tanto imperiosa e de espírito altivo". Em decorrência do falecimento de sua mãe, dias após seu nascimento, foi criada pelo pai, que lhe proporcionou uma educação intelectualmente fértil, embora informal, encorajando-a a seguir os seus próprios ideais anarquistas.

Em 1814, Mary inicia um relacionamento amoroso com o poeta romântico, Percy Bysshe Shelley, na época casado, e parte com ele em viagens pela Europa, contrariando as objeções de seu pai. Durante os próximos dois anos, ela e Percy enfrentam o ostracismo, as dívidas e a morte da filha prematura. Em 1816, viajam para Genebra, convidados pelo poeta Lord Byron, para passarem uma temporada juntos. É durante essa viagem que Shelly dará vida à sua obra-prima, *Frankenstein*.

As circunstâncias que deram origem ao monstro mais famoso da literatura parecem por si mesmas saídas de um romance. O estilo de vida nada convencional de Mary e seu amante, e as companhias com as quais desfrutavam o verão — igualmente incomum, pois chuvoso — do ano de 1816 contribuíram para a gênese da obra.

Na terceira edição de *Frankenstein*, Mary relata em sua introdução alguns eventos ocorridos durante o período em que esteve hospedada na mansão de Lord Byron. Segundo ela, foi em uma noite chuvosa que, para se livrar do tédio, Byron reuniu seus amigos e começou a ler uma

("O doutor Ure galvanizando o corpo do assassino Clydsdale." Ilustração de "As maravilhas da Ciência" (1867) por Louis Figuier.)

FONTENIER.

coletânea de contos de horror. Excitado pelas leituras, o poeta propôs a ela, ao seu marido e ao médico John Polidori, com eles hospedado, um desafio que consistia em que cada um escrevesse uma história de horror, uma história que fosse capaz de suscitar fortes emoções naqueles que a ouvissem.

Inicialmente, Mary não conseguiu desenvolver nada verdadeiramente assustador, no entanto, o desafio propiciou o surgimento de um conto que se tornaria referência para a literatura gótica: *O Vampiro*, cuja autoria foi inicialmente atribuída a Byron e, depois, corretamente creditada a Polidori.

Nos dias posteriores, a autora se deixou envolver pela atmosfera sombria das reuniões realizadas por Byron e acompanhou de perto uma discussão entre ele e Percy sobre a possibilidade de reanimar um cadáver por meio da utilização da técnica do galvanismo. Dentre os experimentos científicos que conversavam, a técnica do galvanismo é citada pela autora na introdução da terceira edição da obra.

Inicialmente desenvolvida pelo cientista italiano Luigi Galvani (1737-1798), e amplamente divulgada por seu sobrinho, o também cientista Giovani Aldini (1762-1834), a técnica consistia na aplicação de sucessivas cargas elétricas em cadáveres decompostos, a fim de reanimá-los. Em 1802, na cidade de Londres, uma demonstração, que recebeu o nome de galvanismo em homenagem à Galvani, foi realizada por Aldini na Academia Real de Cirurgiões no cadáver de um criminoso recém-enforcado chamado Thomas Foster.

Mary foi se deitar naquela noite fortemente impressionada pelas conversas que ouvira. Os horrores ouvidos somados aos seus próprios traumas emocionais se materializaram e vieram em forma de um pesadelo que mudaria para sempre o rumo de sua vida. No dia seguinte, comunicou aos seus companheiros que finalmente havia "encontrado" sua história de horror.

Assim, "nascia" *Frankenstein, ou o Prometeu moderno*, a mais horripilante história escrita no início do século XIX, que além de ter contribuído para renovação do romance gótico, também inaugura uma nova modalidade literária: a ficção científica.

FRANKENSTEIN,

BY

MARY W. SHELLEY.

The day of my departure at length arrived.

LONDON:
COLBURN AND BENTLEY,
NEW BURLINGTON STREET.
1831.

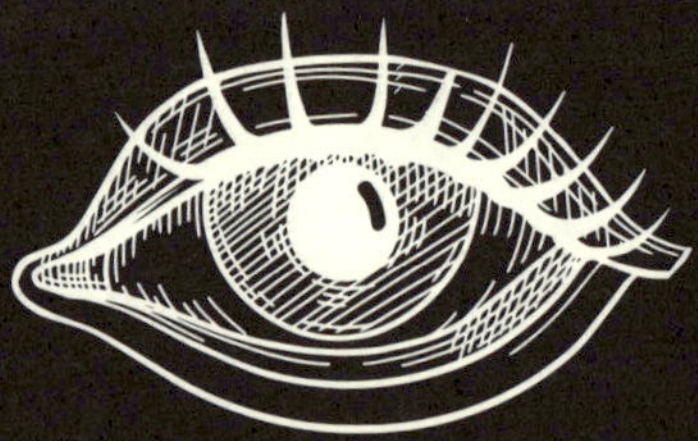

Introdução

Os editores do *Standard Novels*,[1] ao selecionar Frankenstein para uma de suas séries, expressaram o desejo de que eu lhes fornecesse algum relato sobre a origem da história. Estou propensa a ceder, porque assim darei uma resposta geral à pergunta, tão frequentemente me feita: "Como eu, quando uma menina, vim a pensar e a dilatar, uma ideia tão horrível?" É verdade que sou muito avessa a me apresentar na mídia impressa, mas como meu relato aparecerá apenas como um apêndice de uma produção anterior, e como será confinado a tópicos que têm relação apenas com minha autoria, dificilmente posso me acusar de uma intrusão pessoal.

Não é de estranhar que, como filha de duas personalidades ilustres da literatura, eu devesse desde muito cedo ter pensado em escrever. Quando criança, eu rabiscava, e meu passatempo favorito, durante as horas que me reservavam para recreação, era "escrever histórias". Ainda assim, tive um prazer mais caro do que este, que era entregar-me aos pensamentos — a satisfação de sonhar acordada —, dar vazão às sequências de pensamento que tinham por tema a formação de uma sucessão de incidentes imaginários. Meus sonhos eram ao mesmo tempo mais fantásticos e agradáveis do que meus escritos. Nestes últimos, eu era uma imitadora — fazendo como os outros faziam, e rejeitando

---

1. Série lançada entre os anos 1829-1832, na qual os editores sempre pediam que os autores revisassem suas obras, para lançá-las em edições especiais. Por esse motivo, a edição de 1831 é diferente da lançada originalmente em 1818. (N. E.)

as sugestões de minha própria mente. O que escrevi se destinava pelo menos a um outro olhar — minha companheira e amiga de infância —, mas os sonhos eram todos meus; não considerei contá-los a ninguém, eles eram meu refúgio quando entediada — meu maior prazer.

Morei principalmente no campo quando menina e passei um tempo considerável na Escócia. Fiz visitas ocasionais às partes mais pitorescas, mas minha residência habitual era na costa norte, vazia e sombria, do Tay, perto de Dundee. Eu a chamo de vazia e sombria, em retrospecto, mas na época não a considerava assim. A região agradável era os olhos da liberdade e onde, sem ser percebida, eu podia conversar com as criaturas da minha imaginação. Escrevi então, mas em estilo mais comum. Foi sob as árvores do terreno pertencente à nossa casa, ou nas encostas desoladas das montanhas sem bosques, que minhas verdadeiras composições, os voos de minha imaginação, nasceram e se desenvolveram. Não me transformei na heroína dos meus contos. A vida me parecia um assunto muito comum no que se refere a mim mesmo. Eu não conseguia imaginar que desgraças românticas ou eventos maravilhosos seriam meu destino um dia, mas não estava confinada à minha própria identidade e podia povoar as horas com criações muito mais interessantes para mim naquela idade do que minhas próprias sensações.

Depois disso, minha vida ficou mais ocupada e a realidade tomou o lugar da ficção. Meu marido, porém, estava desde o início muito ansioso para que eu me mostrasse digna de minha linhagem e me inscrevesse no rol das celebridades literárias, como meus pais. Sempre me incentivou a obter uma reputação literária, o que até interessava-me à época, no entanto, de lá para cá, tornei-me infinitamente indiferente a ela. Naquela época, ele desejava que eu escrevesse, não tanto com a ideia de poder produzir qualquer coisa digna de nota, mas para que ele mesmo pudesse julgar até que ponto eu possuía a promessa de coisas melhores no futuro. Mesmo assim, não fiz nada. As viagens e os cuidados com a família ocuparam meu tempo, e estudar, por meio de leituras ou da melhoria de minhas ideias com as conversas com meu marido, possuidor de mente muito mais culta, era toda atividade literária que prendia minha atenção.

No verão de 1816, visitamos a Suíça e nos tornamos vizinhos de Lord Byron. No início, passávamos nossas horas agradáveis no lago, ou vagando por suas margens, e Lord Byron, que estava escrevendo o terceiro canto de *A peregrinação de Childe Harold*,[2] foi o único entre nós que colocou seus pensamentos no papel. Estas, conforme ele as trouxe sucessivamente para nós, revestidas de toda a luz e harmonia da poesia, pareciam marcar como divinas as glórias do céu e da Terra, cujas influências compartilhamos com ele.

No entanto, aquele foi um verão úmido e nada amigável, e a chuva incessante muitas vezes nos confinou por dias em casa. Alguns volumes de histórias de fantasmas, traduzidos do alemão para o francês, caíram em nossas mãos. Houve a "História do amante inconstante", que, quando pensou ter abraçado a noiva a quem havia feito votos, se viu nos braços do pálido fantasma daquela que ele abandonara outrora. Havia também a "História do pecaminoso fundador de sua raça", cuja miserável condenação era conceder o beijo da morte a todos os filhos mais jovens de sua casa mal predestinada, exatamente quando eles alcançaram a idade da promessa. Sua forma gigantesca e sombria, vestida como o fantasma de Hamlet, em armadura completa, mas com o visor erguido, foi vista à meia-noite, pelos raios intermitentes da lua, avançar lentamente ao longo da avenida sombria. A forma se perdeu sob a sombra das paredes do castelo, mas logo um portão se abriu, um passo foi ouvido, a porta da câmara se abriu e ele avançou para o divã dos jovens, embalados em um sono saudável. A tristeza eterna pairou sobre seu rosto quando ele se abaixou e beijou a testa dos meninos, que então murcharam como flores agarradas ao caule. Não reli essas histórias desde então, mas seus incidentes estão tão frescos em minha mente como se eu os tivesse lido ontem.

"Cada um de nós escreverá uma história de fantasmas", disse Lord Byron; e o desafio foi aceito. Éramos quatro. O nobre poeta iniciou um conto, fragmento do qual imprimiu no final de seu poema de Mazeppa.[3] Shelley, mais apto a incorporar ideias e sentimentos no esplendor

---

2. Obra que alçou Lord Byron à fama, publicada entre 1812 e 1818. (N. E.)

3. Mazzepa é um poema de Byron inspirado na vida de Ivan Mazzepa, publicado em 1819. (N. E.)

de imagens brilhantes e na música dos versos mais melodiosos que adornam nossa linguagem, do que inventar o mecanismo de uma história, começou uma baseada nas experiências de sua infância. O pobre Polidori teve uma péssima ideia sobre uma senhora com cabeça de caveira, que foi severamente punida por espiar por um buraco de fechadura — para ver o quê, não me lembro — algo muito chocante e errado, é claro; mas quando ela foi reduzida a uma condição pior do que o renomado Tom de Coventry,[4] ele não soube o que fazer com ela, e foi obrigado a despachá-la para o túmulo dos Capuletos,[5] o único lugar para o qual ela foi preparada. Os ilustres poetas também, incomodados com o chavão da prosa, rapidamente renunciaram à sua tarefa.

Ocupei-me pensando em uma história — uma história que rivalizasse com as que nos haviam entusiasmado para essa tarefa. Uma que falaria com os medos misteriosos de nossa natureza e despertaria um horror emocionante; uma que faria o leitor ter pavor de olhar em volta, gelaria o sangue e aceleraria as batidas do coração. Se eu não fizesse essas coisas, minha história de fantasmas seria indigna de seu nome. Eu pensei e ponderei — em vão. Senti aquela impassível incapacidade de invenção que é a maior miséria da autoria, quando um maçante nada responde às nossas ansiosas invocações. "Você já pensou em uma história?", me perguntavam todas as manhãs, e todas as manhãs eu respondia com uma negativa mortificante.

Cada coisa deve ter um começo, parafraseando Sancho Pança,[6] e esse começo deve estar ligado a algo que aconteceu antes. Os hindus dão ao mundo um elefante para sustentá-lo, mas fazem o elefante ficar em cima de uma tartaruga. A invenção, deve-se admitir com humildade, não consiste em criar do nada, mas do caos; os materiais devem, em primeiro lugar, serem fornecidos: pode dar forma a substâncias escuras e disformes, mas não pode dar origem à própria substância. Em todas as questões

---

4. Conta-se que Peeping Tom foi levado à cegueira como punição por ter espiado Lady Godiva. Pela lenda, Godiva se tornou célebre ao cavalgar nua pelas ruas de Coventry, na Inglaterra, como condição para que seu marido, Leofrico, diminuísse os impostos abusivos praticados em seu governo. (N. E.)

5. Família Capuleto, da obra *Romeu e Julieta*, de Shakespeare. (N. E.)

6. Personagem do livro *Don Quixote de La Mancha*. (N. E.)

de descoberta e invenção, mesmo aquelas que pertencem à imaginação, somos continuamente lembrados da história de Colombo e seu ovo.[7] A invenção consiste na capacidade de apreender as capacidades de um sujeito e no poder de moldar e adaptar as ideias que lhe são sugeridas.

Muitas e longas foram as conversas entre Lord Byron e Shelley, das quais eu era uma ouvinte devota, mas quase silenciosa. Durante uma delas, várias doutrinas filosóficas foram discutidas e, entre outras, a natureza do princípio da vida e se havia alguma probabilidade de ele ser descoberto e comunicado. Eles falaram das experiências do dr. Darwin[8] (não falo do que o doutor realmente fez, ou disse que fez, mas, mais para o meu propósito, do que então foi dito como tendo sido feito por ele) que preservou um pedaço de aletria em uma caixa de vidro, até que por algum meio extraordinário ele começou a se mover com um movimento voluntário. Afinal, não seria assim que a vida seria dada. Talvez um cadáver fosse reanimado. O Galvanismo[9] já dera uma amostra de tais coisas. Talvez as partes componentes de uma criatura pudessem ser fabricadas, reunidas e dotadas de calor vital.

A noite terminou com essa conversa, e até mesmo a hora das bruxas havia passado,[10] antes de nos retirarmos para descansar. Quando coloquei minha cabeça no travesseiro, não, nem poderia dizer que pensei. Minha imaginação, espontaneamente, me possuiu e guiou, presenteando as imagens sucessivas que surgiam em minha mente com uma vivacidade muito além dos limites habituais do devaneio. Eu vi — com os olhos fechados, mas com aguda visão mental — eu vi o estudante pálido das artes profanas ajoelhado ao lado da coisa que ele havia montado. Eu vi o horrível fantasma de um homem estendido

---

7. O Ovo de Colombo é uma famosa metáfora contada em toda a Espanha para referir-se a soluções muito difíceis de se chegar, mas que quando reveladas mostram-se, paradoxalmente, óbvias e simples. (N. E.)

8. Shelley faz referência a Erasmus Darwin (1731-1802), avô de Charles Darwin. Foi um médico e naturalista inglês, autor de muitas invenções, como o pássaro artificial, citado pela autora. (N. E.)

9. Luigi Galvani (1737-1798) foi um médico, físico e filósofo italiano, autor das primeiras incursões do estudo de bioeletricidade. Em 1780, Galvani realizou uma experiência em uma rã morta, a cujo nervo espinhal amarrou um fio de cobre e toda vez que os pés do animal tocavam em um disco de ferro, as suas pernas se contraíam. Galvani explicou o fenômeno como resultado de uma "eletricidade animal", que perdurava depois da morte. (N. E.)

10. Meia-noite. (N. E.)

e então, pelo trabalho de alguma máquina potente, mostrar sinais de vida e se mexer com um movimento inquieto, quase vital. Assustador, porém supremamente mais assustador seria o efeito de qualquer esforço humano em zombar do estupendo mecanismo do Criador do mundo. Seu sucesso aterrorizaria o artista; ele fugiria correndo de seu odioso trabalho manual, tomado pelo terror. Ele esperaria que, abandonada, a ligeira centelha de vida que o ser havia comunicado se desvanecesse; que esta coisa, que tinha recebido animação tão imperfeita, se transformaria em matéria morta; e ele poderia dormir na crença de que o silêncio da sepultura extinguiria para sempre a existência transitória do cadáver hediondo que ele considerava o berço da vida. Ele dorme, mas desperta; abre os olhos; eis que a coisa horrível está ao lado de sua cama, abrindo suas cortinas e olhando para ele com olhos amarelos, lacrimejantes, mas especulativos.

Eu abri os meus próprios olhos, aterrorizada. A ideia se apossou tanto de minha mente que um arrepio de medo percorreu meu corpo, e desejei trocar a imagem medonha de minha fantasia pelas realidades ao redor. Eu ainda os vejo; o próprio quarto, o parquê escuro, as venezianas fechadas, com a luz da lua entrando e a sensação que tive de que o lago vítreo e os altos Alpes brancos estavam além. Eu não poderia me livrar tão facilmente de meu horrível fantasma, que ainda me assombrava. Devia tentar pensar em outra coisa. Recorri à minha história de fantasmas — minha cansativa e azarada história de fantasmas! Ah! Se ao menos eu pudesse inventar uma que assustasse meu leitor como eu mesmo me assustara naquela noite!

Rápida como a luz e a alegria foi a ideia que me invadiu. "Eu encontrei! O que me apavorou vai aterrorizar os outros; e eu preciso apenas descrever o espectro que assombrava meu travesseiro noturno." Na manhã seguinte, anunciei que havia pensado em uma história. Comecei aquele dia com as palavras: "Foi em uma noite sombria de novembro", fazendo apenas uma transcrição dos terrores terríveis de meu sonho acordada.

A princípio, pensei apenas em algumas páginas — em um conto curto —, mas Shelley me incentivou a desenvolver a ideia mais detalhadamente. Certamente não devo a sugestão de um único incidente, nem apenas de uma cadeia de sentimentos, ao meu marido, e ainda assim, se não fosse por seu incentivo, nunca teria tomado a forma em que foi apresentado ao mundo. Desta declaração devo excluir o prefácio. Pelo que me lembro, foi inteiramente escrito por ele.

E agora, mais uma vez, ofereço minha hedionda criação a avançar e prosperar. Tenho afeição por ele, pois era fruto de dias felizes, quando a morte e a dor eram apenas palavras que não encontravam eco verdadeiro em meu coração. Suas várias páginas falam de muitas caminhadas, muitos passeios e muitas conversas, quando eu não estava sozinha; e meu companheiro era aquele que, neste mundo, nunca verei mais. Mas isso é para mim; meus leitores nada têm a ver com essas associações.

Acrescentarei apenas uma palavra sobre as alterações que fiz. Elas são, principalmente, de estilo. Não mudei nenhuma parte da história, nem apresentei novas ideias ou circunstâncias. Consertei a linguagem onde ela era tão pobre que atrapalhava o interesse da narrativa; e essas mudanças ocorrem quase exclusivamente no início do primeiro volume. Em todo o tempo, elas estão inteiramente confinadas às partes que são meros complementos da história, deixando o núcleo e a substância dela intactos.

M. W. S.

Londres, 15 de outubro de 1831.[II]

II. Introdução à edição de 1831, revisada e editada pela própria autora. (N. E.)

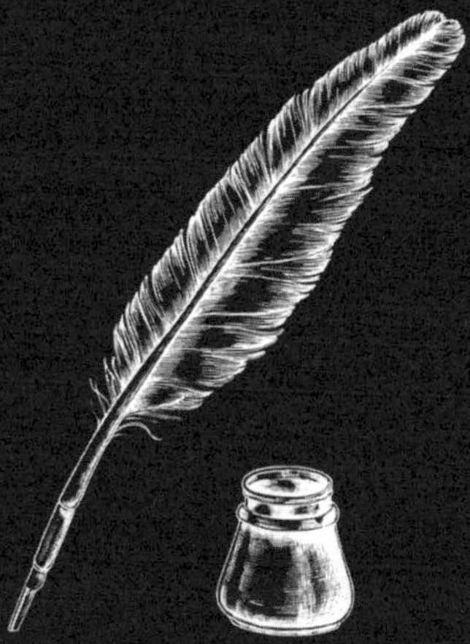

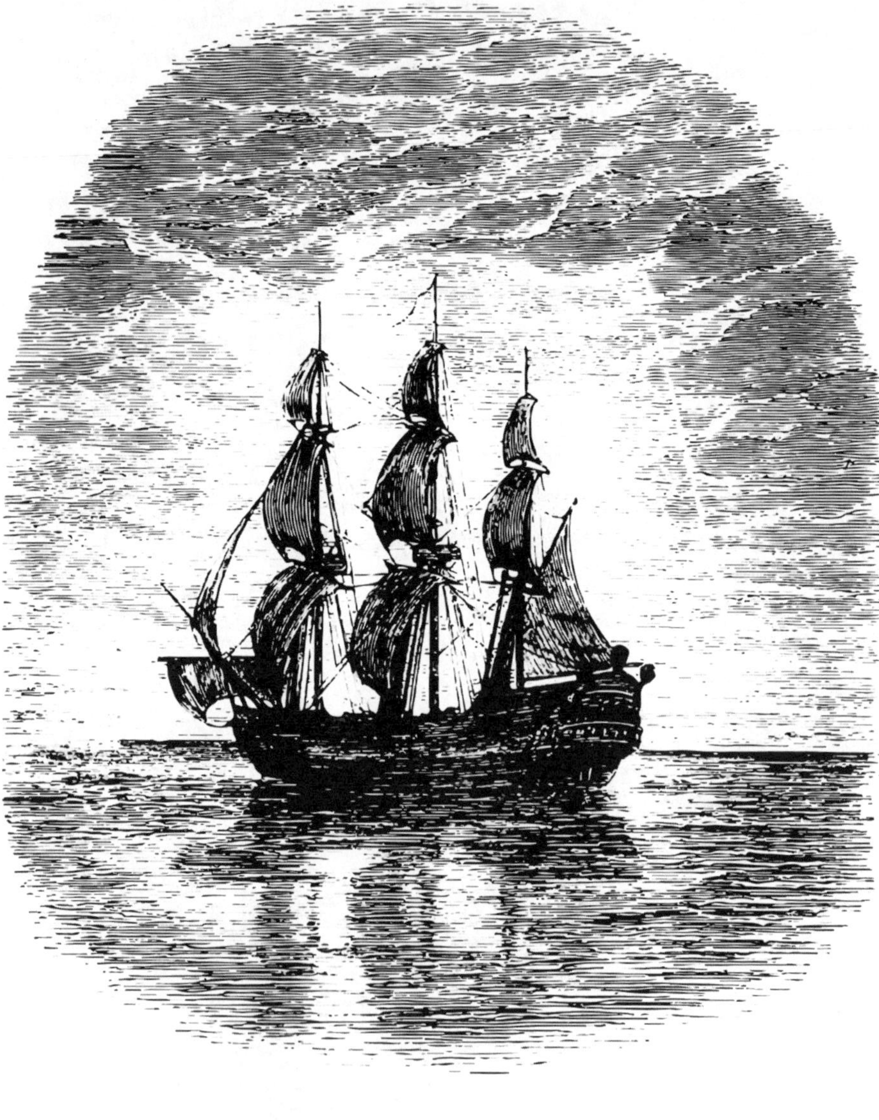

Carta 1

À senhora Saville, Inglaterra.
São Petersburgo, 11 de dezembro de 17...

Você ficará feliz em saber que nenhum desastre acompanhou o início da empreitada que você considerou com tantos maus presságios. Cheguei aqui ontem e minha primeira obrigação é tranquilizar minha querida irmã sobre meu bem-estar e comunicar minha crescente confiança no sucesso de meu empreendimento.

Já estou bem ao norte de Londres e, enquanto ando pelas ruas de Petersburgo, sinto a brisa gelada do norte tocar minhas bochechas, e isso fortalece meu espírito e me enche de alegria. Você entende esse sentimento? Essa brisa, que vem das regiões para as quais estou indo, me traz um antegosto desses territórios gelados. Encorajado por esse vento cheio de promessas, meus sonhos se tornam mais apaixonados e vívidos. Em vão tento me convencer de que o polo é o reino do gelo e da desolação: ele sempre se apresenta à minha imaginação como a região de beleza e do prazer. Lá, Margaret, o sol permanece sempre visível, com seu enorme disco margeando o horizonte e espalhando um brilho eterno. Lá — porque, com a sua permissão, minha irmã, devo colocar alguma confiança nos navegadores que me precederam —, lá a neve e o gelo se desvanecem e, navegando em um mar calmo, o navio pode deslizar suavemente para uma terra que supera em maravilhas e belezas todas as regiões descobertas até hoje no mundo habitado. É possível que suas paisagens e suas características sejam incomparáveis, como de fato ocorre com os fenômenos dos corpos celestes nesses lugares ermos, desconhecidos. O que não podemos esperar de terras que desfrutam da luz eterna? Lá eu poderei descobrir a maravilhosa força que atrai a agulha da bússola e serei capaz de verificar milhares de observações celestes que requerem apenas que esta viagem seja realizada para assegurar que todas as suas aparentes contradições adquiram coerência para sempre. Eu satisfarei minha curiosidade ardente quando vir aquela *parte do mundo que ninguém nunca visitou antes e quando eu pisar em uma terra que nunca foi pisoteada pelos pés do homem. Esses são meus motivos e são suficientes para aplacar qualquer medo de perigo ou morte, e para forçar-me a embarcar nesta dolorosa jornada com a alegria de um menino que sobe em um pequeno barco, em férias com seus companheiros, em uma expedição para descobrir as nascentes do rio da sua cidade. Mas, mesmo supondo que todas essas conjecturas sejam falsas, você não pode negar o benefício inestimável que trarei para toda a humanidade, até a última geração, com a descoberta de uma rota próxima ao polo que leva àquelas regiões que, até agora, precisam de vários meses para serem alcançadas; ou com a descoberta do segredo do ímã, que, se possível, só pode ser realizada por uma aventura como a minha.*

Essas reflexões atenuaram o nervosismo com que comecei minha carta, e sinto que meu coração arde agora com um entusiasmo que me eleva ao céu, porque nada contribui tanto para tranquilizar o espírito como um propósito firme: um ponto em que a alma pode fixar seu olhar intelectual. Esta expedição tem sido meu sonho mais querido desde que eu era muito jovem. Eu li com fruição as histórias das diferentes viagens que foram feitas com a ideia de alcançar o norte do Oceano Pacífico através dos mares que cercam o polo. Certamente você se lembra de que a biblioteca do nosso bom tio Thomas se reduzia a histórias de todas as viagens feitas com a intenção de descobrir novas terras. Minha educação foi negligenciada, embora eu sempre tenha sido apaixonado pela leitura. Eu estudava aqueles livros dia e noite, e minha familiaridade com eles aumentava a dor que sentia quando, ainda criança, soube que a última vontade de meu pai proibia meu tio de me permitir embarcar e abraçar a vida de marinheiro.

Esses fantasmas desapareceram quando, pela primeira vez, li atentamente aqueles poetas cujas efusões capturaram minha alma e elevaram-na ao céu. Eu também me tornei poeta e, por um ano, vivi em um paraíso de minha própria invenção. Cheguei a imaginar que também poderia ocupar um lugar no templo onde os nomes de Homero e Shakespeare são venerados. Você sabe bem como eu falhei e quão difícil essa decepção foi para mim. Mas precisamente naquela época recebi a herança de minha prima e meus pensamentos retornaram à antiga sintonia.

Seis anos se passaram desde que me decidi por este empreendimento. Mesmo agora, posso me lembrar do momento em que decidi empreender essa aventura. Comecei submetendo meu corpo a dificuldades. Acompanhei os baleeiros em várias expedições ao Mar do Norte e voluntariamente suportei o frio, a fome, a sede e a falta de sono. Durante o dia, muitas vezes trabalhei com mais afinco do que o resto dos marinheiros, e dediquei minhas noites ao estudo da matemática, da teoria da medicina e dos ramos das ciências físicas, dos quais um marinheiro aventureiro poderia obter grande utilidade prática. Em duas ocasiões, fui suboficial de um baleeiro groenlandês, e me saí bastante bem. Devo admitir que me senti um pouco orgulhoso quando o capitão me ofereceu o posto de segundo homem a bordo do navio e me pediu com muita sinceridade para ficar com ele, porque considerava que meus serviços eram muito úteis.

E agora, querida Margaret, eu não mereço conquistar um grande feito? Minha vida poderia ter se passado entre luxos e confortos, mas eu preferi a glória a qualquer outra tentação que as riquezas pudessem colocar no meu caminho. Ah, espero que algumas palavras de encorajamento confirmem que isso é possível! Minha coragem e minha decisão são firmes, mas minhas esperanças às vezes oscilam e meu humor costuma perder o entusiasmo. Estou prestes a embarcar em uma longa e difícil jornada, e os perigos disso exigirão que eu mantenha todas as minhas forças: não somente terei de elevar os ânimos dos outros, mas serei forçado a sustentar meu próprio ânimo quando os dos outros desfalecerem.

Este é o momento mais favorável para viajar pela Rússia. Os habitantes desta parte deslizam rapidamente com seus trenós na neve, o deslocamento é muito agradável e, em minha opinião, muito mais agradável que as viagens nas carruagens inglesas. O frio não é excessivo, especialmente se você estiver envolto em peles, uma vestimenta que já adotei, porque há uma grande diferença entre caminhar no convés e sentar sem fazer nada durante horas, quando a falta de mobilidade faz com que o sangue praticamente congele em suas veias. Não tenho intenção de perder minha vida na estrada de São Petersburgo para Arcangel.

Partirei para esta última cidade dentro de quinze dias ou três semanas, e minha intenção é alugar um navio por lá, o que pode ser feito facilmente se eu pagar o seguro ao proprietário e contratar quantos marinheiros julgar necessários entre aqueles que estão acostumados com o navio de caça às baleias. Não tenho intenção de ir ao mar até junho. E quando retornarei? Ah, minha querida irmã! Como posso responder a essa pergunta? Se eu tiver sucesso, levará muitos, muitos meses, talvez anos, antes que possamos nos encontrar novamente. Se eu falhar, você me verá em breve, ou nunca mais.

Adeus, minha querida, minha amada Margaret. Que o Céu derrame todas as bênçãos sobre você e me proteja, para que eu possa agora e sempre mostrar-lhe minha gratidão por todo o seu amor e bondade.

Seu querido irmão,

R. Walton

Carta 2

À senhora Saville, Inglaterra.

Arcangel, 28 de março de 17...

Como passa devagar o tempo aqui, cercado como estou de gelo e neve! No entanto, dei um novo passo em direção à minha aventura. Aluguei um navio e agora estou reunindo a tripulação. Aqueles a quem eu já contratei parecem ser confiáveis e certamente são homens de valor e coragem.

Mas há um desejo que nunca fui capaz de satisfazer e cuja falta sinto agora como sendo o pior dos infortúnios: não tenho amigos, Margaret. Quando estiver feliz pelos meus sucessos, não terei ninguém com quem compartilhar minha alegria; se o desânimo me dominar, não haverá ninguém que tente me tirar da minha melancolia. Sempre posso confiar meus pensamentos ao papel, é claro, mas esse é um meio pobre de comunicar sentimentos. Quero a companhia de uma pessoa que pense como eu e que me entenda sem palavras. Você pode pensar, minha querida irmã, que sou romântico, mas sinto muito a falta de um amigo. Não tenho ninguém ao meu lado que seja gentil e corajoso ao mesmo tempo, educado e com um intelecto amplo, cujos gostos sejam iguais aos meus, capaz de aprovar ou corrigir meus planos. Como esse amigo corrigiria as falhas do seu pobre irmão! Sou muito intenso na execução e muito impaciente nas dificuldades, mas ser autodidata é um mal ainda maior para mim. Nos primeiros catorze anos da minha vida, corri livremente pelos prados sem ler nada além dos livros de viagem do tio Thomas. Naquela idade, conheci os poetas mais ilustres do nosso país, então não senti a necessidade de aprender outros idiomas além do meu até que fosse tarde demais para tirar o máximo proveito dessa ideia. Agora, tenho 28 anos e tenho menos cultura do que muitos estudantes de 15. Eu refleti mais, é verdade, e meus sonhos são maiores e mais ambiciosos, mas eles não têm harmonia (como os pintores chamam). Eu realmente preciso de um amigo com sensibilidade suficiente para não me desprezar por ser um sonhador e que me ame o suficiente para tentar controlar meus impulsos.

Bem, essas são lamentações vãs. Sei que não encontrarei nenhum amigo no vasto oceano, nem mesmo aqui, em Arcangel, entre os mercadores e os marinheiros. No entanto, mesmo nesses corações rudes surgem alguns sentimentos estranhos à escória da natureza humana. Meu tenente, por exemplo, é um homem de enorme coragem e iniciativa, determinado em sua ânsia por glória, ou melhor, em outras palavras, em seu sucesso profissional. É inglês e, embora cheio de preconceitos nacionais e profissionais, endurecido pela educação, mantém algumas das mais preciosas qualidades humanas. Eu o conheci a bordo de um baleeiro e, sabendo que ele estava nesta cidade sem emprego, não tive dificuldade em convencê-lo a me ajudar em minha aventura.

O capitão é uma pessoa de excelente disposição e se destaca no barco por sua bondade e flexibilidade na disciplina. Isso, somado à sua bem conhecida integridade e coragem, me fez querer agregá-lo ao grupo. Uma juventude inteira passada em solidão, meus melhores anos passados sob seu cuidado gentil e feminino refinou tanto meu modo de pensar que não consigo gostar da forma brutal como as coisas normalmente acontecem no barco. Nunca acreditei que fosse necessário ser assim e quando ouvi falar de um marinheiro que também era conhecido por sua bondade de coração e pelo respeito e obediência que os outros membros tinham por ele, senti-me particularmente afortunado em poder contar com seus serviços. Ouvi falar dele de uma forma romântica inicialmente, por uma senhora que credita a ele a felicidade de sua vida. Essa é, em resumo, sua história. Alguns anos atrás, ele se apaixonou por uma jovem russa de uma família relativamente rica. Depois de acumular uma fortuna considerável, o pai da menina deu seu consentimento ao casamento. Ele viu sua noiva uma vez antes da cerimônia. Banhada em lágrimas, ela se jogou aos pés dele e implorou que ele a perdoasse e confessou, ao mesmo tempo, seu amor por outro homem, com quem seu pai nunca consentiria o casamento, já que era muito pobre. Meu generoso amigo tranquilizou a garota suplicante e, assim que soube o nome de seu amado, imediatamente abandonou os planos. Ele já havia comprado uma fazenda com seu dinheiro, na qual planejava passar o resto da vida, mas entregou-a ao rival, junto com o resto de sua fortuna, para que ele pudesse comprar gado. Ele mesmo pediu ao pai da menina o consentimento para o casamento com o amado dela, mas o velho se recusou dizendo ter uma dívida de honra para com meu amigo, que, vendo o pai da moça tão inflexível, deixou o país para não voltar até que soubesse que sua ex-namorada se casara com o homem que ela amava. "Que pessoa nobre!", você dirá. E ele realmente é. No entanto, também é totalmente analfabeto. É tão quieto quanto um turco e seu comportamento é um tanto rude, o que torna sua conduta ainda mais surpreendente e, ao mesmo tempo, diminui o interesse e a simpatia que ele poderia despertar.

Não pense, com base em minhas reclamações ou porque eu tente achar um consolo para minhas dificuldades, que eu esteja vacilando em meus propósitos. Eles continuam tão firmes como o destino, e minha viagem só foi prorrogada até que haja condições climáticas apropriadas para que eu embarque. O inverno tem sido terrivelmente cruel, mas a primavera é promissora, e acredita-se que ela virá logo. Portanto, é possível que embarque antes do que esperava. Não farei nada sem pensar bem. Você me conhece o suficiente para saber que sou prudente e cauteloso, principalmente quando está sob minha responsabilidade a segurança de outras pessoas.

Não conseguiria descrever a você como me sinto agora que o momento da partida se aproxima. Seria impossível transmitir a sensação de euforia, em parte por prazer e em parte por medo, que tem cercado os preparativos da viagem. Estou indo para regiões não exploradas, para a "terra do nevoeiro e da neve", mas não pretendo matar albatrozes, por isso não se preocupe com minha segurança, ou se eu retornar da aventura tão acabado e soturno como o "Velho Marinheiro". Você deve estar rindo da minha alusão, mas vou contar-lhe um segredo. Muitas vezes tenho atribuído minha ligação e minha paixão pelos perigosos mistérios do oceano a essa obra do mais criativo dos poetas modernos. Algo em minha alma ferve e não consigo entender. Na prática, sou muito ativo, trabalhador, um operário pronto a realizar qualquer trabalho com perseverança, mas, paralelamente a isso, há também um amor, uma crença no maravilhoso, inserida em todos os meus projetos, que me coloca distante dos caminhos normais dos homens e me leva aos mares furiosos e regiões inexploradas que estou prestes a visitar.

Porém, voltemos a assuntos melhores. Vou encontrá-la de novo, após ter atravessado esses imensos mares e voltado pelo cabo mais ao sul da África ou da América? Não me atrevo a ter essas expectativas de tanto sucesso, ainda que não suporte a ideia do contrário a esse cenário. Por hora, continue a me escrever sempre que puder. Receberei suas cartas nos momentos em que mais precisar delas para elevar meu ânimo. Eu a amo muito. Lembre-se de mim com ternura se não tiver mais notícias minhas.

Seu afetuoso irmão,

Robert Walton

Carta 3

À senhora Saville, Inglaterra

7 de julho de 17...

Minha querida irmã,

Escrevo-lhe umas poucas linhas às pressas para dizer que estou em segurança e que os preparativos para a viagem estão adiantados. Esta carta chegará à Inglaterra por meio de um comerciante em sua viagem de volta de Arcangel, alguém mais feliz que eu, que talvez não possa ver minha terra natal por muitos anos. Estou, contudo, muito disposto. Meus marinheiros são homens corajosos e determinados. Não parecem ser afetados nem mesmo pelas placas de gelo que passam flutuando sem cessar por nós, indicando o perigo da região para a qual avançamos. Já atingimos uma latitude muito alta, mas estamos em pleno verão e, apesar de aqui não estar tão quente quanto na Inglaterra, os ventos do sul, que nos conduzem para aquelas regiões que tanto desejo alcançar, trazem um sopro de calor renovado que eu já não esperava encontrar.

Nenhum acidente digno de ser contado em uma carta aconteceu até agora. Uma ou duas tempestades e o surgimento de uma fenda no casco do barco são acidentes que navegadores experientes nem se dariam ao trabalho de registrar. Ficarei muito feliz se nada pior nos acontecer durante nossa viagem.

Adeus, minha querida Margaret. Tenha certeza de que, para o meu próprio bem — e para o seu também — evitarei me expor a qualquer perigo. Hei de manter-me calmo, e serei perseverante e prudente.

O sucesso, porém, deverá coroar meus esforços. Por que não? Já cheguei tão longe, traçando uma rota segura sobre o mar, e as próprias estrelas são testemunhas de meu triunfo. Por que não continuar e enfrentar as forças selvagens, porém obedientes? O que poderá deter a firme determinação de um homem?

Meu coração dilatado, involuntariamente, se derrama, mas devo terminar. Que os céus a abençoem, minha querida irmã!

R.W.

Carta 4

À senhora Saville, Inglaterra.

5 de agosto de 17...

Tivemos um acidente tão estranho que não posso deixar de contá-lo, embora seja provável que nos encontremos antes que essas páginas em papel cheguem até você.

Na última segunda-feira (31 de julho), estávamos praticamente encurralados pelo gelo, que cercava o navio por todos os lados, e quase não havia espaço livre no mar para mantê-lo flutuando. Nossa situação era deveras perigosa, principalmente porque uma névoa muito densa nos envolvia. Por isso, decidimos parar, esperando por alguma mudança na atmosfera e no tempo.

Por volta das duas horas, o nevoeiro se dissipou e vimos que havia, espalhando-se por todas as direções, vastas e irregulares planícies de gelo que pareciam intermináveis. Alguns de meus companheiros começaram a se lamentar e eu mesmo estava começando a ficar preocupado quando, de repente, uma figura estranha atraiu nossa atenção e nos distraiu da preocupação que sentíamos por nossa própria situação. Vimos uma carruagem baixa, atracada em um trenó e puxada por cães, que seguia para o norte, a uma distância de oitocentos metros de onde estávamos; um ser que tinha todo o aspecto de um homem, mas aparentemente de uma altura gigantesca, estava sentado no trenó e guiava os cães. Vimos o rápido avanço do viajante com nossas lunetas até que ele se perdeu entre os distantes riachos de gelo.

Aquela aparição provocou em nós um espanto indizível. Pensávamos estar a quase duzentos quilômetros do continente, mas aquele acontecimento parecia sugerir que não estávamos tão longe quanto supúnhamos. De qualquer forma, presos como estávamos no gelo, era impossível seguir a trilha daquela figura que tínhamos observado tão de perto.

Cerca de duas horas depois desse acontecimento, ouvimos o rugido do mar ao fundo e, antes que a noite caísse, o gelo se quebrou e libertou nosso navio. Porém, permanecemos parados até a manhã seguinte, porque temíamos ir de encontro, no escuro, àquelas massas gigantescas de gelo que flutuam na água depois que o gelo se quebra. Aproveitei esse tempo para descansar por algumas horas.

Finalmente, de manhã, assim que a luz do dia surgiu, subi ao convés e encontrei toda a tripulação concentrada em uma extremidade do navio, aparentemente conversando com alguém que estava no mar. De fato, havia um trenó, como o que havíamos visto antes, que se aproximara de nós durante a noite sobre um grande bloco de gelo.

Havia apenas um cachorro vivo, mas também havia um ser humano e os marinheiros estavam tentando convencê-lo a entrar no navio. Este não era, como o outro parecia, um habitante selvagem de uma ilha desconhecida, mas um europeu. Quando apareci no convés, meu marinheiro disse:

— Aqui está o nosso capitão, e ele não permitirá que você morra em mar aberto.

Ao ver-me, aquele estranho me dirigiu a palavra em inglês, embora com sotaque estrangeiro.

— Antes de eu entrar no navio — ele disse —, você faria a gentileza de me dizer para onde está indo?

Você pode imaginar meu espanto ao ouvir tal pergunta vindo de um homem que estava prestes a morrer, para quem eu imaginava que minha embarcação fosse um bem precioso que ele não trocaria por nenhum tesouro no mundo? Contudo, respondi que fazíamos parte de uma expedição ao polo Norte.

Depois de ouvir minha resposta, ele pareceu se acalmar e concordou em embarcar. Por Deus, Margaret! Se você tivesse visto o homem que concordou em se salvar de uma maneira tão estranha, sua surpresa não teria limites. Seus membros estavam quase congelados e todo o corpo estava assustadoramente emaciado pela exaustão e o sofrimento. Eu nunca tinha visto um homem em um estado tão deplorável. Tentamos levá-lo à cabine, mas assim que ele foi privado do ar puro, desmaiou. Decidimos levá-lo de volta ao convés e reanimá-lo, massageando-o com conhaque e forçando-o a beber uma pequena quantidade. Quando ele começou a mostrar sinais de vida, o enrolamos em cobertores e o colocamos perto da chaminé do fogão da cozinha. Gradualmente ele se recuperou e bebeu um pouco de caldo, que fez maravilhas para a condição dele.

Assim, dois dias se passaram antes que ele pudesse falar; algumas vezes temi que seus sofrimentos o tivessem privado de suas faculdades mentais. Quando ele se recuperou, pelo menos até certo ponto, mandei que ele se mudasse para minha própria cabine e cuidei dele conforme minhas obrigações me permitiam. Eu nunca havia conhecido uma pessoa tão interessante: seus olhos passavam uma expressão de indisciplina, quase loucura; mas em outros momentos, se alguém fosse gentil com ele ou lhe prestasse o menor serviço, seu rosto se iluminava, digamos assim, com um raio de bondade e doçura como nunca vi. Mas normalmente ele estava melancólico e desesperado, e às vezes rangia seus dentes, como se ele não pudesse suportar o peso dos infortúnios que o afligiam.

Depois que meu convidado se recuperou um pouco, tive dificuldade em mantê-lo longe dos tripulantes, que queriam fazer mil perguntas. Mas não permiti que ele fosse perturbado pela curiosidade desocupada deles, pois a recuperação de seu corpo e mente dependia evidentemente do descanso absoluto. De qualquer forma, em uma ocasião, meu tenente perguntou por que ele havia ficado tanto tempo no gelo com aquele trenó estranho.

Seu rosto imediatamente mostrou um aspecto de dor profunda, e ele respondeu:

— Estou procurando alguém que está fugindo de mim.

— E o homem que você está perseguindo também está viajando da mesma forma que você?

— Sim.

— Então acho que o vimos, porque um dia antes de resgatarmos você, vimos alguns cães puxando um trenó no gelo, e um homem estava montando nele.

Isso chamou a atenção do viajante desconhecido e ele fez muitas perguntas sobre o caminho que o demônio (ele o chamou assim) havia seguido. Logo depois, quando estávamos os dois sozinhos, ele me disse:

— Certamente despertei a sua curiosidade, assim como a desses bons homens, mas você é muito cortês para me fazer perguntas.

— Você está certo, mas seria impertinência e desconsideração incomodá-lo com alguma curiosidade minha.

— No entanto, você me salvou de uma situação difícil e perigosa. Você foi muito caridoso ao me trazer de volta à vida.

Logo depois ele me perguntou se eu achava que o gelo, ao rachar, poderia ter destruído o outro trenó. Respondi que não sabia dizer, porque o gelo não havia quebrado até perto da meia-noite, e o outro viajante poderia ter alcançado um lugar seguro antes disso, mas não poderia dizer com certeza.

A partir daquele momento, um novo sopro de vida reanimou a indisposição do estrangeiro. Ele pareceu muito ansioso para subir no convés e tentar localizar o trenó que o precedeu, mas o convenci a ficar na cabine, porque ele ainda estava fraco demais para suportar o ar gelado. Contudo, prometi a ele que alguns dos meus homens estariam vigiando a região e que ele seria notificado se algo estranho fosse observado lá fora.

É o que posso dizer até o momento sobre esse curioso incidente. O estranho vem melhorando pouco a pouco, mas permanece muito quieto e parece ficar nervoso quando alguém, que não seja eu, entra na cabine. No entanto, sempre foi tão gentil e educado que todos os marinheiros se preocupam com sua saúde, embora tenham falado muito pouco com ele. Da minha parte, começo a amá-lo como irmão, e sua dor constante e profunda me causa um sentimento de compreensão e compaixão. Ele deve ter sido um ser maravilhoso em outros tempos, pois, mesmo agora, derrotado, ele é ainda muito encantador e amigável.

Em uma de minhas cartas, minha querida Margaret, eu lhe disse que não encontraria nenhum amigo nesse vasto oceano. No entanto, encontrei um homem a quem ficaria feliz por ter como um irmão de coração antes que seu espírito fosse destruído pela dor.

Continuarei escrevendo sobre esse desconhecido quando possível, se houver novos eventos que mereçam ser contados.

13 de agosto de 17...

O carinho que sinto pelo meu hóspede aumenta a cada dia. Este homem desperta ao mesmo tempo minha admiração e minha pena em extremos surpreendentes. Como posso ver um homem tão nobre ser *destruído pelo infortúnio sem sentir uma tremenda pontada de dor? Ele é tão gentil e inteligente, e é muito culto: quando fala, embora escolha as palavras com o maior cuidado, elas fluem com uma facilidade e eloquência incomparáveis.*

Ele já está bem recuperado de sua doença e fica continuamente no convés, aparentemente procurando pelo trenó que havíamos visto antes de sua chegada. No entanto, embora pareça infeliz, ele não fica atolado em sua própria dor e também demonstra interesse nos assuntos dos outros. Ele tem me feito muitas perguntas sobre meus propósitos e eu contei a ele minha pequena história de forma franca. Ele ouviu atentamente todos os argumentos que eu lhe apresentava na defesa do meu eventual sucesso e analisou minuciosamente cada uma das medidas que tomei para alcançá-lo. Fui facilmente induzido, pela simpatia que ele demonstrou ao usar a linguagem do meu coração, a dar expressão ao ardor de minha alma e dizer, com todo o fervor que me aquecia, com que alegria sacrificaria minha fortuna, minha existência, todas as minhas esperanças, pelo o avanço de minha empreitada. A vida ou a morte de um homem eram apenas um pequeno preço a pagar pela aquisição do conhecimento que buscava, pelo controle que devo adquirir e transmitir sobre as forças da natureza hostis à nossa raça. Enquanto eu falava, uma melancolia se espalhou pelo semblante do meu ouvinte. A princípio, percebi que ele tentava reprimir sua emoção, colocando suas mãos diante dos olhos, e minha voz tremeu e falhou quando eu vi lágrimas escorrendo rapidamente entre seus dedos e um gemido irrompia de seu peito. Eu fiz uma pausa e, por fim, ele falou, com a voz embargada:

— Homem infeliz! Você compartilha da minha loucura? Você também bebeu um trago inebriante? Ouça-me; deixe-me revelar minha história, e você afastará imediatamente suas ilusões!

Essas palavras, você pode imaginar, despertaram fortemente minha curiosidade, mas o impulso emocional que tinha se apoderado do estranho dominou suas forças enfraquecidas, e foram necessárias muitas horas de repouso e uma conversa tranquila para recuperar sua serenidade.

Tendo dominado a força de seus sentimentos, ele parecia desprezar a si mesmo por ser refém da emoção, e, reprimindo a potência de seu desespero, ele me induziu novamente a conversar sobre mim. Ele me perguntou sobre o período da minha infância. Contei a história rapidamente, mas isso despertou uma série de reflexões. Mencionei o desejo que sempre senti de ter um bom amigo que me entendesse, me desse confiança e intimidade, mas não tive a chance de encontrar, e expressei minha convicção de que um homem não teria felicidade plena se não apreciasse essa bênção.

— Concordo com você — respondeu-me o estranho. — Somos criaturas brutas e mal acabadas quando nos falta alguém mais sábio, melhor do que nós mesmos, como um amigo, para ajudar-nos no aperfeiçoamento de nossa própria natureza fraca e defeituosa. Eu tive outrora um verdadeiro amigo, a mais nobre criatura humana, e estou apto, portanto, a fazer um juízo do que seja a amizade. Você tem esperança, o mundo à sua frente, e não tem motivo para desespero. Quanto a mim, perdi tudo, e não tenho como recomeçar a vida.

Quando ele disse isso, seu semblante carregou-se de uma expressão de dor serena que atingiu meu coração, mas ele permaneceu em silêncio e depois se retirou para sua cabine.

Mesmo despedaçada como estava sua alma, ninguém era capaz de apreciar mais as belezas da natureza que ele. O céu estrelado, o mar e todas as paisagens que essas maravilhosas regiões nos fornecem pareciam ainda ter o poder de elevar sua alma. Um homem como ele tem uma dupla existência: ele pode sofrer todos os infortúnios e ser derrotado por todas as decepções. No entanto, quando se encerra em si mesmo, será como um espírito celestial, com uma auréola em torno de si, em cujo círculo as angústias ou a loucura não podem penetrar.

Você ri do entusiasmo com que falo sobre esse andarilho extraordinário? Não riria se o conhecesse. Você foi educada e refinada por livros e se isolou do mundo; você é, portanto, um tanto obstinada, mas isso só a torna mais apta para apreciar os méritos desse homem maravilhoso. Às vezes tenho me esforçado para descobrir que segredo, que poder oculto ele detém, capaz de elevá-lo tão acima de qualquer pessoa que conheci até hoje. Eu acredito que seja um discernimento intuitivo, um rápido, mas nunca falho, poder de julgamento, uma percepção nas causas dos acontecimentos, com inigualável clareza e precisão; acrescente a isso uma facilidade de comunicação e uma voz cujas entonações variadas são música que subjuga a alma.

19 de agosto de 17...

Ontem, o estrangeiro me disse:

— Naturalmente, capitão Walton, você deve ter percebido que sofri grandes e incomuns desventuras. Antes, eu pensava que a memória desses infortúnios deveria morrer comigo, mas você conseguiu me fazer mudar de ideia. Você busca conhecimento e sabedoria, como eu busquei; e espero com todo o meu coração que o fruto de seus desejos não seja uma cobra que o vá morder, como foi para mim. Não sei se a história dos meus infortúnios lhe será útil, mas quando eu reflito que você está seguindo o mesmo rumo, expondo-se aos mesmos perigos que me tornaram o que sou, eu imagino que você possa deduzir uma moral apropriada de minha história, que pode orientá-lo se você tiver sucesso em sua empreitada e consolá-lo em caso de falha. Prepare-se para ouvir sobre acontecimentos que geralmente são considerados maravilhosos. Se estivéssemos em um cenário de natureza pacata, eu poderia temer sua incredulidade, talvez seu escárnio; mas muitas coisas vão parecer possíveis nessas regiões selvagens e misteriosas que provocariam o riso daqueles não familiarizados com os variados poderes da natureza; mas não tenho dúvida de que minha história lhe fornecerá a evidência de que seus acontecimentos são verdadeiros.

Você pode imaginar que fiquei muito lisonjeado com essa demonstração de confiança. No entanto, não queria que ele tivesse de sofrer novamente a dor de me contar seus infortúnios. Eu estava ansioso para ouvir a história prometida, em parte por curiosidade e em parte por causa do desejo forte de tentar mudar seu destino, se algo assim estivesse em minhas mãos. Expressei esses sentimentos em minha resposta.

— Obrigado pela sua compreensão — respondeu ele —, mas é inútil. Meu destino está quase cumprido. Não espero mais do que uma coisa e depois poderei descansar em paz. Entendo seus sentimentos — acrescentou ele, vendo que pretendia interrompê-lo —, mas você está errado, meu amigo, se me permitir chamá-lo assim. Nada pode mudar meu destino. Ouça minha história e entenderá por que ele está irrevogavelmente determinado.

Então ele me disse que começaria a me contar sua história no dia seguinte, quando eu tivesse algum tempo. Essa promessa me provocou os mais calorosos agradecimentos. Decidi que todas as noites, quando não estivesse muito ocupado, escreveria o que ele me contasse durante o dia, o mais fielmente possível e com suas próprias palavras. E se eu tivesse muitos compromissos, pelo menos tomaria notas. Sem dúvida, o manuscrito lhe proporcionará um grande prazer: mas eu, que o conheço e que ouvirei a história de seus próprios lábios, com quanto interesse e com quanto amor vou lê-la um dia, no futuro! Mesmo agora, quando começo minha tarefa, a entonação de sua voz ressoa em meus ouvidos; seus olhos brilhantes fixam-se em mim com toda a sua doçura melancólica; eu vejo sua mão magra levantada com entusiasmo, enquanto os contornos de seu rosto são irradiados pela alma. Estranha e angustiante deve ser sua história da assustadora tempestade que envolveu o imponente navio em seu curso e o destruiu — assim!

Final das cartas

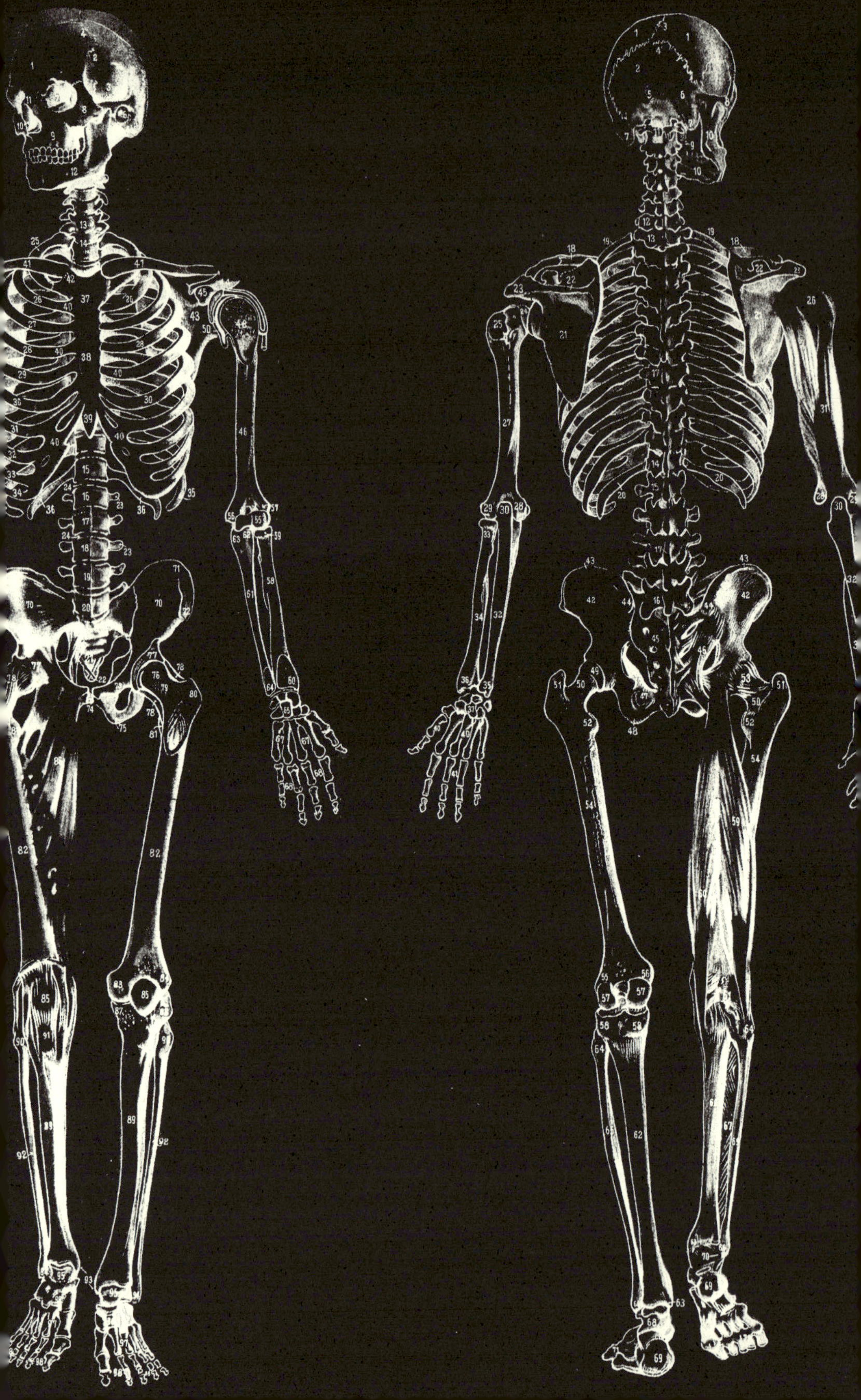

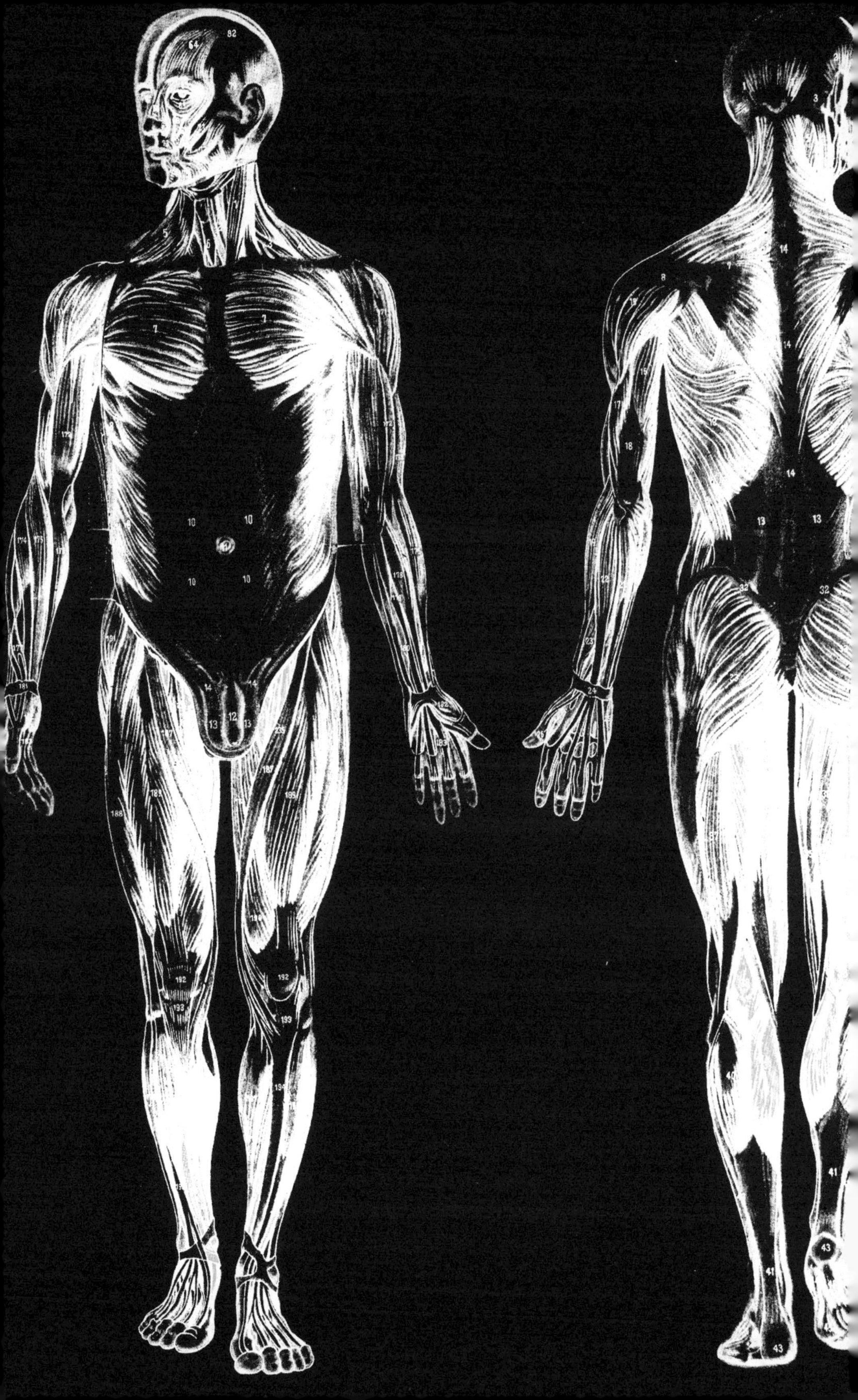

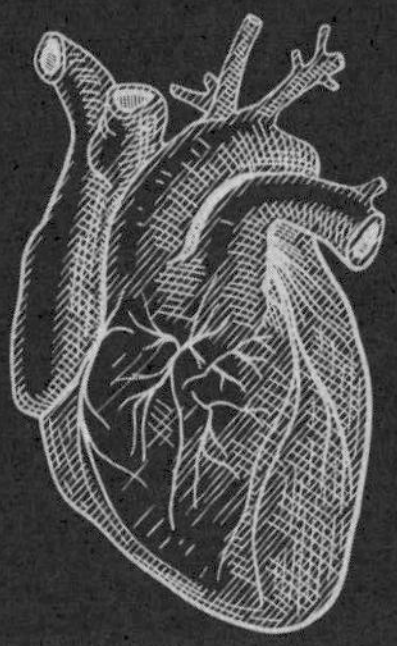

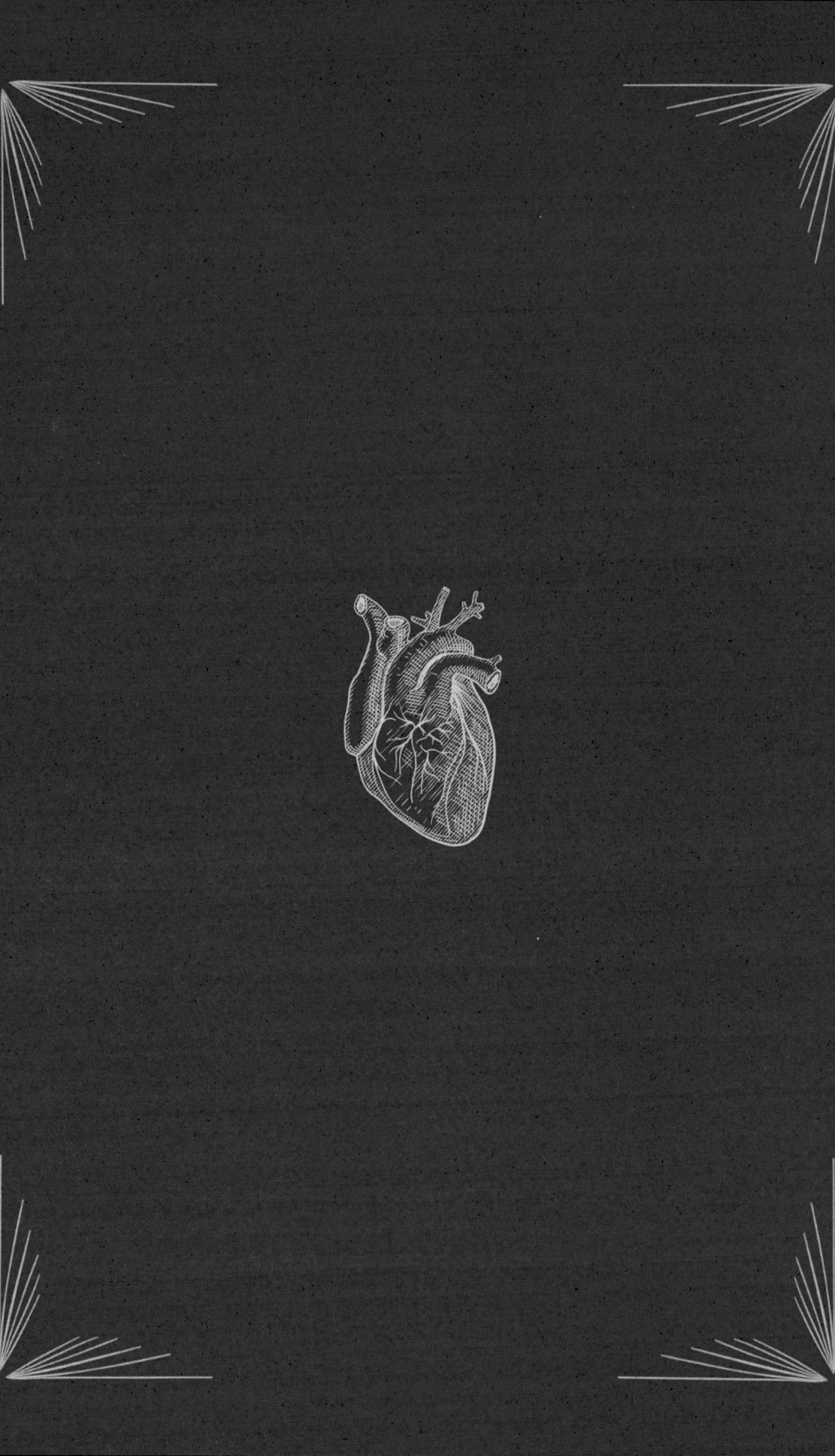

Capítulo 1

Sou genebrino de origem, e minha família é uma das mais distintas dessa república. Por muitos anos, meus ancestrais foram conselheiros e magistrados, e meu pai ocupou vários cargos públicos com honra e boa reputação. Todos que o conheciam, o respeitavam por sua integridade e por sua incansável dedicação aos assuntos públicos. Ele dedicou sua juventude aos eventos de seu país. Diversas circunstâncias o impediram de se casar cedo, e somente quando sua vida começou a declinar é que veio a se casar e ter filhos.

Como as circunstâncias especiais do casamento ilustram bem seu caráter, não posso deixar de me referir a elas. Um de seus amigos mais próximos era um comerciante que, de uma posição próspera, caiu na pobreza devido a inúmeras desgraças. Esse homem, cujo nome era Beaufort, tinha um caráter orgulhoso e altivo e não suportava viver pobre e no esquecimento no mesmo país em que se destacara anteriormente por sua riqueza e magnificência. Assim, tendo pagado suas dívidas da maneira mais honrosa possível, ele se retirou com a filha para a cidade de Lucerna, onde viveu no anonimato e na miséria. Meu pai amava muito Beaufort, com uma verdadeira amizade, e lamentava muito sua partida em circunstâncias tão infelizes. Ele também lamentou amargamente pelo falso orgulho que levara o amigo a conduzir-se de forma tão indigna da afeição que os unia. Sem perder tempo, decidiu procurá-lo na esperança de convencê-lo a começar de novo com seu crédito e sua ajuda.

Beaufort havia tomado medidas muito eficazes para se esconder e levou dez meses para meu pai descobrir sua morada. Entusiasmado com a descoberta, ele foi imediatamente para a casa, localizada em uma rua principal, perto do Reuss. Mas, ao entrar, apenas a miséria e o desespero o receberam. Beaufort conseguira economizar uma quantia muito pequena dos destroços de sua fortuna, mas suficiente para se sustentar por alguns meses. Enquanto isso, esperava encontrar um emprego respeitável na casa de algum comerciante. Contudo, durante esse período ele não fez nada e, com mais tempo para pensar, somente conseguiu tornar sua tristeza mais profunda e mais dolorosa, e no final ela tomou sua mente de tal maneira que, três meses depois, ele adoeceu e ficou preso à cama, incapaz de qualquer esforço.

A filha cuidava dele com todo seu amor, mas via com desespero como suas pequenas economias desapareciam rapidamente e não havia outra perspectiva de ganhar a vida. Caroline Beaufort, entretanto, tinha uma inteligência incomum e sua coragem conseguiu sustentá-la na adversidade. Buscou um trabalho humilde: fazia objetos de vime e, por outros meios, conseguia ganhar algum dinheiro, que mal era suficiente para poderem se alimentar.

Vários meses se passaram assim. Seu pai piorou. Caroline passava a maior parte do tempo cuidando dele, mas sua renda diminuía constantemente. Após dez meses, o pai morreu em seus braços, deixando-a órfã e indefesa. Este último golpe a atingiu completamente e quando meu pai entrou naquele quarto, ela estava ajoelhada diante do caixão de Beaufort, chorando amargamente. Ele apareceu lá como um anjo protetor para a pobre garota, que consentiu em ser deixada aos seus cuidados. Após o funeral do amigo, meu pai a levou a Genebra e a colocou sob a proteção de um conhecido. Dois anos após esses acontecimentos, meu pai se casou com Caroline.

Havia uma diferença considerável de idade entre meus pais, mas essa circunstância parecia uni-los ainda mais em laços de afeto. Meu pai havia crescido com um forte senso de justiça que tornava necessário demonstrar o amor com todas as forças. Talvez, durante sua juventude, sofrera pela descoberta tardia da indignidade de uma amada e, portanto, estava disposto a conferir grande valor aos seus esforços. Sua relação com a minha mãe tinha um caráter de gratidão e veneração, totalmente diferente do amor desenfreado da juventude, talvez por causa de suas inúmeras virtudes e por uma vontade, de certa forma, de recompensá-la pelas mágoas que ela havia passado, algo que fazia sua adoração por ela inexplicavelmente graciosa. Todos os esforços eram feitos para que os desejos e conveniências dela fossem atendidos. Ele tentava protegê-la de todas as formas possíveis, como uma planta exótica é protegida por um jardineiro de qualquer vento mais forte, cercando-a de tudo que pudesse trazer a ela sentimentos agradáveis em sua mente leve e benevolente. Sua saúde, e mesmo a tranquilidade de seu espírito até então constante, haviam sido abalados por tudo que ela havia passado. Nos dois anos que antecederam o casamento deles, meu pai havia, aos poucos, diminuído suas funções públicas e, logo após a união, buscaram refúgio no clima agradável da Itália, e a mudança de cenário e os atrativos da viagem por aquela terra maravilhosa fizeram com que ela se recuperasse aos poucos.

Da Itália, visitaram a Alemanha e a França. Eu, seu filho mais velho, nasci em Nápoles e, enquanto criança, acompanhei-os em suas aventuras. Fui, por muitos anos, o único filho. Assim como se amavam, também pareciam ter reservas inesgotáveis de afeto em minas de amor para me dar. Os carinhos ternos de minha mãe e o sorriso benevolente de prazer do meu pai enquanto me olhava são a minha lembrança mais antiga. Eu era o brinquedo e o ídolo deles e, mais que isso — seu filho, uma criatura inocente e inofensiva enviada a eles pelos céus, a quem deveriam criar da melhor forma e cujo futuro eles tinham o poder de direcionar para um de felicidade ou de miséria, conforme se encarregassem de suas responsabilidades sobre mim. Eles sabiam bem a responsabilidade que tinham em mãos e um espírito ativo de ternura tomava conta deles. Dado esse cenário, é fácil imaginar que durante cada hora de minha infância me ensinavam o que era a paciência, a caridade e o autocontrole. Eu era guiado de tal forma por um fio de seda que tudo parecia um poço de felicidade para mim.

Por muito tempo, eu fui a única preocupação deles. Minha mãe queria muito ter uma filha, mas continuei sendo filho único. Quando eu tinha uns cinco anos, eles resolveram passar uma semana nas margens do Lago de Como enquanto faziam uma excursão além das fronteiras da Itália. A disposição benevolente deles frequentemente os fazia entrar nas cabanas dos pobres. Para minha mãe, aquilo era mais que uma obrigação, era uma necessidade, uma paixão — lembrando-se do que ela havia sofrido e como aquilo havia ficado para trás —; era a vez dela de ser o anjo da guarda dos aflitos. Durante uma de suas caminhadas, uma pequena cabana nos desdobramentos do vale chamou sua atenção por ser singularmente desoladora, enquanto as várias crianças semivestidas ao seu redor exibiam a penúria em sua pior forma. Um dia, quando meu pai havia ido sozinho a Milão, minha mãe, acompanhada por mim, visitou aquela morada. Ela encontrou um camponês e sua esposa, trabalhadores, curvados pelo cuidado e pelo trabalho, distribuindo uma comida escassa a cinco crianças famintas. Entre elas, uma chamou a atenção da minha mãe mais do que os outros. Ela parecia não ser irmã dos outros. Os quatro outros tinham olhos escuros e eram desajeitados, enquanto ela era magra e muito clara. Seu cabelo era da cor do mais vivo e brilhante ouro e, apesar da pobreza de suas vestes, parecia carregar uma coroa de distinção em sua cabeça. Suas têmporas eram claras e amplas, seu olhos eram azuis e límpidos e seus lábios moldavam seu rosto com um ar expressivo de sensibilidade e doçura que ninguém conseguia evitar olhar para ela sem diferenciá-la como uma espécie distinta, um ser enviado dos céus que carregava um selo celestial em todos os seus traços.

 A camponesa, percebendo que minha mãe olhava fixamente com espanto e admiração para a linda menina, se apressou em contar a história dela. Não era sua filha, mas de um nobre milanês. A mãe dela era alemã e havia morrido durante o parto. A criança havia sido entregue a eles para que fosse criada; naquela época, suas vidas eram melhores. Eles haviam se casado há pouco tempo e seu filho mais velho havia acabado de nascer. O pai da menina era um daqueles homens criados na antiga glória italiana — um daqueles *schiavi ognor frementi*,[12] que lutara para alcançar a liberdade de seu país. Ele acabou se tornando vítima de sua fraqueza: se ele havia morrido ou ainda permanecia nas masmorras da Áustria, não se sabia ao certo. Suas propriedades haviam sido confiscadas e sua filha se tornara órfã e

---

12. Escravos em fúria, em italiano. (N. E.)

mendiga. Ela continuava com seus pais adotivos naquela casa humilde e crescera mais bela que um jardim de rosas em meio aos ramos escuros e espinhosos.

Quando meu pai voltou de Milão, encontrou uma criança mais linda que os querubins brincando comigo na entrada de nossa vila — uma criatura que parecia emanar luz e cujas formas e movimentos eram mais leves que os dos antílopes nas colinas. Logo, minha mãe se explicou e, com a permissão do meu pai, convenceu os tutores camponeses a ceder a guarda a ela. Os camponeses amavam aquela órfã encantadora. A presença dela era como uma bênção, mas seria injusto mantê-la na pobreza e escassez quando ela tinha a chance de receber cuidados melhores. Eles consultaram o padre de sua vila e o resultado foi que Elizabeth Lavenza foi morar na casa dos meus pais e se tornou mais que minha irmã, mas minha companhia bela e adorada para todas as tarefas e prazeres.

Todos amavam Elizabeth. O apego passional e quase reverencioso que todos tinham por ela me orgulhava e me enchia de felicidade. Na noite anterior a que ela veio morar em minha casa, minha mãe disse brincando:

— Tenho um presente lindo para o meu Victor; amanhã ele o receberá.

De manhã, quando ela me apresentou Elizabeth como o presente prometido, eu, com toda a seriedade de uma criança, interpretei suas palavras literalmente e realmente comecei a cuidar da Elizabeth como se fosse minha — alguém que deveria proteger, amar e cuidar. Todos os elogios direcionados a ela, eu recebia como se fossem para mim. Nós nos tratávamos como família e nos chamávamos de primos. Nenhuma palavra nem expressão poderia descrever o tipo de relação que eu tinha com ela — era mais que minha irmã e, até que morresse, seria somente minha.

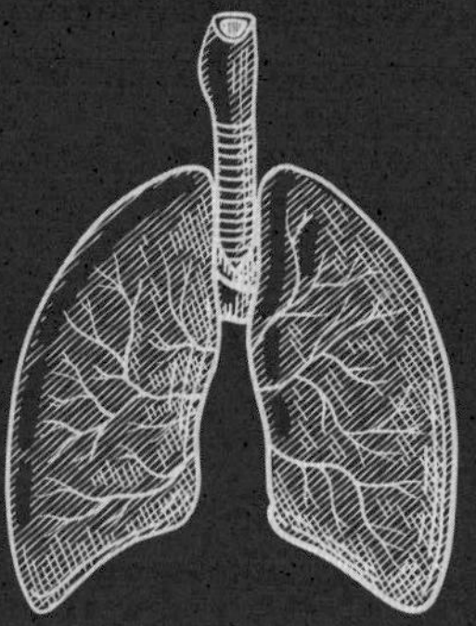

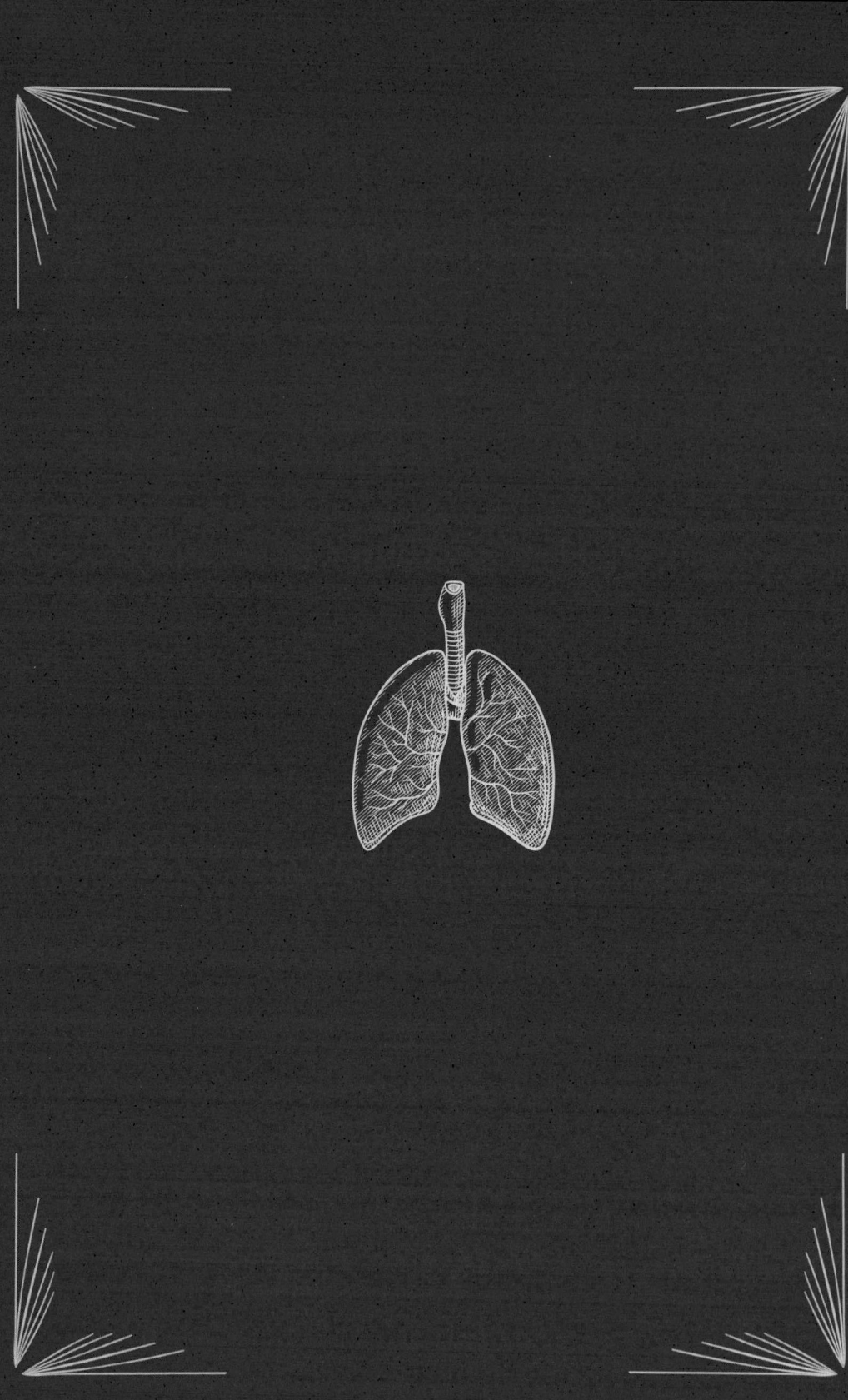

Capítulo 2

Crescemos juntos. Não chegava a um ano a diferença de idade entre nós. Não preciso dizer que não tínhamos nenhum tipo de disputa nem desunião. A harmonia era a alma da nossa relação, e as diferenças e contrastes de nossas personalidades só nos aproximavam mais. Elizabeth era mais calma e concentrada que eu, mas, com todo meu ardor, eu era suscetível a uma dedicação mais intensa e era extremamente entusiasmado pela sede de conhecimento. Ela se ocupava em seguir as criações abstratas dos poetas e nas paisagens majestosas e maravilhosas que cercavam nossa casa na Suíça — o contorno sublime das montanhas, a mudança de estações, a tempestade e a calmaria, o silêncio do inverno e a vida e a turbulência de nossos verões nos Alpes — ela encontrava amplo escopo para a admiração e o prazer. Enquanto minha companhia contemplava séria e satisfeita a aparência deslumbrante das coisas, eu me preocupava em investigar suas causas. O mundo era, para mim, um segredo que eu queria desvendar. A curiosidade, a vontade de pesquisar e aprender as leis ocultas da natureza e uma felicidade similar à euforia quando as desvendava são algumas das sensações mais antigas de que me lembro.

Quando meu irmão nasceu, sete anos depois de mim, meus pais desistiram totalmente de sua vida de andarilhos e se fixaram em seu país de origem. Tínhamos uma casa em Genebra e uma *campagne* em Belrive, na margem oriental do lago, que ficava a aproximadamente quatro quilômetros da cidade. Passávamos a maior parte do tempo nessa última e a vida dos meus pais se passou em considerável reclusão.

Meu temperamento me levava a evitar multidões e me apegar ardentemente a poucas pessoas somente. Dessa forma, eu era indiferente aos meus colegas de classe em geral, mas criei laços muito estreitos com um deles. Henry Clerval era filho de um comerciante de Genebra e era um menino de talento e imaginação singulares. Ele amava negócios, dificuldades e até mesmo coisas que lhe ofereciam perigo. Amava ler livros de cavalaria e romance, compunha canções sobre heroísmo e começou a escrever um conto sobre encantamentos e aventuras de cavaleiros. Ele tentava nos fazer encenar peças e participar de bailes de máscara, nos quais os personagens eram retirados das histórias dos heróis de Roncevalles, da Távola Redonda do Rei Artur e daqueles que derramaram seu sangue para recuperar o sepulcro sagrado das mãos de infiéis.

Nenhum ser humano teve uma infância mais feliz que a minha. Meus pais eram tomados pelo espírito da bondade e da indulgência. Não sentíamos como se eles fossem os tiranos que mandavam em nós de acordo com os seus caprichos, mas os agentes e criadores das muitas felicidades que tínhamos. Quando tive contato com outras famílias, logo percebi distintamente a sorte peculiar que tínhamos e a gratidão fazia com que meu amor de filho só aumentasse.

Meu temperamento era às vezes um pouco violento e minhas paixões, veementes, mas, por algum motivo, esses sentimentos não eram direcionados às minhas vontades de criança, mas a um forte desejo de aprender, e não a aprender tudo indiscriminadamente. Confesso que a estrutura das línguas, as leis de governo e as políticas de Estados diversos não me atraíam muito. Eram os segredos dos céus e da terra que eu desejava aprender. Fosse sobre a essência exterior das coisas ou o espírito interno da natureza e do mistério da alma humana o que me ocupava, minhas pesquisas eram sempre direcionadas àquilo que era metafísico, ou melhor, aos segredos físicos do mundo.

Enquanto isso, Clerval ocupava-se, para assim dizer, com as relações morais das coisas. O palco agitado da vida, a virtude dos heróis e as ações dos homens eram seus assuntos preferidos. Sua esperança e seu sonho eram se tornar um daqueles nomes que ficam marcados na história como os benfeitores bravos e aventureiros da nossa espécie. A alma santa de Elizabeth brilhava como uma lâmpada de catedral em nossa casa tranquila. Sua compaixão era a nossa; seu sorriso, sua voz suave, a mirada doce de seus olhos nos abençoava e nos animava. Ela era o espírito vivo do amor que acalmava e unia. Talvez eu tenha me tornado um pouco carrancudo por causa dos meus estudos, dado o ardor da minha natureza, mas ela estava sempre lá para não me deixar esquecer o que era a gentileza. E Clerval? Alguma coisa ruim poderia tomar conta do seu espírito nobre? Mesmo assim, ele não teria sido tão perfeitamente humano, tão generoso, cheio de bondade e ternura na sua paixão por aventuras se Elizabeth não lhe tivesse mostrado o verdadeiro encanto da bondade e o convencido de que fazer o bem deveria ser seu maior objetivo.

Sinto um prazer estranho ao lembrar-me dessas memórias da minha infância, antes do infortúnio ter manchado minha mente e transformado suas visões brilhantes e de ampla utilidade em reflexões sombrias e mesquinhas sobre o ser. Além disso, ao lembrar-me dos meus dias de criança, também recordo-me dos acontecimentos que levaram, a passos imperceptíveis, à minha posterior história de miséria. Quando me responsabilizo pelo nascimento daquela paixão que iria, posteriormente, determinar o meu destino, sinto-a surgir como a nascente de um rio na montanha, quase remota e esquecida, mas seu volume aumenta e acaba se tornando uma enxurrada que, ao passar, leva todas as minhas esperanças e felicidades.

A filosofia natural é o gênio que determinou o meu destino. Desejo, portanto, nessa narrativa, contar os fatos que moldaram minha predileção pela ciência. Quando tinha treze anos, fomos todos a um passeio nas termas perto de Thonon. A inclemência do tempo fez com que passássemos um dia inteiro confinados no nosso alojamento. Naquela casa, tive a chance de encontrar um volume com os trabalhos de Cornélio Agrippa. Abri o livro com apatia. A teoria que ele tentava demonstrar e os fatos incríveis que ele relatava logo fizeram com que aquele sentimento se transformasse em entusiasmo. Uma nova luz brilhou em minha mente e, saltando de alegria, contei sobre meu achado para meu pai. Ele olhou o título do livro desinteressado e disse:

— Ah! Cornélio Agrippa! Querido Victor, não perca seu tempo com isso. É apenas um monte de bobagens.

Se, em vez de ter dito isso, meu pai tivesse se dado ao trabalho de me explicar que os princípios defendidos por Agrippa já haviam sido todos refutados e que um sistema moderno de ciência já havia sido apresentado, um sistema muito mais poderoso do que aquele antigo, cujos poderes eram quiméricos, enquanto os da ciência moderna eram reais e práticos, sob tais circunstâncias, eu provavelmente teria deixado Agrippa de lado e, satisfeita minha imaginação, instigada como ela estava, teria voltado com o maior ardor minha mente aos meus estudos anteriores. Acho até mesmo possível que minhas ideias nunca tivessem recebido o impulso fatal que levou à minha ruína. Mas o olhar desinteressado que meu pai havia lançado ao livro não me garantiu que ele conhecia o conteúdo, e prossegui na leitura de forma ávida.

Quando voltamos para casa, minha primeira preocupação foi procurar a obra completa do autor e, depois, a de Paracelso e Alberto Magno. Li e estudei, maravilhado, as ideias inconsequentes desses escritores como se fossem tesouros revelados a poucas pessoas além de mim. Já disse que sempre tive uma ânsia fervente para penetrar nos segredos da natureza. A despeito do intenso trabalho e das incríveis descobertas de filósofos modernos, sempre ficava descontente e insatisfeito com o suas conclusões. Isaac Newton dizia que se sentia uma criança pegando conchas na praia do grande e inexplorado oceano da verdade. Minhas pueris apreensões levaram-me a colocar no mesmo plano os seus seguidores, em cada ramo das ciências naturais com os quais eu estava familiarizado.

O camponês ignorante conhecia os elementos ao seu redor e seus usos práticos. O filósofo mais inteligente sabia pouco mais que isso. Ele havia desvendado parcialmente a face da Natureza, mas seus limites imortais ainda eram uma maravilha e um mistério. Ele poderia até dissecar, anatomizar e dar nomes, mas, sem entrar no mérito de uma causa final, as causas de natureza secundária ou terciária ainda eram completamente desconhecidas para ele. Eu havia visto as muralhas e os empecilhos que impediam o ser humano de conhecer o segredo da natureza e, de forma apressada e ignorante, havia desanimado.

Mas ali estavam os livros e ali estavam os homens que conseguiram penetrar mais fundo e descobrir mais. Aceitei suas palavras como verdade absoluta e me tornei seu discípulo. Pode parecer estranho que algo assim aconteça em pleno século dezoito, mas ao mesmo tempo em que seguia uma rotina de estudos nas escolas de Genebra, de certa forma aprendia sozinho sobre meus estudos favoritos. Meu pai não era do ramo das ciências e tive que lidar com a cegueira de uma criança somada à sede por conhecimento de um estudante. Com a orientação de meus novos professores, iniciei com grande diligência a busca da pedra filosofal e do elixir da vida, sendo que este último acabou por atrair toda minha atenção. Dinheiro era um assunto secundário, mas que glórias haveriam de coroar a descoberta que conseguisse encontrar uma forma de banir as doenças do universo humano e tornar o homem invulnerável a qualquer morte, salvo aquelas provocadas pela violência! E isso não era tudo. A evocação de fantasmas e demônios eram promessas dos meus autores favoritos que eu procurava tornar realidade. Quando meus encantamentos não tinham sucesso, atribuía meu fracasso à minha falta de experiência e erro, e não à falta de habilidade ou fidelidade de meus professores. E por muito tempo me ocupei desses sistemas arcaicos, juntando, inadvertidamente, milhares de teorias contraditórias e debatendo-me, desesperado, em um turbilhão de conhecimentos conflitantes, guiado por uma imaginação intensa e um raciocínio imaturo até que um acidente mudou mais uma vez o curso de minhas ideias.

    Quando tinha cerca de quinze anos, logo após nos mudarmos para nossa casa perto de Belrive, presenciei a mais terrível e violenta tempestade. Vinda de trás das montanhas de Jura, a borrasca explodiu de uma vez, de forma apavorante em vários cantos dos céus. Enquanto a tempestade continuava, fiquei observando como ela progredia com extrema curiosidade e fascínio. De repente, enquanto estava parado na porta, uma rajada de fogo surgiu de um velho e belo carvalho que ficava a cerca de vinte metros da nossa casa. Assim que aquela luz ofuscante se desvaneceu, o carvalho desapareceu, não restando dele mais do que um cepo esfrangalhado. Quando nós a visitamos na manhã seguinte, encontramos a árvore despedaçada de uma maneira singular. Não era estilhaçada pelo impacto, mas inteiramente reduzida a tiras finas de madeira. Nunca havia visto nada tão destruidor.

Eu não era um total leigo sobre as leis da eletricidade antes disso. Naquele momento, um grande pesquisador em ciências naturais estava com a gente e, deslumbrado com aquela catástrofe, começou a explicar uma teoria que havia formulado sobre o assunto da eletricidade e do galvanismo, que me encantou logo de início. O que ele disse ia contra todas as ideias de Cornélio Agrippa, Alberto Magno e Paracelso, os donos da minha imaginação.[13] Mas, por alguma fatalidade, ouvir aquela refutação sobre as ideias deles me desanimou de continuar naquela linha de pesquisa que eu vinha seguindo. Parecia-me que, de fato, nada poderia ser ou seria conhecido. Tudo que havia prendido minha atenção por tanto tempo tornou-se repulsivo. Por um capricho da minha mente, desses aos quais estamos mais sujeitos quando somos jovens, desisti de vez daquilo que estudara até então e passei a ver as ciências como uma criação deformada e abortiva e criei um forte desdém por uma possível ciência que nunca poderia ser estudada de fato. Nesse estado de espírito, comecei a estudar matemática e outros ramos de estudo relacionados que se apoiavam em bases sólidas e que mereciam, de fato, minha consideração.

Contudo, como é estranha e complexa a natureza da alma, que por meio de débeis fios nos liga ao sucesso ou ao fracasso! Quando olho para trás, parece-me que essa mudança quase que miraculosa de foco e de vontade foi sugestão imediata do meu anjo da guarda, o último esforço feito pelo espírito da preservação para evitar a tempestade que se aproximava do meu céu. A serenidade que se seguiu ao abandono dos meus antigos e tumultuados estudos foi como um prenúncio de sua vitória. Aprendi, então, que o mal estaria na continuação deles, e a felicidade, no seu desprezo.

O espírito do bem tentou, mas não conseguiu. O destino era poderoso demais e suas leis imutáveis decretaram minha total e terrível destruição.

---

13. Heinrich Cornélio Agrippa von Nettesheim (1486-1535) foi um renascentista alemão, dedicado aos estudos de medicina, alquimia e teologia. Theophrastus Paracelso (1493-1541) foi um médico suíço, pioneiro da química científica. Alberto Magno foi um cientista alemão, filósofo e teólogo; por sua extrema inteligência, criou-se a lenda de que era um bruxo. (N. E.)

Capítulo 3

Quando completei dezessete anos, meus pais resolveram que eu deveria estudar na universidade de Ingolstadt. Até então, eu havia frequentado as escolas de Genebra, mas meu pai achou que seria bom para a minha formação que eu tivesse contato com os costumes de outros países. Eu partiria pouco tempo depois, mas um dia antes da partida o primeiro grande azar da minha vida aconteceu: um presságio, digamos assim, da miséria que estava por vir. Elizabeth contraiu escarlatina; ela estava muito doente e sua vida corria perigo. Durante o período em que esteve doente, tentamos, com muitos argumentos, convencer minha mãe de não ficar tão perto dela. No começo, ela ouviu nossos pedidos, mas ao saber que a vida de sua pessoa favorita estava ameaçada, não conseguiu conter sua ansiedade e ficou ao lado dela. Sua atenção triunfou sobre a nocividade da doença de Elizabeth e ela se salvou, mas as consequências daquela imprudência foram fatais para minha mãe. No terceiro dia, minha mãe adoeceu e sua febre veio acompanhada dos sintomas mais alarmantes. A perspectiva dos médicos era a pior. No seu leito de morte, a coragem e a benevolência daquela mulher maravilhosa continuavam presentes. Ela juntou minhas mãos com as da Elizabeth e disse:

— Meus filhos, minhas mais firmes esperanças de um futuro feliz jazem na união de vocês. Essa expectativa será agora o consolo do seu pai. Elizabeth, meu amor, você deverá ocupar o meu lugar para os meus filhos mais novos. Deus! Sinto muito que tenha de deixar vocês, e é muito difícil partir tendo sido tão feliz e amada. Mas esses pensamentos não condizem comigo. Irei me resignar feliz à morte e me contentar com a esperança de encontrá-los em outro mundo.

Ela morreu calma, e seu rosto demonstrava afeição até mesmo na morte. Não preciso descrever os sentimentos daqueles cujos laços mais queridos foram rompidos pelo mais irreparável dos males, o vazio que aquilo deixou nas nossas almas e o desespero em nossos rostos. Demora algum tempo antes de percebermos que aquela que víamos todos os dias e cuja existência parecia ser parte da nossa própria havia partido para sempre, que o brilho de um olhar amado possa ter sido extinto e o som de uma voz tão familiar e querida possa ter sido abafado e nunca mais será ouvido. Essas eram as reflexões dos primeiros dias, mas quando o passar do tempo prova a realidade do mal, então a atual amargura da dor começa. Mas de quem a mão rude da morte nunca havia tirado alguém querido? E por que eu deveria descrever uma dor que todos nós já sentimos e deveremos sentir? Com o passar do tempo, a dor torna-se mais uma indulgência que uma necessidade e o sorriso no rosto, ainda que possa ser considerado um sacrilégio, não é mais banido. Minha mãe estava morta, mas ainda tínhamos tarefas a serem cumpridas. Devíamos continuar nossa vida com os que ficaram e aprender a nos considerar pessoas de sorte por estarmos vivos. Minha partida para Ingolstadt havia sido adiada por causa desses acontecimentos, mas foi remarcada. Consegui de meu pai uma trégua de algumas semanas. Parecia a mim um absurdo partir tão pouco tempo depois de tudo, de sair daquela casa em luto e correr para a vida ocupada. O pesar era algo novo para mim, mas não me alarmou menos. Não queria deixar aqueles que me sobraram e, acima de tudo, queria ver minha querida Elizabeth de alguma forma consolada.

Ela de fato ocultava sua dor e tentava agir de forma a nos confortar. Continuava a levar a vida com firmeza e assumiu suas tarefas com coragem e zelo. Dedicou-se àqueles a quem havia sido ensinada a chamar de tio e primos. Ela nunca havia sido tão encantadora quanto nessa época, quando conseguia se lembrar de como era sorrir e sorria para nós. Ela se esquecia até mesmo de suas próprias mágoas tentando nos fazer esquecer.

Então chegou o dia da minha partida. Clerval passou a minha última noite lá conosco. Ele havia tentado persuadir seu pai a deixá-lo ir comigo e ser meu companheiro de estudos, mas foi em vão. Seu pai era um comerciante obstinado e via ociosidade e ruína nas aspirações e ambições de seu filho. Henry sentiu profundamente o infortúnio de ser privado de uma educação liberal. Ele não disse muito, mas quando falou, pude sentir em seus olhos animados uma resolução contida, mas firme de não se subjugar à rotina vulgar do comércio.

Ficamos acordados até tarde, tentando retardar ao máximo o momento de dizer a palavra "adeus". Quando finalmente conseguimos, nos recolhemos para nossos quartos com o pretexto de descansar, cada um imaginando que enganou o outro. Mas quando a manhã chegou e desci até a carruagem que me levaria embora, todos eles estavam lá: meu pai, novamente, para me dar a bênção, Clerval para apertar minha mão mais uma vez, minha Elizabeth para renovar seu pedido para que eu escrevesse com frequência e para dar as últimas atenções femininas ao seu companheiro de brincadeiras e amigo.

Entrei no veículo que me levaria embora e entreguei-me às reflexões mais melancólicas. Eu, que sempre estive cercado de boas companhias, constantemente empenhado em me esforçar para divertir a todos, agora estava só. Na universidade, eu deveria fazer meus próprios amigos e ser meu próprio protetor. Minha vida até então havia sido reclusa e doméstica, e isso havia me proporcionado uma total repugnância a novos semblantes. Amava meus irmãos, Elizabeth e Clerval. Aqueles eram os "velhos rostos familiares" e eu acreditava que seria difícil adaptar-me à companhia de estranhos. Era assim que eu pensava ao começar minha jornada. Mas, conforme ela prosseguia, meus ânimos e esperanças melhoravam. Eu desejava ardentemente adquirir conhecimento. Quando estava em casa, com frequência pensava que seria difícil ficar preso a um só lugar durante minha juventude e desejava conhecer o mundo e buscar um lugar na sociedade. Agora meus desejos estavam satisfeitos e, sem dúvida, seria um absurdo lamentar-me.

Tive tempo suficiente para esses e muitos outros pensamentos no caminho para Ingolstadt, que era longo e cansativo. Em certo momento, pude ver o alto campanário branco da cidade. Desci da carruagem e fui levado ao meu apartamento solitário para passar a noite como desejasse.

Na manhã seguinte, entreguei minhas cartas de apresentação e visitei alguns dos principais professores. O destino — ou talvez uma influência maligna, o Anjo da Destruição que tomou o controle onipotente de minha vida no momento que eu desviei meus passos relutantes da casa do meu pai —, me levou primeiro ao Senhor Krempe, professor de filosofia natural. Ele era um homem grosseiro, mas totalmente interessado nos segredos de sua ciência. Ele me fez diversas perguntas em relação ao meu progresso em diferentes ramos da ciência pertencentes à filosofia natural. Respondi despreocupado, em parte com desdém, mencionando os nomes dos principais alquimistas e autores que havia estudado. O professor me encarou:

— Você realmente perdeu seu tempo estudando essas bobagens?

Respondi que sim. Ele então continuou com fervor:

— Cada minuto, cada instante que você gastou nesses livros foi totalmente perdido. Você ocupou a sua memória com princípios arcaicos e nomes inúteis. Deus! Em que ilha deserta você vivia, onde ninguém foi gentil o suficiente para lhe informar que esses delírios aos quais você se apegou tão gananciosamente têm mil anos de idade e estão totalmente ultrapassados? Eu não esperava, nessa altura da era iluminada e científica, encontrar um discípulo de Alberto Magno e Paracelso. Meu caro senhor, você deverá começar seus estudos do zero.

Assim dizendo, ele afastou-se e escreveu uma lista de vários livros sobre filosofia natural que eram de seu desejo que eu procurasse e me dispensou após dizer que no início da semana seguinte ele pretendia começar uma série de aulas sobre filosofia natural em suas relações gerais e que o Senhor Waldman, um colega professor, ensinaria química em dias alternados aos das aulas dele.

Voltei para meus aposentos sem me sentir decepcionado, porque eu mesmo já disse que há muito tempo considerava inúteis aqueles autores que o professor reprovava, mas também voltei sem a menor intenção de voltar àqueles estudos, sob nenhuma perspectiva. O Sr. Krempe era um homenzinho atarracado, de voz rouca e um rosto repulsivo; o professor, portanto, não me predispôs favoravelmente às suas pesquisas. De forma bastante filosófica e conexa, talvez, eu tenha feito uma retrospectiva das minhas conclusões a respeito deles desde os primeiros tempos. Quando criança, não me satisfizeram os resultados prometidos pelos modernos professores de ciência natural. Com ideias confusas, talvez pela minha pouca idade e falta de orientação sobre tais assuntos, eu tinha refeito os passos do meu conhecimento ao longo do tempo e trocado as descobertas dos recentes pesquisadores pelas utopias dos alquimistas marginalizados. Além disso, eu passara a menosprezar os usos da ciência natural moderna. Era muito diferente quando os mestres da ciência buscavam imortalidade e poder, coisas que, apesar de serem fúteis, eram grandiosas. Mas agora o cenário havia mudado. A ambição do pesquisador parecia se limitar à aniquilação daquelas visões nas quais o meu interesse pela ciência surgira. Queriam que eu trocasse quimeras de grandeza imensurável por realidades de pouco valor.

Eram esses os meus pensamentos durante os dois ou três primeiros dias de minha residência em Ingolstadt, dias que passei principalmente conhecendo a localidade e os vizinhos que teria naquela moradia. No começo da semana seguinte, comecei a pensar nas informações que o Senhor Krempe havia me dado sobre as aulas. Embora não tivesse intenção de ir e ouvir aquele senhor que eu menosprezava falar coisas de seu púlpito, lembrei-me sobre o que ele havia dito do Senhor Waldman, que eu ainda não conhecera, porque estava até então fora da cidade.

Um pouco por curiosidade e um pouco por tédio, fui à sala de conferências, onde o senhor Waldman entrou logo em seguida. O professor era muito diferente do seu colega. Ele parecia ter uns cinquenta anos de idade, mas seu rosto deixava transparecer uma grande bondade; alguns fios brancos cobriam suas têmporas, mas em geral seus cabelos ainda eram pretos. Não era muito alto, mas tinha a postura tão ereta que chamava a atenção e a voz mais doce que eu já ouvira. Ele começou a aula recapitulando a história da química e os vários avanços feitos por diversos pesquisadores, pronunciando fervorosamente os nomes dos descobridores mais conhecidos. Depois, ofereceu um panorama superficial do estágio atual da ciência e explicou muitos de seus termos básicos. Depois de fazer alguns experimentos preparatórios, concluiu enaltecendo a química moderna com palavras que jamais esquecerei.

— Os antigos mestres desta ciência — disse ele — prometeram o impossível e não conseguiram nada. Os mestres modernos prometem muito pouco: eles sabem que os metais não podem ser transmutados e que o elixir da vida é uma quimera. Mas esses filósofos, cujas mãos parecem feitas apenas para remexer nas coisas corrosivas e os olhos para olhar através do microscópio ou crisol, na verdade fizeram milagres. Eles penetraram nos recônditos da natureza e mostraram como ela opera nesses lugares secretos. Eles subiram aos céus. Descobriram como o sangue circula e a natureza do ar que respiramos. Adquiriram poderes novos e quase ilimitados. Podem dominar os trovões dos céus, reproduzir terremotos e até mesmo imitar o mundo invisível com suas próprias sombras.

Essas foram as palavras do professor — ou, melhor dizendo, as palavras do destino — anunciando a minha destruição. Enquanto ele continuava, senti que minha alma encarava um inimigo palpável. Uma a uma, foram tocadas as cordas que formam o mecanismo do meu ser, acorde após acorde foi tocado, e logo minha mente foi totalmente tomada por um único pensamento, uma concepção, uma proposta. "Por mais que se tenha feito", exclamou a alma de Frankenstein, "mais, muito mais eu farei. Andando pelas pegadas já marcadas, desbravarei novos caminhos, explorarei poderes desconhecidos e revelarei ao mundo os maiores segredos da criação."

Não consegui dormir naquela noite. Minha alma estava num estado de insurreição e turbulência. Queria reestabelecer a ordem, mas faltavam-me forças para tanto. Só ao romper da madrugada veio o sono. Acordei e os pensamentos da noite anterior pareciam ter sido sonhos. Sobrara apenas a resolução de voltar aos meus antigos estudos e me devotar à ciência para a qual eu acreditava ter um talento natural. No mesmo dia, fui visitar o Senhor Waldman. Seu jeito em situações mais íntimas era ainda mais atraente que em público: enquanto ele mantinha um certo ar digno em suas aulas, na sua casa ele parecia mais amável e bondoso. Eu dei a ele quase o mesmo relato sobre meus estudos antigos que narrei a seu colega professor. Ele ouviu com atenção a pequena narrativa sobre meus estudos, e sorriu ao ouvir os nomes de Cornélio Agrippa e Paracelso, mas sem o desprezo que o Senhor Krempe havia mostrado. Ele respondeu:

— Os filósofos modernos devem muito ao entusiasmo incansável desses homens, que forneceram os fundamentos do seu conhecimento. Eles nos legaram a fácil tarefa de dar nomes novos e ordenar em classificações compreensíveis os fatos dos quais eles foram os agentes da descoberta em grande parte. O trabalho dos homens inteligentes, mesmo quando equivocado, sempre contribui para beneficiar a humanidade.

Ouvi atentamente suas palavras, pronunciadas sem nenhuma presunção ou afeto e respondi que a aula dele havia afastado de mim o preconceito que tinha em relação aos cientistas modernos. Expressei-me de forma comedida, com a modéstia e deferência de um aluno ao seu professor, sem deixar escapar (a inexperiência da vida teria me deixado envergonhado) o entusiasmo que havia estimulado meus trabalhos anteriores. Pedi seu conselho sobre os livros que eu deveria procurar.

— Fico feliz — disse o Senhor Waldman — por ter um novo discípulo e se sua aplicação aos estudos for igual às suas habilidades, não tenho dúvidas de que você terá sucesso. A química é um ramo da ciência natural na qual as maiores conquistas foram e podem ser feitas. É por isso que fiz dela meu estudo peculiar, mas, ao mesmo tempo, não negligenciei os outros ramos da ciência. Um químico que só estudasse essa matéria do conhecimento humano seria muito triste. Se você quer se tornar um verdadeiro cientista e não somente um homem mesquinho que faz experimentos, eu lhe recomendaria estudar todos os ramos da ciência, incluindo a matemática.

Ele me levou então ao seu laboratório e me explicou os usos de seus vários aparelhos, instruindo-me sobre quais eu deveria comprar e prometendo que me deixaria usar seu laboratório quando eu tivesse conhecimento suficiente para não estragar seus aparatos. Ele também me deu a lista de livros que eu havia pedido e fui embora.

Assim terminou um dia inesquecível para mim, um dia que decidiria o meu destino.

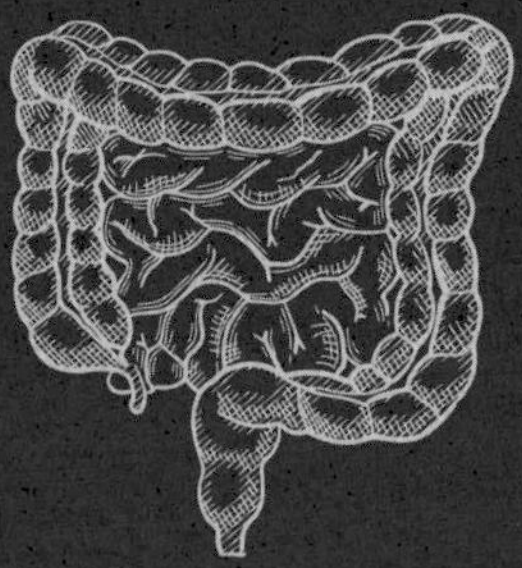

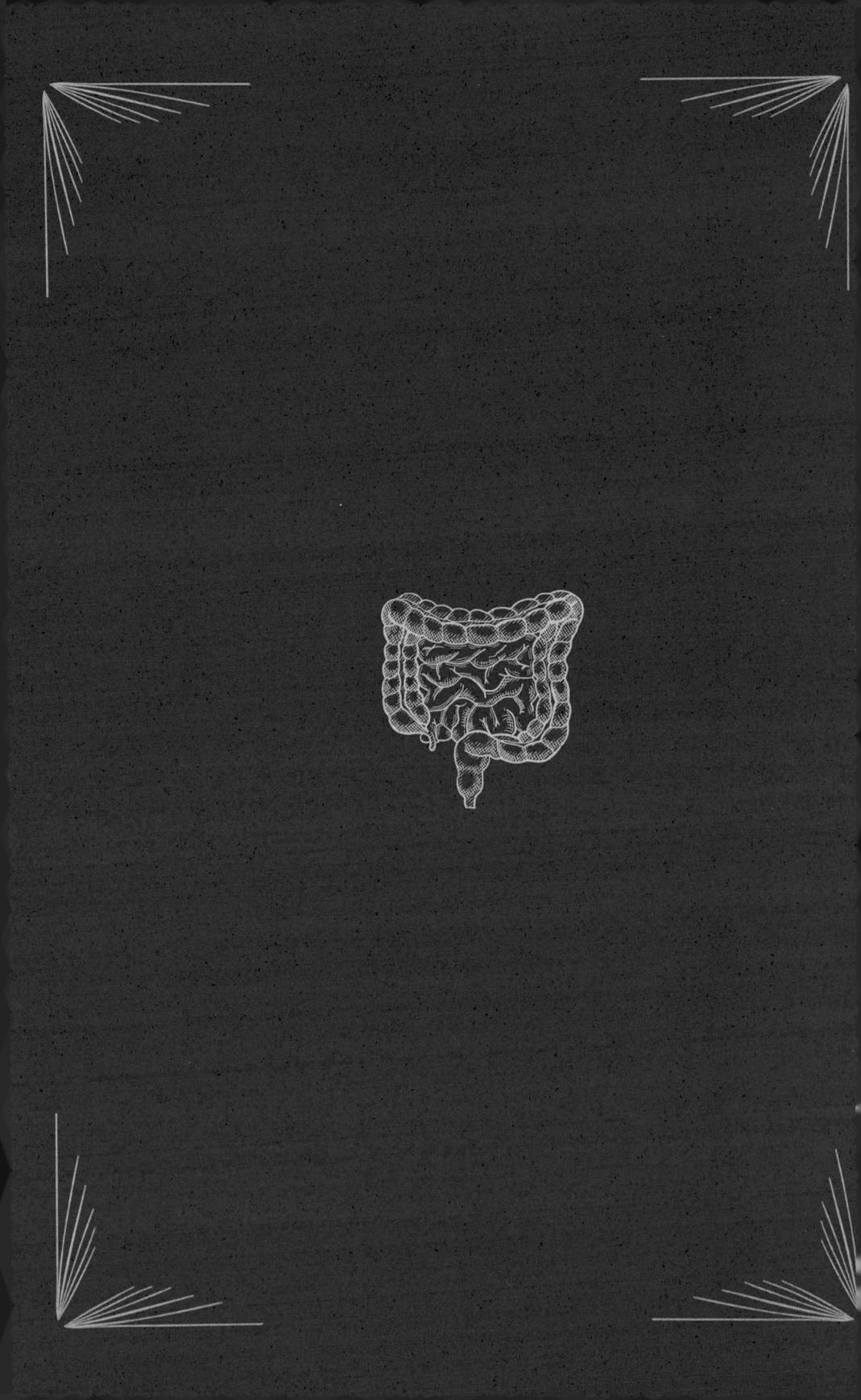

Capítulo 4

A partir daquele dia, as ciências naturais e principalmente a química — no sentido mais abrangente do termo — se tornaram minhas únicas matérias de estudo. Li com ardor aqueles trabalhos cheios de genialidades e descrições sobre o assunto que os pesquisadores modernos haviam escrito. Comecei a frequentar as aulas e a conhecer cientistas da universidade e descobri até mesmo no Senhor Krempe uma boa dose de sensatez e sabedoria que, ainda que combinadas com seu ar repulsivo, não as tornavam menos valiosas. O Senhor Waldman virou um grande amigo. Sua gentileza nunca era tocada pelo dogmatismo e suas aulas eram dadas com um grande ar de franqueza e bondade que não o tornavam pedante. Em diversas formas ele preparou o caminho do conhecimento para mim e fez com que as pesquisas mais complexas se tornassem claras e fáceis para minha compreensão. Minha aplicação foi, inicialmente, instável e incerta. Ela ganhou força enquanto eu a desenvolvia e logo se tornou tão ardente e apaixonante que eu trabalhava no meu laboratório até as estrelas desaparecerem com a luz da manhã.

Como me dediquei muito, deve ser fácil de imaginar que meu progresso foi rápido. De fato, meu fervor científico era motivo de assombro para os alunos e meu domínio da matéria, para os mestres. O professor Krempe sempre me perguntava, com um sorriso dissimulado, como Cornélio Agrippa estava indo, enquanto o Senhor Waldman mostrava-se verdadeiramente satisfeito com o meu progresso. Dois anos se passaram assim, anos em que não visitei Genebra, porque permaneci engajado de corpo e alma nas descobertas que queria fazer. Somente quem já passou por isso é capaz de entender como a ciência é sedutora. Em outras disciplinas chega-se até onde outros haviam chegado antes de você e não há mais nada a ser descoberto, mas na pesquisa científica há sempre espaço para descobrir coisas novas e se maravilhar. Uma mente de capacidade moderada, que se esforce o bastante, alcançará, inevitavelmente, grande proficiência no assunto e eu, que buscava continuamente um objetivo e dediquei meus esforços exclusivamente para esse fim, avancei tão rapidamente que, ao fim de dois anos, havia feito descobertas para a melhora de alguns aparatos químicos, que me garantiram grande estima e admiração na universidade. Ao chegar a esse ponto e ter bastante familiaridade com a teoria e a prática da ciência natural que era ensinada pelos meus professores de Ingolstadt, morar lá não seria mais necessário para meu aprimoramento e pensei em voltar à minha cidade natal, e aos meus amigos, mas um incidente me obrigou a permanecer.

Um dos fenômenos que chamava minha atenção de forma peculiar era a estrutura do corpo humano e de qualquer animal que tivesse vida. Logo, muitas vezes comecei a me perguntar: de onde o princípio da vida surgiria? Era uma pergunta audaciosa, que até então sempre fora considerada um mistério, mas quantas coisas deixamos de saber porque a covardia ou a preguiça impedem que pesquisemos?

Eu ponderei essas circunstâncias em minha mente, e decidi a partir de então me aplicar mais particularmente aos ramos da ciência que se relacionassem à fisiologia. Se eu não estivesse tomado de um entusiasmo quase sobrenatural, minha aplicação a esse estudo teria sido tediosa e quase insuportável. Para examinar as causas da vida, devemos primeiramente estudar a morte. Familiarizei-me depois com a ciência da anatomia, mas isso não era o suficiente. Também comecei a observar a decomposição natural e a alteração do corpo humano. Durante a minha infância, meu pai havia tomado todo tipo de precauções para que eu não me impressionasse com horrores sobrenaturais. Não consigo me lembrar de alguma vez haver tremido com uma história de terror ou temido a aparição de algum espírito. A escuridão não tinha efeito sobre minha imaginação e um cemitério era, para mim, apenas o lugar onde ficavam os corpos privados de vida que deixaram de ser algo belo e forte para se tornarem alimento para os vermes.

Agora eu estava decidido a explorar as causas e o processo dessa decomposição e comecei a passar dias e noites em criptas e necrotérios. Minha atenção se fixou em cada objeto mais insuportável à delicadeza dos sentimentos humanos. Vi como o belo corpo de um homem se decompunha e apodrecia. Presenciei a decomposição da morte se apropriando da face florida da vida. Vi como os vermes habitavam as profundezas dos olhos e do cérebro. Detinha-me a analisar todas as minúcias da causalidade, como demonstrado em cada fase de transição da vida para a morte e da morte para a vida, até que, em meio a essas trevas, senti uma luz brotar em mim. Era uma luz tão brilhante e maravilhosa, ainda que simples, que ao mesmo tempo em que fiquei tonto com a imensidão das perspectivas que ela iluminava, fiquei também surpreso que entre tantos gênios que haviam pesquisado sobre o mesmo assunto, fosse eu destinado a descobrir um segredo tão assombroso.

Lembre-se de que não estou contando a história de um louco. O que afirmo é tão verídico quanto o fato de o sol brilhar no céu. Algum milagre pode ter feito isso acontecer, mas os estágios da descoberta foram distintos e prováveis. Após dias e noites de trabalho contínuo e de muita fadiga, consegui descobrir o princípio gerador da vida e, mais do que isso, consegui dar vida a matérias inanimadas.

O espanto que tive ao presenciar a descoberta logo deu lugar ao êxtase e à euforia. Depois de tanto tempo gasto em trabalho árduo, chegar dessa forma ao cume dos meus desejos foi a sensação mais gratificante de minha labuta. Essa descoberta era tão grandiosa e irrefutável que todos os passos que eu havia dado progressivamente para chegar até ela foram esquecidos e eu pensava apenas nos resultados. O que já havia sido o objeto de estudo e de desejo dos homens mais sábios desde a criação do mundo agora estava ao alcance das minhas mãos. Não que, como uma cena mágica, tudo tivesse se revelado para mim de uma vez; as informações que eu tinha obtido eram passíveis propriamente a direcionar meus esforços tão logo eu devesse apontá-los para o objeto de minha busca do que para exibir aquele objeto já concluído. Sentia-me como o árabe que havia sido enterrado com os mortos e encontrado uma passagem para a vida, apenas com a ajuda de uma luz reluzente aparentemente ineficaz.[14]

Meu amigo, posso ver pela ansiedade, admiração e esperança que seus olhos expressam que você gostaria que eu lhe revelasse o segredo que conheço, mas isso não será possível. Escute pacientemente a história até o fim e você perceberá facilmente por que sou tão reservado sobre o assunto. Não irei conduzi-lo, desprotegido e ansioso, a uma situação de miséria inevitável como aconteceu a mim. Aprenda comigo, se não pelos meus conselhos, ao menos pelo meu exemplo, e veja como é perigoso adquirir conhecimento e que é mais feliz o homem que aceita seu lugar no mundo do que aquele que aspira ser maior do que a natureza lhe permite.

Quando me vi com um poder tão forte em minhas mãos, hesitei por muito tempo pensando de que forma deveria usá-lo. Embora eu possuísse a habilidade de dar vida às coisas, preparar um corpo para recebê-la, com todo o seu labirinto de fibras, músculos e veias ainda era um trabalho de uma complexidade inimaginável. Fiquei em dúvida, inicialmente, se deveria criar um ser como eu ou um organismo mais simples, mas a minha imaginação estava exaltada demais pelo meu grande sucesso para me permitir duvidar da minha capacidade de dar vida a um animal tão completo e maravilhoso como o homem. Naquele momento, os materiais de que dispunha não pareciam ser adequados para um experimento tão elaborado, mas não duvidei de que teria sucesso. Preparei-me para diversos revezes; meus trabalhos poderiam frustrar-me uma ou outra vez e, ao fim, meu trabalho poderia ser imperfeito. Mas quando ponderei sobre os avanços que ocorriam todos os dias nos campos da ciência e da mecânica, tive esperança de que minhas tentativas do presente ao menos servissem de base para um sucesso no futuro. Também não considerei a magnitude e a complexidade do meu plano como argumentos para não levá-lo a cabo. Foi com esses sentimentos que comecei a criar um ser humano. Como a pequenez dos órgãos constituía um grande obstáculo para avançar

---

14. Referência à sexta viagem de Simbad, no livro *As mil e uma noites*. Essa e outras histórias estão presentes no box *Árabes*, lançado em 2021 pela Editora Pandorga. (N. E.)

rapidamente, contrariando minha primeira intenção, decidi construir um ser de estatura gigantesca; isto é, aproximadamente dois metros e meio de altura e com as medidas correspondentes fornecidas. Depois de tomar essa decisão e depois de passar vários meses com êxito na coleta e preparação dos materiais apropriados, comecei o meu trabalho.

Ninguém entenderia a multiplicidade de sentimentos que me assaltaram, como um furacão durante o entusiasmo inicial de sucesso. Eu seria o primeiro a romper os laços entre a vida e a morte, fazendo jorrar uma nova luz nas trevas do mundo. Seria o criador de uma nova espécie — seres felizes, puros, que iriam dever-me sua existência. Nenhum pai poderia exigir toda a gratidão de seu filho de forma tão absoluta como eu mereceria. Com isso em mente, pensei que, uma vez que conseguia dar vida a matérias inanimadas, também poderia, com o tempo (ainda que eu achasse impossível naquele momento) renovar a vida onde a morte aparentemente tivesse entregado um corpo à decomposição.

Essas ideias me animavam enquanto eu prosseguia em minha tarefa com um entusiasmo incansável. Meu rosto já estava totalmente pálido e eu estava enfraquecido de tanto ficar confinado nos meus estudos. Às vezes chegava perto de alguma conclusão e falhava, mas mesmo assim continuava com a esperança de que no dia ou na hora seguinte algo se concretizasse. A esperança de ter sucesso naquele experimento vinha de um segredo que só eu possuía. A lua era testemunha dos meus trabalhos durante as madrugadas enquanto, sem descanso, tentava descobrir onde os segredos da natureza se escondiam. Quem poderia conceber os horrores dessa tarefa secreta, quando me via obrigado a andar entre as tumbas úmidas e vasculhar ou esquartejar animais vivos para aproveitar-lhe o sopro de vida na recomposição do corpo inerte? Hoje, estremeço ao lembrar essas coisas e tenho vontade de chorar, mas naquela época um impulso irresistível e frenético me fazia prosseguir. Eu parecia ter perdido qualquer alma ou sentido e vivia somente em função daquela obra. De fato, era como um estado de transe passageiro, que só me fez sentir intensidade renovada assim que, com os estímulos anormais cessando, eu havia retornado aos meus velhos hábitos. Recolhia ossos nos necrotérios e, perturbado, profanava com meus dedos os grandes segredos do corpo humano. O meu lugar de trabalho era um quarto isolado, mais como uma cela, na parte superior da casa, separado de todos os outros cômodos por uma galeria e um lance de escadas. Meu globo ocular começava a sair de suas órbitas para desempenhar os detalhes do meu trabalho. O necrotério e o matadouro me proporcionavam a maior parte de meus materiais e frequentemente minha natureza humana se sentia enojada daquela ocupação; todavia, continuei determinado por uma ânsia que aumentava permanentemente até concluí-la.

Os meses de verão se passaram e eu permanecia engajado de corpo e alma em meu único objetivo. Foi um verão lindo, os campos nunca forneceram colheitas mais prósperas e as vinícolas raras vezes tiveram safras mais ricas, mas meus olhos permaneciam insensíveis aos encantos da natureza. O mesmo sentimento que me fazia negligenciar a paisagem ao meu redor também fazia com que me esquecesse dos amigos que estavam muito longe e que eu não via há muito tempo. Eu sabia que meu silêncio os preocupava e lembrava-me bem das palavras do meu pai: "Sei que mesmo estando satisfeito consigo, se lembrará de nós com afeto e teremos notícias suas frequentemente. Você deverá me perdoar se eu entender qualquer interrupção nas suas correspondências como prova de que suas outras tarefas também estejam sendo igualmente negligenciadas."

Sabia bem, portanto, como meu pai se sentia, mas não era possível desvencilhar meus pensamentos do meu experimento que, ainda que por si mesmo fosse odioso, havia tomado conta de mim por completo. Era como se eu desejasse afastar de mim qualquer sentimento de afeto até que aquele objeto que engolia qualquer hábito da minha natureza estivesse completo.

Cheguei a pensar que meu pai estaria sendo injusto se entendesse meu silêncio como alguma falta de consideração da minha parte, mas agora estou convencido de que ele tinha razão sobre eu ter minha parcela de culpa. Um ser humano que deseja ser perfeito sempre deve preservar a calma e a paz de espírito e nunca deixar que a paixão e os desejos passageiros atrapalhem sua tranquilidade. Não creio que a busca pelo conhecimento seja uma exceção a essa regra. Se a ambição à qual alguém se entrega tem a tendência de enfraquecer suas afeições e destruir seu gosto por aqueles simples prazeres que nada deve prejudicar, estão esse estudo é prejudicial e não serve à mente humana. Se essa regra fosse sempre observada, se o homem não permitisse que nenhuma ambição interferisse em sua tranquilidade e em suas afeições familiares, a Grécia não teria sido escravizada, César teria poupado seu país, a América teria sido descoberta de forma mais gradual e os impérios do México e do Peru não teriam sido destruídos.

Mas esqueço que estou fazendo uma digressão moral na parte mais interessante da minha história e é possível ver pela sua expressão que devo prosseguir.

Meu pai não reclamou da minha falta de correspondências em suas cartas e só fez referência ao meu silêncio perguntando-me com mais insistência que antes sobre minhas ocupações. O inverno, a primavera e o verão passaram e eu seguia trabalhando, sem parar para ver as flores e as folhas das árvores crescerem, algo que sempre me proporcionava grande deleite, de tanto que estava compenetrado em meu trabalho. Naquele ano, as folhas murcharam e caíram bem antes que meu trabalho chegasse ao fim, mas a cada dia percebia que estava alcançando resultados concretos. A ansiedade amargava meu entusiasmo e eu mais parecia um escravo amaldiçoado a trabalhar nas minas ou a cumprir qualquer outro trabalho ingrato que um artista trabalhando em sua obra favorita. Todas as noites, sentia uma febre baixa e me tornei uma pessoa nervosa ao extremo extenuante. Uma folha caindo me assustava, e eu evitava meus colegas como se fosse culpado por algum crime. Às vezes, me assustava com a ruína ao perceber no que eu estava me transformando. Apenas a energia do meu propósito me sustentava. Logo terminaria minhas tarefas, e eu acreditava que os exercícios físicos e a diversão afastariam as doenças incipientes. Prometi a mim mesmo que faria isso quando meu experimento estivesse terminado.

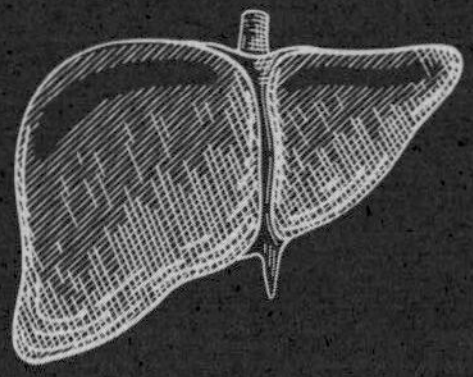

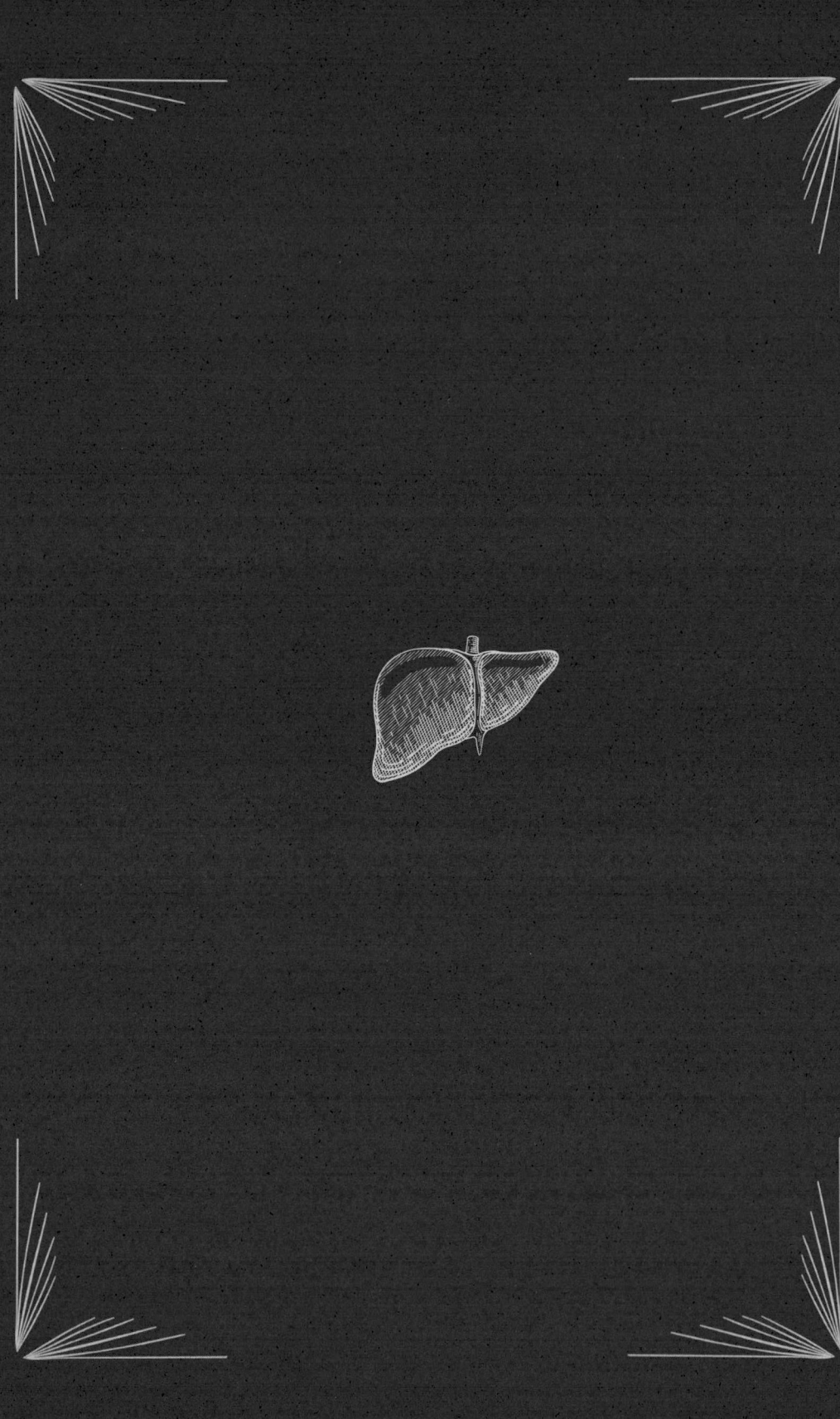

Capítulo 5

Foi em uma noite assustadora de novembro que vi o resultado dos meus esforços. Minha ansiedade beirava a agonia, e juntei ao meu redor os instrumentos e preparei-me para o ponto culminante do meu experimento, que seria dar vida àquela coisa inanimada que jazia diante dos meus olhos. Já era uma da manhã, a chuva tamborilava melancolicamente contra as vidraças e minha vela já quase havia queimado totalmente quando, à meia luz, vi os olhos amarelos opacos da criatura se abrirem. Ela respirou fundo e começou a mexer as pernas e os braços de forma convulsiva.

Como posso descrever minha emoção diante daquela catástrofe, ou descrever o desgraçado que com muito sofrimento e trabalho infinito havia me esforçado para criar? Suas pernas tinham as proporções certas e eu havia criado seu rosto bonito. Bonito! Deus! Sua pele amarela mal cobria seus músculos e suas artérias inferiores. Seu cabelo era de um preto lustroso e esvoaçante; seus dentes eram brancos como pérolas, mas isso só contribuía para deixá-lo com um aspecto mais horripilante quando contrastado com seus olhos aguados, que pareciam ser quase da mesma cor das órbitas em que estavam encaixados, a pele apergaminhada e os lábios retos e escurecidos.

Os diferentes acontecimentos da vida não são tão mutáveis quanto os sentimentos da natureza humana. Trabalhei com afinco por quase dois anos, com o único propósito de dar vida a um corpo inanimado. Nesse experimento, havia empenhado minha tranquilidade e minha saúde. Desejava esse dia com um furor que ultrapassava qualquer limite da moderação, mas, agora que havia terminado, a beleza do sonho desapareceu e só o pavor e a repulsa embargavam meu coração. Incapaz de suportar a visão da criatura que eu havia criado, precipitei-me pela porta e corri para meu quarto, onde passei um bom tempo andando de um lado para outro, sem conseguir me deitar e me entregar ao esquecimento do sono. Por fim, o cansaço prevaleceu sobre meu desespero interior e atirei-me à cama sem me trocar, tentando esquecer por alguns minutos tudo aquilo. Acabei por adormecer, de fato, mas fui perturbado pelos sonhos mais loucos. Eu pensei ter visto Elizabeth, na flor da saúde, andando nas ruas de Ingolstadt. Encantado e surpreso, abracei-a; mas quando imprimi o primeiro beijo em seus lábios, eles ficaram lívidos com a cor da morte; suas feições pareceram mudar, e pensei que segurava o cadáver de minha mãe morta em meus braços; uma mortalha envolveu sua forma, e vi os vermes rastejando nas dobras do tecido. Acordei aterrorizado, um suor gelado cobria minha testa, meus dentes rangiam e meus braços e pernas começaram a tremer. Foi então que, sob a pálida luz amarela da lua que se precipitava pelas venezianas da janela, vi a minha obra: o monstro miserável que havia criado. Ele entreabriu as cortinas da cama e seus olhos, se é que assim podemos chamá-los, olhavam fixamente para mim. Ele abriu a boca e murmurou alguns sons sem sentido, enquanto um leve sorriso se desenhava pelos seus lábios. Ele deve ter dito algo, mas não ouvi. Consegui escapar e sair correndo pelas escadas, ainda que ele tivesse tentado me impedir com as mãos estendidas. Tentei me esconder no pátio que fazia parte da casa em que morava e permaneci lá pelo resto da noite, andando de um lado para o outro agitado, prestando atenção para ouvir qualquer barulho que indicasse que o cadáver demoníaco ao qual eu mesmo havia dado vida estava se aproximando.

Oh! Nenhum mortal aguentaria o horror daquele semblante. Uma múmia a qual se devolvesse o movimento não seria tão horripilante quanto aquela criatura. Eu havia olhado para ele antes de terminado. Ele era repulsivo então, mas quando os músculos e os ligamentos adquiriram mobilidade, ele se transformou em algo que nem mesmo Dante teria conseguido imaginar.

Tive uma noite horrível. Meu pulso às vezes batia tão rápido e intensamente que sentia a palpitação de cada artéria. Em outras ocasiões, estive a ponto de cair no chão de tanto langor e fraqueza. Misturado a esse horror, sentia a amargura do desapontamento. As ilusões, que tinham sido meu combustível e descanso agradável por tanto tempo, tinham se transformado em um inferno de uma hora para a outra; e a mudança foi tão rápida, e a derrota, tão completa!

O dia amanheceu sombrio e úmido, e pude ver com meus olhos insones e doloridos a igreja de Ingolstadt, seu campanário branco e seu relógio que indicava a sexta hora. O porteiro abriu as portas do pátio onde eu me refugiara e eu corri para as ruas, a passos rápidos, desesperado por afastar-me do monstro, mas temendo encontrá-lo a cada esquina. Não me atrevia a voltar à minha casa , mas me senti impelido a me apressar, ainda que encharcado pela chuva que caía de um céu escuro e hostil.

Continuei andando dessa forma por algum tempo, tentando fazer com que o esforço físico diminuísse o peso da minha consciência. Atravessava as ruas sem saber bem onde estava ou o que eu estava fazendo. Meu coração palpitava com medo e eu corria a passos irregulares sem ousar olhar ao meu redor:

> *Era eu como quem vai, com medo e com temor,*
> *Por deserto lugar,*
> *E, tendo olhado à pressa para trás, prossegue*
> *Sem nunca mais olhar*
> *Porque bem sabe que um demônio assustador*
> *Pisa em seu calcanhar.*[15]

Assim continuei caminhando, até que finalmente cheguei em frente à pousada onde as carruagens geralmente paravam. Não sei por que parei ali, mas permaneci com os olhos fixos por alguns minutos em uma carruagem que vinha em minha direção do outro extremo da rua.

---

15. Trecho de *The Rime of the Ancient Mariner*, de Samuel T. Coleridge, Edição brasileira: A balada do velho marinheiro [recurso eletrônico] : multilíngue / organização, Daniel Serravalle de Sá, Gisele Tyba Mayrink Orgado. – Dados eletrônicos.– Florianópolis : CCE/UFSC, 2018. (N. E.)

Quando ela se aproximou, percebi que se tratava de uma carruagem suíça. Ela parou justamente perto de mim e quando a porta se abriu, vi Henry Clerval que, ao ver-me, desceu rapidamente.

— Meu querido Frankenstein! — exclamou ele. — Como fico feliz em vê-lo! Que sorte você estar aqui no exato momento da minha chegada!

Nada poderia se comparar à felicidade que senti ao rever Clerval. Sua presença trouxe de volta as lembranças do meu pai, de Elizabeth e todas as outras memórias queridas da minha casa. Apertei sua mão e por um momento me esqueci de todo meu terror e minha desgraça. Senti, de repente e pela primeira vez em muitos meses, uma felicidade calma e serena. Dei as boas-vindas ao meu amigo da forma mais cordial possível e caminhamos juntos em direção à universidade. Clerval continuou falando por algum tempo sobre nossos amigos em comum e como teve sorte de conseguir permissão para vir a Ingolstadt.

— Você pode facilmente imaginar — disse ele — como foi difícil convencer meu pai de que todo conhecimento necessário não se restringia à nobre arte da contabilidade, e não creio que realmente o convenci de todo, pois sua resposta aos meus pedidos incansáveis era sempre a mesma que dava aquele maestro holandês em *O Vigário de Wakefield:* "Tenho uma renda de dez mil florins por ano sem saber grego nem latim". Mas, por fim, a afeição por mim se sobrepôs à ojeriza pela cultura, e ele permitiu que eu fizesse esta viagem de descoberta à terra do conhecimento.

— Como fico feliz em vê-lo! Mas me diga como estão meu pai, meus irmãos e Elizabeth?

— Muito bem e muito felizes, apenas um pouco preocupados por não terem notícias suas. Aliás, preciso falar com você sobre isso. Mas, meu querido Frankenstein — continuou ele, parando bruscamente e olhando bem na minha cara —, eu não tinha reparado antes como você parece estar doente, está muito magro e pálido. Parece até que você passou noites acordado.

— Você acertou. Ultimamente, tenho me esforçado tanto em um trabalho que não venho descansando o suficiente, como você pode ver. Contudo, espero, sinceramente espero, que essas preocupações estejam chegando ao fim e que eu esteja livre em breve.

Eu ainda estava excessivamente trêmulo. Não suportava sequer pensar, muito menos recordar os acontecimentos da noite anterior. Caminhávamos a passos rápidos e logo chegamos à universidade. Então pensei que aquela criatura que eu havia deixado no meu alojamento ainda poderia estar lá, viva e perambulando, e isso me fez estremecer. Eu temia ver aquele monstro, mas temia ainda mais que Henry o visse. Pedi, portanto, que ele esperasse alguns minutos na entrada e subi correndo em direção ao meu quarto. Minhas mãos já estavam na maçaneta da porta antes mesmo de eu me dar conta. Fiz, então, uma pausa e senti um calafrio. Escancarei a porta impetuosamente como as crianças fazem quando estão esperando encontrar um fantasma do outro lado, mas não havia nada ali. Entrei temeroso: a sala estava vazia e meu quarto também estava livre daquela criatura espantosa. Mal acreditei que pudesse ter tanta sorte, e depois de me assegurar de que meu inimigo havia de fato fugido, bati palmas com alegria e desci correndo para buscar Clerval.

Subimos ao meu quarto e o funcionário nos trouxe o café da manhã, mas eu mal conseguia me conter. Não era só alegria que eu sentia. Minha pele formigava com excesso de sensibilidade e meu pulso estava acelerado. Não conseguia ficar parado no mesmo lugar nem por um instante. Pulava sobre as cadeiras, batia palmas e ria desenfreadamente. Clerval inicialmente atribuiu aquele comportamento estranho à felicidade por sua chegada, mas ao me observar com mais atenção, viu uma loucura nos meus olhos que ele não reconhecia e minha risada cruel, alta e desenfreada o surpreendeu e assutou.

— Querido Victor — exclamou ele —, pelos céus, o que está acontecendo? Não ria desta forma. Você está doente! Qual a causa de tudo isso?

— Não me pergunte — exclamei, tampando meus olhos com as mãos, pois pensei ter visto o temido espectro entrando no quarto. — *Ele* lhe dirá. Ah, salve-me! Salve-me! — Imaginei que o monstro me agarrava, lutei furiosamente contra ele e caí no chão desfalecido.

Pobre Clerval! O que deve ter pensado? Um encontro que ele havia esperado com tanta alegria se tornava algo tão estranho e cheio de amargura. Não fui, contudo, testemunha de sua dor, porque desmaiei e só recuperei meus sentidos muito, muito tempo depois.

Aquele foi o começo de uma febre nervosa que tomou conta de mim por vários meses. Durante todo esse tempo, Henry foi o meu único enfermeiro. Posteriormente, fiquei sabendo que ele não havia contado nada para a minha família, dada a idade avançada do meu pai para receber tais notícias e fazer uma viagem tão longa, e porque minha doença faria mal a Elizabeth. Ele sabia que eu não poderia encontrar nenhum enfermeiro mais gentil e atencioso que ele e, certo de que me recuperaria, não teve dúvidas de que, assim agindo, em vez de fazer mal, estava fazendo um ato de bondade em relação a todos eles.

Mas eu estava realmente muito doente e certamente nada, exceto a atenção constante e contínua de meu amigo, poderia ter me trazido de volta à vida. Sempre tinha diante de mim a figura do monstro para o qual eu dera vida e que aparecia constantemente em minhas ilusões. Sem dúvida, minhas palavras surpreenderam Henry: a princípio ele pensou que fossem divagações da minha imaginação confusa; mas a insistência com que recorria constantemente ao mesmo assunto o convenceu de que meu distúrbio tivera origem em algum acontecimento incomum e terrível.

Pouco a pouco, e com frequentes recaídas que assustaram e perturbaram meu amigo, eu fui me recuperando. Lembro-me de que, na primeira vez em que pude observar as coisas da rua com algum prazer, percebi que as folhas caídas haviam desaparecido e que os caules verdes começavam a brotar nas árvores que sombreavam minha janela. Foi uma primavera maravilhosa e a estação certamente contribuiu muito para melhorar minha saúde durante minha convalescença. Também percebi que os sentimentos de alegria e afeição foram reavivados em meu peito; minha tristeza desapareceu, e em pouco tempo fiquei tão alegre quanto antes de sofrer essa obsessão fatal.

— Caro Clerval — eu disse —, quão bom e gentil você tem sido comigo. Durante todo o inverno, em vez de passá-lo estudando, como você planejara, você o desperdiçou no meu quarto de doente. Como posso recompensá-lo? Lamento muito por ter sido a causa deste desastre. Espero que me perdoe.

— Você vai me recompensar totalmente se não se perturbar e ficar bom o mais rápido possível. Como você parece estar de bom humor, talvez eu possa lhe falar uma coisa, você se importa?

Eu tremi. Uma coisa! O que poderia ser? Será que ele poderia estar se referindo a uma coisa que eu nem sequer me atrevia a pensar?

— Não fique nervoso — disse Clerval, que percebeu que eu estava pálido. — Não lhe direi nada se você ficar agitado. Mas seu pai e sua prima ficariam muito felizes se recebessem uma carta sua escrita por seu próprio punho. Eles não sabem ao certo o quão doente esteve e estão preocupados com seu longo silêncio.

— Isso é tudo, meu caro Henry? Como você pode imaginar que meus primeiros pensamentos não seriam dedicados àqueles entes queridos que eu amo tanto e que tanto merecem meu amor?

— Já que está tão animado, meu amigo, você adorará ver uma carta que está esperando por você há alguns dias. É de sua prima, eu acredito.

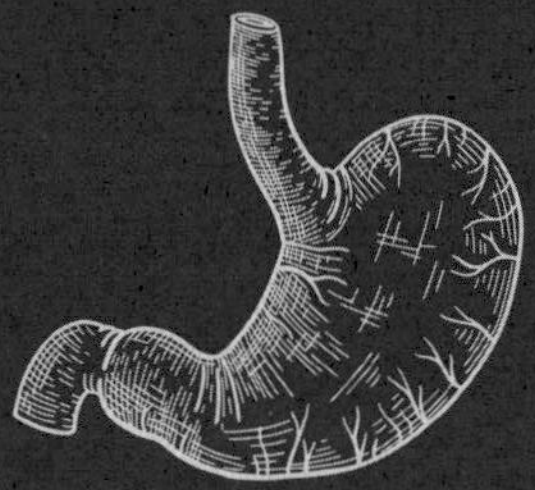

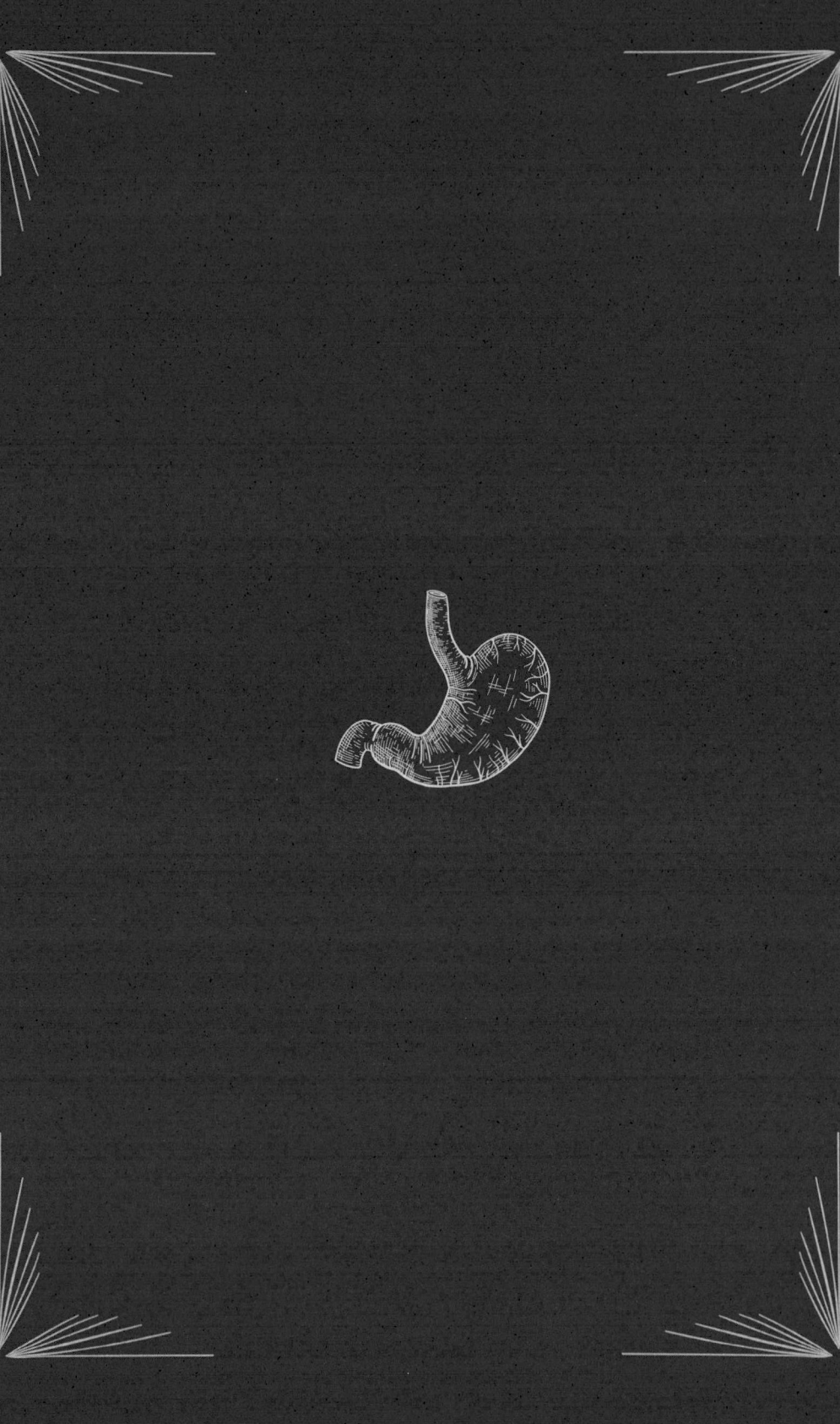

Capítulo 6

Então, Clerval colocou a seguinte carta em minhas mãos. Era de minha querida Elizabeth:

Prezado primo:

Você esteve doente, muito doente, e mesmo as constantes cartas do querido e gentil Henry não são suficientes para me tranquilizar a seu respeito. Você está incapacitado de escrever, de segurar uma caneta. Ainda uma palavra sua, querido Victor, é necessária para acalmar nossa preocupação. Por muito tempo eu pensei que cada postagem traria essa notícia, e minhas convicções impediram meu tio de fazer uma viagem a Ingolstadt. Eu evitei que ele sofresse os inconvenientes e possíveis perigos de uma viagem tão longa, mas muitas vezes eu me desapontei por não ser capaz de fazê-la eu mesma. Imagino que a tarefa de cuidar de você na sua doença foi dada a alguma velha enfermeira mercenária que jamais poderia adivinhar seus desejos nem atendê-los com o zelo e afeição de sua pobre prima. Mas isso acabou agora; Clerval diz em suas cartas que de fato você está melhorando. Desejo fervorosamente que você confirme isso para nós muito em breve escrevendo com sua caligrafia.

Fique bem e volte para nós. Você encontrará um lar feliz e alegre e amigos que o amam muito. A saúde do meu tio é tão boa e tão forte e ele pede apenas para vê-lo, para se assegurar de que está bem, e nenhuma preocupação entristecerá o semblante bondoso dele. Você teria satisfação em ver o progresso do nosso Ernest! Ele agora tem dezesseis anos e está muito bem e cheio de vida. Ele deseja ser um verdadeiro suíço e trabalhar no exterior, mas não podemos nos separar dele, pelo menos até seu irmão mais velho voltar para nós. Meu tio não está satisfeito com a ideia de uma carreira militar em um país distante, mas Ernest nunca teve a capacidade de aplicação que você tem. Para ele, estudo é uma prisão odiosa. Seu tempo é gasto ao ar livre, escalando montanhas ou remando no lago. Temo que ele se torne um preguiçoso, a menos que cedamos, permitindo que ele entre na profissão que deseja.

Poucas mudanças, exceto o crescimento de nossos queridos meninos, ocorreram desde que você nos deixou. O lago azul e as montanhas cobertas de neve, eles nunca mudam; e eu acho que nossa casa serena e nossos corações satisfeitos são regulados pelas mesmas leis imutáveis. Minhas ocupações de rotina ocupam meu tempo e me divertem, e sou recompensada por qualquer esforço ao ver apenas rostos gentis e felizes ao meu redor. Desde que você nos deixou, somente uma mudança ocorreu em nossa pequena casa. Você se lembra da ocasião em que Justine Moritz entrou em nossa família? Provavelmente não; então vou contar a história dela em poucas palavras. Madame Moritz, sua mãe, era viúva e tinha quatro filhos, dos quais Justine era a terceira. A garota sempre fora a favorita do pai, mas, devido a uma estranha obsessão, sua mãe não a suportava e, após a morte do sr. Moritz, ela a maltratou horrivelmente. Minha tia sabia de tudo isso e, quando Justine fez doze anos, conseguiu convencer a mãe a permitir que ela morasse em nossa casa. As instituições republicanas de nosso país promoviam costumes mais simples e amigáveis do que os predominantes nas grandes monarquias que nos cercam. E por esse motivo, há menos diferenças entre as classes em que os seres humanos estão divididos; e as classes mais baixas, não sendo tão pobres nem desprezadas como em outros lugares, são mais educadas e dignas. Um criado em Genebra não é o mesmo que um criado na França ou na Inglaterra. Então Justine foi bem-vinda em nossa família para aprender as obrigações de uma criada, que em nosso país por sorte não inclui o aspecto de ignorância e o sacrifício da dignidade de um ser humano.

Você deve se lembrar de que Justine era sua grande favorita; e lembro-me de ouvir você dizer uma vez que, se estivesse de mau humor, um olhar de Justine poderia dissipá-lo pela mesma causa descrita por Ariosto em relação à beleza de Angélica: seu rosto era todo franqueza e alegria. Minha tia gostava muito dela, o que a levou a dar-lhe uma educação superior ao que ela havia planejado. Esse presente foi totalmente recompensado: Justine era a criatura mais grata do mundo. Não quero dizer que ela seguiu qualquer profissão — nunca a ouvi dizer nada sobre isso —, mas era possível ver em seus olhos que ela praticamente adorava sua protetora. Embora fosse muito engraçada, e de muitas maneiras descuidada, prestava muita atenção a todos os gestos de minha tia: considerava-a um modelo de perfeição e sempre tentava imitar suas palavras e até seus gestos, de modo que, mesmo agora, muitas vezes ela me lembra minha tia.

Quando minha querida tia morreu, estávamos todos muito ocupados com a nossa própria dor para olhar para a pobre Justine, que cuidara dela durante a doença com o maior carinho. A pobre Justine estava muito doente, mas o destino tinha outras provações reservadas para ela.

Um após o outro, seus irmãos e irmã haviam morrido e sua mãe ficara então, exceto por sua filha renegada, sem filhos. A mulher começou a sentir remorso na consciência e pensar que a morte de seus amados filhos era uma maldição do céu para punir seu preconceito contra Justine. Ela era católica romana e creio que foi seu confessor quem despertou essas ideias que a mulher havia concebido. Alguns meses depois de sua partida para Ingolstadt, a mãe arrependida chamou Justine e pediu que ela voltasse para casa. Pobre menina! Ele chorou quando foi embora. Estava muito mudada desde a morte da minha tia: a dor lhe havia conferido alguma doçura e uma afabilidade encantadora aos gestos que anteriormente chamavam a atenção para sua vivacidade. Obviamente, morar na casa de sua mãe não foi a melhor maneira de lhe dar alegria. A pobre mulher não estava muito firme em seu arrependimento. Às vezes, implorava a Justine que perdoasse sua crueldade, mas muito mais frequentemente a acusava de ser a causa da morte de seus irmãos e irmã. Essas constantes mudanças emocionais acabaram levando a sra. Moritz à doença, que a princípio só aumentava sua irritabilidade, mas agora ela está descansando para sempre: morreu com os primeiros ventos frios, no início do inverno passado. Justine voltou a morar conosco, e posso garantir que a amo muito. Ela é muito inteligente, muito carinhosa e bonita e, como mencionei antes, seus gestos e expressões me lembram continuamente minha querida tia.

Devo lhe dizer também outra coisa, meu querido primo, sobre o nosso pequeno William. Eu gostaria que você pudesse vê-lo! Ele é muito alto para a idade e tem olhos azuis, doces e sorridentes, cílios muito escuros e cabelos encaracolados. Quando ele sorri, duas pequenas covinhas aparecem em suas bochechas, sempre rosadas e saudáveis. Ele já teve uma ou duas namoradas, mas Louisa Biron é a sua favorita: uma linda menina de cinco anos.

E agora, querido Victor, acho que você vai adorar saber algumas fofocas sobre seus conhecidos de Genebra. A bela senhorita Mansfield já recebeu visitas de parabéns pelo seu casamento próximo com um jovem cavalheiro inglês, John Melbourne. Sua espantosa irmã Manon se casou no outono passado com o senhor Duvillard, o banqueiro rico. E seu bom amigo da escola, Louis Manoir, sofreu vários infortúnios desde que Clerval deixou Genebra, mas já recuperou o ânimo e dizem por aí que ele está prestes a se casar com uma francesa linda e muito alegre: madame Tavernier. Ela é viúva e muito mais velha que Manoir, mas todos a admiram e a apreciam.

Escrevi com todo o meu bom humor, querido primo, mas não posso terminar angustiada mais uma vez. Escreva, caro Victor, uma linha, uma palavra será uma bênção para nós. Dez mil agradecimentos a Henry por sua gentileza, seu afeto e suas várias cartas. Nós somos sinceramente gratos. Adeus, meu primo! Se cuide. E eu imploro: escreva!

Elizabeth Lavenza.

Genebra, 18 de março de 17...

"Querida, querida Elizabeth!" Exclamei, depois de ler sua carta: "Escreverei imediatamente e os livrarei da ansiedade que devem sentir." Eu escrevi, e a tarefa me deixou muito cansado, mas minha recuperação havia começado e continuava satisfatória: em mais quinze dias eu poderia sair do meu quarto.

Uma das minhas primeiras tarefas com a minha recuperação foi apresentar Clerval aos diferentes professores da universidade. E, ao fazer isso, tive de passar por uma espécie de encontros tempestuosos que reabriram as feridas que minha mente havia sofrido. Desde aquela noite fatal, do fim do meu trabalho e início do meu infortúnio, aninhei em mim uma violenta antipatia por tudo relacionado à ciência natural. Além disso, praticamente recuperado, a simples visão dos instrumentos químicos revivia em mim toda a agonia dos meus ataques nervosos. Henry havia notado e removido todos aqueles dispositivos da minha vista; meu apartamento também era outro, porque ele percebeu que eu não gostava do aposento que antes fora meu laboratório. Mas essas precauções de Clerval não ajudaram muito quando visitei os professores. Até o Sr. Waldman me torturou ao elogiar meus incríveis avanços científicos com bondade e carinho. Ele imediatamente percebeu que eu não estava gostando daquela conversa, mas, ignorando qual seria o verdadeiro motivo, atribuiu meus sentimentos à modéstia e mudou de assunto — de minhas habilidades, para a ciência em geral — com o desejo, como notei evidentemente, de capturar meu interesse. O que eu poderia fazer? Ele simplesmente queria me agradar, mas só conseguiu me atormentar. Eu sentia como se ele estivesse colocando cuidadosamente, um por um, diante dos meus olhos, todos aqueles instrumentos que seriam usados mais tarde para me dar uma morte lenta e cruel. Contorcia-me com cada palavra dele, embora não ousasse mostrar a dor que sentia. Clerval, cujos olhares e sentimentos estavam sempre prontos para descobrir imediatamente as emoções dos outros, não quis mais falar sobre o assunto, argumentando que não sabia nada sobre isso e a conversa se voltou para outros assuntos gerais. Agradeci-lhe em pensamento, mas não disse nada. Vi claramente que ele estava surpreso, mas não tentou arrancar meu segredo; e embora eu o amasse com uma mistura de afeto e respeito sem limites, nunca ousei confessar a ele o que sempre estava presente em meus pensamentos, porque tinha medo de que, ao explicá-lo a outra pessoa, tudo deixasse uma marca ainda mais profunda em mim.

O Sr. Krempe não foi igualmente gentil e, dada a condição de extrema sensibilidade, quase insuportável, na qual eu me encontrava então, seus elogios rudes e diretos me causaram mais dor do que a aprovação benevolente do Sr. Waldman.

— Maldito garoto! — exclamou ele. — Sr. Clerval, eu lhe digo que nos superou a todos. Sim, sim, pense o que quiser, mas é a pura verdade. Um jovem que há apenas alguns anos acreditava em Cornélio Agrippa tão firmemente quanto no Evangelho agora se colocou à frente da universidade; e se não o determos em breve, nossos cargos estarão em perigo. Sim, sim — ele continuou, observando meu gesto expressivo de contrariedade —, o sr. Frankenstein é muito modesto, uma excelente qualidade em um jovem. Os jovens deveriam ser mais humildes, entende o que eu quero dizer, sr. Clerval? Eu mesmo era assim quando jovem, mas isso se desgasta em pouco tempo.

Então o sr. Krempe começou um elogio a si mesmo e felizmente desviou a conversa de um assunto que realmente estava me matando.

Clerval nunca simpatizou com meus gostos pela ciência natural, e seus interesses literários difeririam totalmente dos que me ocupavam. Ele veio para a universidade com o objetivo de se tornar mestre completo das línguas orientais, e assim ele deveria abrir caminho para o projeto de vida que ele traçou para si mesmo. Decidido a alcançar uma carreira brilhante, ele voltou seus olhos para o Oriente, possibilitando um escopo para seu espírito empreendedor. O persa, o árabe e o sânscrito atraíram sua atenção, e eu estava facilmente inclinado a iniciar os mesmos estudos. De minha parte, a inatividade sempre me repugnou, e agora que queria fugir de toda reflexão e repugnava meus estudos antigos, senti um grande alívio ao me tornar colega de classe de meu amigo, e não encontrei somente instrução, mas também consolo nas obras dos autores orientais. Eu não pretendia, como ele, ter um conhecimento crítico dessas línguas, pois não pensei em fazer nenhum outro uso delas além da diversão temporária. Eu lia meramente para entender seu significado, e isso compensava bem a minha intenção. Sua melancolia é tranquilizadora e sua alegria anima a alma a um nível que eu nunca havia experimentado ao estudar escritores de outros países. Quando lemos seus textos, parece que a vida consiste em um sol quente e jardins de rosas, no sorrir e no franzir de sobrolho de um inimigo justo, e na paixão ardente que consome seu coração. Quão diferente da poesia viril e heroica da Grécia e de Roma!

O verão passou em meio a essas ocupações, e meu retorno a Genebra estava marcado para o final do outono, mas foi adiado por vários incidentes. O inverno e a neve chegaram, as estradas ficaram intransitáveis e minha viagem teve de ser adiada até a primavera seguinte. Eu me arrependi muito amargamente desse atraso, porque desejava sinceramente ver minha cidade natal e meus entes queridos novamente. Minha volta só foi adiada por tanto tempo porque eu não queria deixar Clerval sozinho em uma cidade estranha antes que ele conhecesse algumas pessoas. O inverno, no entanto, passou muito agradavelmente e, embora a primavera tenha demorado a chegar, sua beleza compensou o atraso.

O mês de maio já havia começado e eu esperava diariamente a carta que fixaria a data da minha partida, quando Henry propôs um passeio a pé por Ingolstadt, para que eu pudesse me despedir do país onde morara por tanto tempo. Aceitei com prazer a proposta: estava ansioso para fazer algum exercício e Clerval sempre fora meu companheiro favorito nas caminhadas desse tipo, que costumava realizar nas paisagens de meu país natal.

Em um intervalo de quinze dias fizemos essas caminhadas. Minha saúde e meu humor haviam sido restaurados e eu adquirira um vigor renovado com o ar saudável que eu respirava, as descobertas naturais nos nossos passeios e as conversas com meu amigo. O estudo me tornara antissocial: eu havia evitado qualquer relacionamento com meus colegas de classe, mas Clerval inspirava os melhores sentimentos em meu coração. Mais uma vez, ele me ensinou a amar os caminhos da natureza e os rostos adoráveis das crianças. Bom amigo! Como era sincero o seu amor e como se empenhou em animar meu espírito até chegar ao seu nível! Um objetivo egoísta havia me mutilado e me aniquilado, até que sua gentileza e carinho encorajaram e despertaram meus sentidos. Consegui voltar a ser a pessoa alegre que havia sido alguns anos antes, amando a todos e sendo amado por todos, sem tristezas ou preocupações: quando me sentia feliz, a natureza inanimada tinha o poder de me proporcionar as mais deliciosas sensações. Um céu claro e campos verdes me levavam ao êxtase. Aquela estação foi realmente maravilhosa. As flores da primavera desabrochavam nos canteiros enquanto as do verão estavam prestes a brotar. Não fiquei perturbado com os maus pensamentos que durante o ano anterior haviam me oprimido, apesar dos meus esforços para evitá-los, como um fardo insuportável.

Henry apreciava minha alegria e compreendia sinceramente meus sentimentos; esforçava-se para me distrair e, ao mesmo tempo, me contava que sentimentos ocupavam sua alma. A criatividade de sua mente, nessa ocasião, era certamente surpreendente. Sua conversa era muito imaginativa e, muitas vezes, imitando escritores persas e árabes, inventava histórias maravilhosamente fantasiosas e apaixonantes. Em outras ocasiões, recitava meus poemas favoritos ou me engajava em discussões que sustentava com notável genialidade.

Voltamos à universidade em uma tarde de domingo. Os camponeses se divertiam em bailes e todas as pessoas que conhecíamos pareciam contentes e felizes. Eu também estava muito animado e caminhava embargado por sentimentos de alegria e contentamento.

Capítulo 7

Ao chegar em casa, encontrei a seguinte carta do meu pai:

Meu caro Victor:

Você provavelmente estava esperando impacientemente por uma carta para marcar o dia do seu retorno, e fiquei tentado a escrever algumas linhas apenas para dizer o dia em que poderíamos esperar por você. Mas isso seria uma gentileza cruel, e não ousei fazê-lo. Qual seria sua surpresa, meu filho, quando esperando uma recepção alegre e feliz, encontrasse, pelo contrário, lágrimas e pesar? E como posso, Victor, lhe contar nossa desgraça? A ausência não pode ter endurecido seu coração em face de nossas alegrias e tristezas. E como posso infligir dor ao coração de meu filho ausente? Gostaria de prepará-lo para a notícia dolorosa, mas sei que é impossível. Eu sei que seus olhos estarão procurando agora, rapidamente nestas páginas, as palavras que revelarão a você as notícias horríveis.

William está morto! O garoto adorável cujo sorriso eu amava e me encantava, aquele que era tão carinhoso e tão alegre, Victor, foi assassinado!

Não tentarei consolá-lo, simplesmente contarei as circunstâncias do que aconteceu.

Na quinta-feira passada (sete de maio), minha sobrinha, seus dois irmãos e eu fomos passear em Plainpalais. A tarde estava quente e tranquila, e prolongamos nossa caminhada mais do que o habitual. Já estava escurecendo quando decidimos voltar e então descobrimos que Ernest e William, que seguiam na nossa frente, haviam desaparecido. Sentamo-nos em um banco para esperar que eles voltassem. Então Ernest veio e perguntou pelo irmão: ele disse que estavam brincando e que William havia fugido para se esconder, que havia procurado por ele em vão e que estava esperando há muito tempo, mas William não havia retornado.

Isso nos assustou muito e continuamos procurando até a noite cair; depois Elizabeth arriscou que talvez ele pudesse ter voltado para casa. Mas, não, não estava lá. Voltamos ao local com tochas, porque eu não conseguia viver pensando que meu querido filho havia se perdido e ficado exposto às intempéries, com a umidade e o orvalho da noite. Elizabeth também ficou muito angustiada. Por volta das cinco horas da manhã, encontrei meu adorável pequeno, a quem eu tinha visto transbordando vitalidade e saúde na tarde anterior: estava deitado na grama, lívido e imóvel. A marca dos dedos do assassino ainda estava no pescoço dele.

Nós o levamos para casa, e a angústia visível no meu rosto revelou o segredo para Elizabeth. Ela só queria ver o corpo. No começo, tentei evitar a situação, mas ela insistiu e, entrando no quarto em que o corpo estava, examinou apressadamente o pescoço da vítima e, torcendo as mãos, exclamou: "Ah meu Deus! Matei meu menino querido!"

Ela desmaiou e só com muita dificuldade conseguimos reanimá-la; quando voltou a si mesma, não fez nada além de chorar e suspirar. Ela me disse que, naquela mesma tarde, William implorara para que ela permitisse que ele usasse uma joia muito valiosa com o retrato de

sua mãe. O pingente desaparecera e, sem dúvida, foi essa a razão pela qual o assassino cometeu o crime. Até agora, não há sinal do assassino, embora não tenhamos cessado nossas investigações para encontrá-lo. Todavia, isso não nos devolverá o meu querido William.

Volte, querido Victor. Só você pode confortar Elizabeth. Ela chora constantemente e se acusa injustamente de ser a causa da morte da criança. As palavras dela partem meu coração. Estamos todos muito tristes. Mas não seria esse outro motivo, meu filho, para você voltar e ser nosso conforto? Sua querida mãe! Ah, Victor! Agradeço a Deus que ela não esteja viva para ver a morte cruel e miserável de seu pequeno!

Volte Victor, não volte pensando em vingança contra o assassino, mas com sentimentos de paz e amor que possam curar as feridas do nosso espírito, em vez de abri-las ainda mais. Entre nesta casa de luto, querido filho, mas com doçura e carinho por aqueles que o amam, e não com ódio por seus inimigos.

Seu pai afetuoso e aflito,

Alphonse Frankenstein.

Genebra, 12 de maio de 17...

Clerval, que observava meu rosto enquanto eu lia a carta, ficou surpreso ao ver o desespero que sucedeu à alegria que inicialmente demonstrei ao receber notícias de meus entes queridos. Joguei a carta na mesa e cobri o rosto com as mãos.

— Meu caro Frankenstein — Henry disse quando me viu chorando amargamente —, será que você sempre tem que ficar triste? Meu caro amigo, o que aconteceu?

Pedi que ele pegasse a carta e a lesse, enquanto andava de um lado ao outro da sala, nervoso e desesperado. Os olhos de Clerval também derramaram lágrimas ao ler a história do meu infortúnio.

— Não posso confortá-lo de nenhuma maneira, meu amigo — disse ele. — Sua tragédia é irreparável. O que você pensa em fazer?

— Vou imediatamente para Genebra. Venha comigo, Henry, para pedir alguns cavalos.

Ao longo do caminho, Clerval tentou me animar com algumas palavras, mostrando uma verdadeira compreensão.

— Pobre William! — disse ele. — Querido menino, adorável, agora ele descansa com sua mãe angelical! Quem o viu radiante e alegre em sua beleza juvenil deve chorar por sua perda prematura! Morrer tão miseravelmente, sentindo o aperto do assassino! Ainda mais um assassinato que pôde destruir uma inocência radiante! Pobre rapazinho! Apenas um consolo temos nós; seus entes queridos estão de luto e choram, mas ele já descansa. Já não sente mais as garras do assassino, seus sofrimentos terminaram para sempre; a grama cobre seu corpo precioso e ele não sofre mais. Ele não pode mais ser motivo de piedade; devemos reservar isso para seus miseráveis sobreviventes.

Clerval dizia isso enquanto caminhávamos rapidamente pelas ruas. As palavras ficaram gravadas em minha mente e eu me lembrei delas mais tarde, quando estava sozinho. Naquele momento, assim que os cavalos chegaram, pulei na carruagem e disse adeus ao meu amigo.

Minha viagem foi muito triste. No começo, eu só queria ir rápido, porque queria confortar meus entes queridos e tristes e ser solidário a eles. Mas à medida que me aproximava de minha cidade, retardava minha jornada. Eu também mal podia suportar a avalanche de sentimentos que se agrupavam em minha mente. Passei por paisagens que conhecia bem desde a juventude e que não via há quase seis anos. Como tudo pode ter mudado durante todo esse tempo? Uma mudança repentina e desoladora ocorrera, mas mil pequenas circunstâncias poderiam ter produzido outras alterações pouco a pouco e, mesmo que tivessem ocorrido mais lentamente, não seriam menos decisivas. O medo tomou conta de mim. Eu estava com medo de seguir em frente, aterrorizado por mil perigos ocultos que me faziam tremer, embora eu não conseguisse descrevê-los.

Fiquei em Lausanne por dois dias, nesse doloroso estado de espírito. Olhei para o lago: as águas pareciam calmas, tudo ao redor estava calmo e as montanhas nevadas, os "palácios da natureza", não haviam mudado. Gradualmente, aquela calma e aquela paisagem celestial me reanimaram, e continuei minha jornada para Genebra.

O caminho corria ao longo da margem do lago e tornava-se cada vez mais estreito à medida que se aproximava da minha cidade natal. Distingui muito claramente as encostas negras do Jura e o brilhante cume do Mont Blanc e comecei a chorar como uma criança.

— Queridas montanhas! Meu lindo lago! Como vocês recebem seu filho pródigo? Seus cumes são brancos, o céu e o lago são azuis e plácidos. Isso é um presságio de felicidade ou uma zombaria pelos meus infortúnios?

Receio, meu amigo, que ficará entediado se eu continuar com essas circunstâncias preliminares, mas aqueles foram dias de relativa felicidade, e eu me lembro deles com prazer. Minha terra, minha terra amada! Quem, exceto um de seus filhos, pode entender o prazer que senti ao ver novamente seus rios, suas montanhas e, acima de tudo, seu precioso lago?

No entanto, à medida que me aproximava de casa, a tristeza e medo me invadiam. A noite se fechara ao meu redor, e quando eu mal podia ver as montanhas escuras, meus sentimentos se tornaram mais sombrios. Imaginei todos os perigos possíveis e me convenci obscuramente de que estava destinado a me tornar o mais miserável de todos os seres humanos. Meu Deus! Como estava certo em meus presságios! Eu só estava errado em uma única circunstância: que, de todos os infortúnios que imaginei e temi, eu não podia sequer suspeitar de uma centésima parte da angústia que o destino me forçaria a suportar.

Estava completamente escuro quando cheguei aos arredores de Genebra; os portões da cidade já estavam fechados; e fui obrigado a passar a noite em Secheron, uma aldeia a dois quilômetros da cidade. O céu estava sereno, e como era impossível descansar, decidi ir ver o lugar onde meu pobre William havia sido assassinado. Como eu não consegui passar pela cidade, fui obrigado a atravessar o lago de barco para chegar a Plainpalais. Durante essa curta viagem, eu vi os raios traçando no cume do Mont Blanc as mais belas figuras. Uma tempestade estava se aproximando rapidamente e, ao desembarcar, subi uma colina baixa, da qual pude ver seu progresso. A tempestade avançou, o céu estava nublado e logo pude sentir a chuva caindo lentamente, a princípio com gotas grossas, mas logo em seguida desabou com furiosa violência.

    Levantei-me e caminhei, embora a escuridão e a tempestade se tornassem mais intensas a cada momento, e os trovões explodissem com um estrondo terrível sobre minha cabeça. Era possível ouvir os ecos no Salêve, no Jura e nos Alpes de Savoy, e violentos relâmpagos cegavam meus olhos e iluminavam o lago, fazendo-o parecer um vasto lençol de fogo. Então, por um momento, tudo parecia mergulhar na escuridão, até que o olho se recuperasse do clarão anterior. A tempestade, como costuma acontecer na Suíça, aparecia em vários lugares do céu ao mesmo tempo. A parte mais violenta ficava exatamente ao norte da cidade, na parte do lago que se estende entre o promontório de Belrive e a cidade de Copêt. Uma tempestade iluminou o Jura com clarões fracos; e outra escurecia e, às vezes, mostrava o Môle, uma montanha íngreme localizada ao leste do lago.

    Enquanto observava a tempestade, tão bonita e, ao mesmo tempo, aterradora, continuei andando com passos apressados. Aquela nobre batalha nos céus elevava meu espírito. Cerrei os punhos e gritei:

— William, meu querido anjo! Este é o seu funeral, essa é a sua elegia!

    Quando pronunciei essas palavras, vi na escuridão uma figura que se escondia atrás de um grupo de árvores que estavam por perto. Fiquei imóvel, olhando atentamente. Eu, com certeza, não estava enganado: o brilho de um raio iluminou a criatura e me revelou sua forma claramente; uma figura gigantesca, e a deformidade de sua aparência, mais assustadora do que qualquer coisa humana, confirmou-me no mesmo instante quem ele era. Era a criatura, o demônio repulsivo a quem eu havia dado a vida. O que estaria fazendo lá? Poderia ser ele o assassino do meu irmão? A simples ideia me abalou. Assim que essa suspeita passou pela minha imaginação, cheguei à conclusão de que era essa a verdade. Meus dentes bateram e fui forçado a me encostar contra uma árvore para ficar de pé. A figura passou rapidamente na minha frente e eu a perdi novamente no escuro. Nada que tivesse uma forma humana poderia ter destruído a vida daquela criança preciosa. Era ele o assassino!

Eu não tinha dúvida. A simples existência dessa ideia era uma prova irrefutável dos fatos. Pensei em perseguir aquele demônio, mas teria sido em vão, porque outro raio o iluminou e pude vê-lo empoleirado entre as rochas da encosta quase perpendicular do monte Salêve, uma colina que delimita Plainpalais no sul. Ele rapidamente chegou ao cume e desapareceu.

Eu permaneci imóvel. Os trovões cessaram, mas a chuva ainda continuava caindo e a cena estava envolta em uma escuridão impenetrável. Pensei novamente nos eventos que, até aquele momento, eu somente tentara ignorar: todos os passos que dera para concluir minha criação, o resultado do trabalho de minhas próprias mãos, vivo e próximo à minha cama, e seu desaparecimento. Já tinham se passado quase dois anos desde a noite em que ganhara vida e ele só teria cometido seu primeiro crime agora? Meu Deus! Eu soltara no mundo uma criatura depravada, cujo único prazer era assassinatos e crimes! Não teria ele matado meu irmão?

Ninguém pode imaginar a angústia que experimentei durante o resto da noite, que passei enregelado e ensopado, exposto à intempérie. Mas eu não sentia as inclemências do tempo. Minha imaginação estava muito ocupada com cenas de maldade e desespero. Pensei no ser a quem eu jogara no meio da humanidade e a quem dotara de vontade e poder para executar seus horríveis projetos, como o que havia realizado, quase como se fosse meu próprio vampiro, meu próprio espírito libertado do túmulo e forçado a destruir todos aqueles que eu amava.

Amanheceu, e eu dirigi meus passos à cidade. As portas estavam abertas e fui em direção à casa do meu pai. Minha primeira ideia foi comunicar a todos o que eu sabia sobre o assassino e propor que começássemos a persegui-lo imediatamente, mas me contive quando pensei na história que teria que contar. Eu me encontrara à meia-noite nos penhascos de uma montanha inacessível com um ser, um ser que eu mesmo havia criado e dotado de vida. Lembrei-me também da febre nervosa pela qual fui acometido justo na época em que encontrei com minha criação, o que daria um ar de delírio a uma história que, de outra forma, seria totalmente inconcebível. Eu sabia muito bem que, se mais alguém tivesse me contado tal história, eu a consideraria o produto enlouquecido de um delírio. Além disso, a natureza estranha do monstro permitiria que ele escapasse da perseguição, mesmo que eu conseguisse que meus parentes acreditassem em mim e os convencesse a iniciar a empreitada. E ainda, do que adiantava persegui-lo? Quem poderia prender uma criatura capaz de escalar as paredes verticais do Monte Salêve? Essas ideias me convenceram e decidi ficar em silêncio.

Era por volta das cinco da manhã quando entrei na casa de meu pai. Pedi aos criados que não acordassem a família e fui à biblioteca esperar a hora em que eles costumavam se levantar.

Seis anos haviam se passado, e passaram como um sonho, exceto por uma marca indelével. E agora eu estava no mesmo lugar em que abraçara meu pai pela última vez antes de partir para Ingolstadt. Querido e venerado pai! Eu ainda o tinha. Eu observei um retrato de minha mãe, que estava sobre a lareira. Era uma pintura histórica, um retrato feito por encomenda de meu pai e representava Caroline Beaufort, desesperada pela dor, ajoelhada ao lado do caixão de seu querido pai. Sua roupa era rústica e suas bochechas pareciam pálidas, mas havia um ar de dignidade e beleza que dificilmente admitia um sentimento de pena. Sob esse quadro, havia um retrato em miniatura de William, e minhas lágrimas rolaram quando olhei para ele. Estava absorto em meus pensamentos quando Ernest entrou. Ele me ouviu chegar e se apressou para me receber:

— Bem-vindo, meu querido Victor — disse ele. — Ah, eu gostaria que você tivesse vindo há três meses. Nessa época, você teria nos encontrado todos alegres e felizes. Você vem a nós agora para compartilhar um infortúnio que nada pode remediar; ainda assim, sua presença fará, espero, reviver nosso pai, que parece se afundar sob sua desgraça; e suas persuasões induzirão a pobre Elizabeth a deixar de se martirizar com autoacusações atormentadoras. Pobre William! Era nosso querido e nosso orgulho!

Lágrimas desenfreadas caíram dos olhos de meu irmão; uma sensação de agonia mortal se apoderou do meu corpo. Antes, eu só tinha imaginado a miséria de minha casa desolada; a realidade veio sobre mim como um novo, e não menos terrível, desastre. Tentei acalmar Ernest e pedi mais detalhes sobre meu pai e Elizabeth.

— Ela, acima de tudo, precisa de muito conforto — respondeu Ernest. Ela se culpa por ter causado a morte de meu irmão e isso a deixa muito, muito infeliz. Mas desde que o assassino foi descoberto...

— O assassino foi descoberto! Por Deus! Como pode ser? Quem se atreveu a persegui-lo? É impossível, seria o mesmo que tentar pegar os ventos ou conter uma torrente da montanha com um galho. Eu também o vi; ele estava livre ontem à noite!

— Não sei o que você quer dizer — respondeu meu irmão com ar de espanto. — Mas, para nós, a descoberta que fizemos completa nossa tristeza. No começo, ninguém podia acreditar, e até agora Elizabeth não está totalmente convencida, apesar de todas as evidências. De fato, quem poderia imaginar que Justine Moritz, que era tão gentil e afetuosa com toda a família, de repente poderia se tornar capaz de um crime tão assustador, tão terrível?

— Justine Moritz! Pobre, pobre menina! Então eles a acusaram? Mas é um erro. Todo mundo sabe disso. Ninguém está acreditando, certo, Ernest?

— Ninguém acreditou no início, mas foram descobertas várias circunstâncias que nos forçaram a nos convencer. E seu próprio comportamento tem sido tão confuso e acrescenta tanta relevância à evidência demonstrada que receio não deixar dúvidas. Ela será julgada hoje, então você saberá tudo.

Ele me disse que na manhã em que o assassinato do pobre William foi descoberto, Justine ficara de cama, doente, por vários dias. Durante esse período, uma das empregadas, por acaso, verificando o vestido que usara na noite do assassinato, descobriu no bolso o pingente, que era o retrato de minha mãe, até então considerado o motivo do crime. A empregada mostrou o retrato imediatamente a um dos outros criados, que, sem dizer uma palavra a ninguém da família, foi ao magistrado, que, a partir do depoimento dele, ordenou a prisão de Justine. Sua extrema confusão ao ser acusada confirmou amplamente a suspeita.

Era uma história estranha, mas não me convenceu. E contestei com veemência:

— Vocês estão todos equivocados! Eu conheço o assassino! Justine, a pobre e boa Justine, é inocente.

Naquele momento meu pai entrou. Vi a tristeza profundamente gravada em seus traços, mas ele tentou me receber cordialmente e, depois das saudações tristes, ele teria falado sobre qualquer outra coisa que não fosse a nossa tragédia, se Ernest não tivesse exclamado:

— Deus bendito, pai! Victor diz que sabe quem matou o pobre William!

— Nós também, infelizmente — respondeu meu pai — e, é claro, eu preferiria não saber, em vez de descobrir tanta depravação e ingratidão em uma pessoa que eu tanto estimava.

— Meu querido pai, vocês estão enganados. Justine é inocente!

— Se ela for, que Deus impeça que ela seja condenada. Hoje eles a julgarão, e espero, eu sinceramente espero, que a absolvam.

Essas palavras me tranquilizaram. Além disso, eu estava firmemente convencido de que nem Justine, nem nenhum outro ser humano era culpado desse crime. Assim, eu não tinha medo de que qualquer evidência circunstancial pudesse ser fornecida com força suficiente para culpá-la. Minha história não podia ser relatada publicamente; seu espantoso horror seria considerado uma loucura por todos. De fato, ninguém, exceto eu, o criador, acreditaria na existência da criatura viva, a menos que seus sentidos o tenham convencido da presunção e imprudência que eu havia espalhado no mundo?

Elizabeth logo se juntou a nós. Sua aparência estava muito mudada desde a última vez em que a vira. Tinha uma beleza que ultrapassava a beleza de seus anos infantis. Havia a mesma franqueza, a mesma vivacidade, mas aliadas a uma expressão mais sensível e intelectual. Ela me cumprimentou com todo o carinho.

— Sua chegada, meu primo mais querido — disse ela —, me enche de esperança. Descubra algum meio de provar a inocência de minha pobre Justine. Meu Deus! Quem estaria se safando se a julgarem culpada? Confio na inocência dela com tanta certeza quanto na minha. Esse infortúnio é duas vezes mais cruel para nós. Não apenas perdemos nosso menino amado, mas, além disso, um destino ainda mais cruel vai nos tirar essa garota, a quem sinceramente aprecio. Se a condenarem, nunca mais terei alegria. Mas eles não a condenarão, tenho certeza de que não a condenarão; e serei feliz novamente, apesar da triste morte do meu pequeno William.

— Ela é inocente, minha querida Elizabeth — eu disse —, e isso será provado. Não tema nada e tranquilize seu espírito com a convicção de que ela será absolvida.

— Como você é gentil e generoso! Todo mundo acredita que ela seja culpada, e isso me deixa muito infeliz, porque sei que isso é impossível. E ver todos tão decididamente predispostos a essa ideia me faz sentir sem esperança e desesperada. — Ela começou a chorar.

— Minha doce sobrinha — disse meu pai —, seque suas lágrimas. Se ela é inocente, como você pensa, confie na justiça de nossos juízes e na minha firme decisão de impedir que haja a menor sombra de parcialidade.

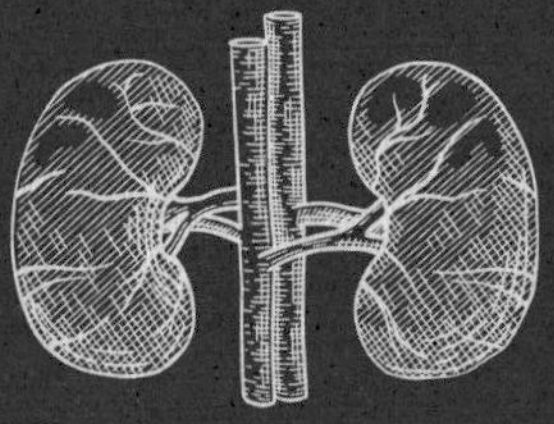

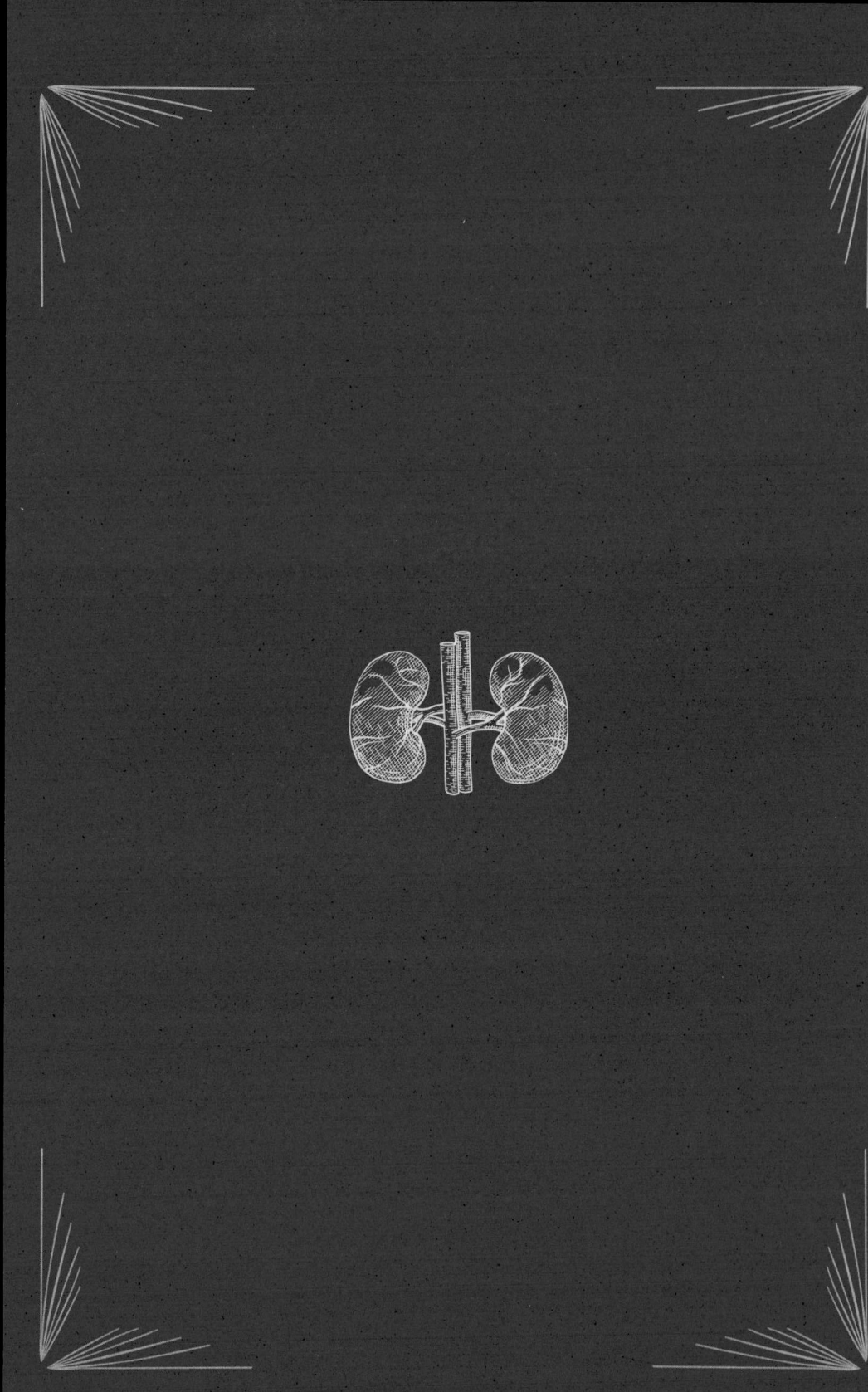

Capítulo 8

Passamos algumas horas muito tristes até as onze, quando o julgamento estava marcado para começar. Como o resto da família foi obrigada a comparecer como testemunha, eu os acompanhei ao tribunal. Durante toda aquela maldita farsa de julgamento, sofri uma verdadeira tortura. Ficaria decidido se o resultado da minha curiosidade e minhas experiências ilegais foram a causa da morte de dois dos meus entes queridos: o primeiro, uma criança sorridente, inocente e cheia de alegria; a outra, morta de maneira ainda mais terrível, com todos os fatores agravantes de uma infâmia que poderiam fazer com que esse assassinato fosse registrado para sempre nos anais do horror. Justine também era uma boa menina e possuía qualidades que lhe proporcionavam uma vida feliz. Agora tudo seria destruído e esquecido em um túmulo ignominioso e eu era o culpado! Mil vezes eu teria confessado a culpa pelo crime atribuído a Justine, mas eu estava ausente quando o crime foi cometido, e uma declaração como essa seria considerada apenas como um ato de loucura e não teriam desculpado aquela que sofreu em meu lugar.

Justine parecia calma. Ela estava de luto e seu semblante, sempre envolvente, tornava-se, pela solenidade de seus sentimentos, extraordinariamente belo. Ela parecia confiar que seria inocentada e não tremia, embora houvesse muitas pessoas olhando para ela e insultando-a. Toda a piedade que sua beleza poderia ter despertado nas pessoas foi obliterada pela ideia da monstruosidade que ela supostamente teria cometido. Ela estava calma, embora sua tranquilidade fosse evidentemente forçada e, como sua confusão anteriormente fora demonstrada como prova de sua culpa, lutava para manter uma aparência serena. Quando entrou no tribunal, olhou em volta e imediatamente achou onde estávamos sentados. As lágrimas pareciam embaçar seu olhar quando ela nos viu, mas ela se recuperou rapidamente e um olhar de triste afeto pareceu atestar sua inocência irrefutável.

O julgamento começou, e depois que o advogado fez as acusações contra ela, várias testemunhas foram chamadas. Alguns eventos casuais conspiraram contra, o que teria surpreendido qualquer um que não tivesse provas de sua inocência como a que eu tinha. Ela ficara fora a noite toda em que o assassinato foi cometido e, de manhã cedo, foi vista por uma mulher do mercado, não muito longe do local onde o corpo do garoto assassinado foi encontrado mais tarde. A mulher perguntou o que ela estava fazendo ali, mas Justine olhou para ela de uma maneira muito estranha e só deu uma resposta confusa e ininteligível. Ela voltou para casa por volta das oito horas e, quando lhe perguntaram onde ela havia passado a noite, ela respondeu que estivera procurando a criança e perguntou com veemência se alguém sabia algo sobre ela. Quando levaram o corpo para casa, ela sofreu um ataque violento de histeria e teve que ficar de cama por vários dias. Então, o retrato que a criada havia encontrado em seu bolso foi mostrado publicamente, e um murmúrio de indignação e horror passou pelo tribunal quando Elizabeth, com voz trêmula, admitiu que era o mesmo que ela colocara no pescoço da criança uma hora antes de ela desaparecer.

Justine foi então chamada para se defender. À medida que o julgamento se desenvolvia, seu rosto se alterava. A surpresa, o horror e a dor eram agora muito evidentes. Às vezes ela lutava contra as lágrimas, mas, quando solicitada a falar, reuniu todas as suas forças e falou em tom audível, mas com uma voz trêmula.

— Deus sabe — disse ela — que sou absolutamente inocente, mas não espero ser absolvida pelo que vou dizer aqui. Baseio minha inocência na simples e clara explicação dos fatos aduzidos contra mim, e espero que a reputação que sempre tive incline meus juízes a uma interpretação favorável, ainda que algumas circunstâncias pareçam duvidosas ou suspeitas.

Depois, explicou que, com a permissão de Elizabeth, tinha ido naquela tarde do dia em que o crime foi cometido na casa de uma tia que mora em Chêne, uma vila perto de Genebra. Quando voltou, por volta das nove horas, encontrou um homem que perguntou se ela tinha visto a criança que estava perdida. Ela se assustou e passou várias horas procurando por ele. Os portões de Genebra foram fechados e ela foi forçada a permanecer várias horas da noite em um celeiro pertencente a um chalé, sem querer incomodar os proprietários, que a conheciam. Passou a maior parte da noite acordada, mas acredita que adormeceu por alguns minutos perto do amanhecer. Alguns passos a perturbaram, e então ela despertou. Era madrugada, e ela deixou seu refúgio para novamente tentar encontrar meu irmão. Se ela havia chegado perto do local onde estava o corpo, foi sem saber. E não era de surpreender que ela estivesse confusa quando a mulher no mercado lhe fez algumas perguntas, pois ela havia passado uma noite sem dormir e estava desesperada pela perda do pobre William. Quanto ao retrato em miniatura, não podia dar nenhuma explicação.

— Sei — continuou a vítima infeliz — que essa circunstância concreta pesa seriamente e fatalmente contra mim, mas não consigo explicá-la. Confessei minha absoluta ignorância sobre isso, e só me resta fazer suposições sobre as razões pelas quais esse objeto foi colocado no meu bolso. Mas aqui também eu estou em xeque. Acho que não tenho inimigos e, certamente, nenhum que poderia ter sido tão malévolo a ponto de me destruir sem nenhum motivo. O assassino o colocou lá? Não tenho consciência de ter lhe dado qualquer oportunidade de fazê-lo, e se eu certamente lhe ofereci essa oportunidade sem querer, por que o assassino teria roubado a joia se planejava se separar dela tão cedo?

"Ponho minha causa nas mãos da justiça dos juízes, embora saiba que não há lugar para esperança. Imploro que interroguem algumas testemunhas sobre meu caráter e, se seus testemunhos não prevalecerem sobre minha suposta culpa, terei de ser condenada, embora prefira fundar minhas esperanças de salvação em minha inocência."

Várias testemunhas que a conheciam há muitos anos foram inqueridas, e todas falaram bem dela. Mas o medo e a aversão ao crime do qual acreditavam que ela era culpada as tornava temerosas e pouco veementes. Elizabeth viu que mesmo esse último recurso, a excelente e irrepreensível disposição e conduta de Justine, também não iria ajudá-la e, então, embora terrivelmente nervosa, ela pediu permissão para falar.

— Sou — disse ela — prima do garoto infeliz que foi assassinado. Ou melhor, sua irmã, porque fui criada por seus pais e morava com eles muito antes de ele nascer; portanto, pode ser considerado inapropriado declarar aqui, mas quando vejo uma criatura como ela estar em perigo apenas por causa da covardia de seus supostos amigos, quero poder falar, para poder dizer o que sei sobre sua pessoa. Eu a conheço bem. Eu morei na mesma casa com ela, uma vez por cinco anos e outra por quase dois. Durante todo esse tempo, ela me pareceu a criatura mais gentil e bondosa de todas. Ela cuidou da madame Frankenstein, minha tia, em sua última doença com o maior carinho e atenção, e depois cuidou da própria mãe durante uma longa e dolorosa doença, de uma maneira que causou a admiração de todos que a conheciam. Depois disso, ela voltou a morar na casa do meu tio, onde era amada por toda a família. Ela sentia uma afeição muito especial pelo menino que foi assassinado e sempre agiu em relação a ele como uma mãe muito amorosa. De minha parte, não hesito em afirmar que, apesar de todas as evidências apresentadas contra ela, acredito e confio em sua absoluta inocência. Ela não tinha motivos para fazer algo assim; e com relação a essa bobagem que parece ser a prova principal, se ela tivesse demonstrado algum desejo de tê-lo, eu o daria de bom grado, tanto a aprecio e a valorizo.

Houve um murmúrio de aprovação após o apelo simples e poderoso de Elizabeth, mas foi devido à sua intervenção generosa e não porque havia um sentimento favorável em relação à pobre Justine, sobre a qual a indignação do público foi novamente desencadeada com renovada violência, acusando-a da mais perversa ingratidão. Ela chorava enquanto Elizabeth falava, mas não disse nada. Meu nervosismo e angústia foram indescritíveis durante todo o julgamento. Eu acreditava que ela era inocente. Eu sabia. O monstro que havia matado meu irmão (eu não tinha dúvida), em seu jogo infernal, havia entregado aquela garota inocente à morte e ignomínia? Eu não podia suportar o horror da minha situação, e quando vi que a opinião pública e os rostos dos juízes já haviam condenado minha infeliz vítima, deixei a sala angustiado. Os sofrimentos da acusada não eram comparáveis aos meus: ela se apoiava na inocência, mas, para mim, as garras do remorso rasgavam meu peito e não cederia ao seu domínio.

Passei uma noite absolutamente infeliz. De manhã, voltei ao tribunal com os lábios e garganta queimando. Não ousei fazer a maldita pergunta, mas eles me conheciam e o policial imaginou o motivo da minha visita: os votos haviam sido dados, eram todos negativos e Justine foi condenada.

Não posso nem tentar descrever o que senti então. Eu já havia experimentado sentimentos de horror antes; e tentei expressá-lo com as palavras certas, mas, neste caso, as palavras não podem fornecer uma ideia correta do desespero revoltante que tive de suportar. A pessoa a quem me dirigi também acrescentou que Justine já havia confessado sua culpa.

— Essa confissão — observou ele — era quase desnecessária em um caso tão óbvio, mas estou feliz que ela a tenha feito; e, além disso, nenhum de nossos juízes gosta de condenar um criminoso com base em evidências circunstanciais, mesmo que sejam tão decisivas quanto neste caso.

Essa era uma informação estranha e inesperada. O que isso poderia significar? Meus olhos me enganaram? E eu estava realmente tão louco quanto o mundo inteiro acreditaria que eu estivesse se eu revelasse o motivo de minhas suspeitas? Quando voltei apressadamente para casa, Elizabeth me pediu ansiosamente que lhe dissesse qual era o resultado.

— Minha prima — respondi —, foi decidido como imaginado: todos os juízes preferem que dez inocentes sejam punidos, do que permitir que uma pessoa culpada escape. De qualquer maneira, ela confessou.

Foi um golpe nefasto para a pobre Elizabeth, que confiava firmemente na inocência de Justine.

— Meu Deus! — disse ela. — Como poderei acreditar na bondade humana novamente? Justine, a quem eu amava e apreciava como uma irmã, como pôde nos oferecer sorrisos, apenas para nos trair depois? Seus olhos doces pareciam incapazes de nutrir raiva ou mau humor e, no entanto, ela cometeu um assassinato.

Logo depois descobrimos que a pobre vítima havia expressado seu desejo de ver minha prima. Meu pai não queria que ela fosse, mas disse a ela que decidisse de acordo com seu próprio julgamento e sentimentos.

— Sim — disse Elizabeth —, eu irei, mesmo que ela seja culpada e você, Victor, vai me acompanhar. Eu não posso ir sozinha.

A simples ideia daquela visita me torturava, mas não pude recusar.

Entramos naquela cela sombria e encontramos Justine sentada em um monte de palha, em um canto mais distante. Suas mãos estavam acorrentadas e sua cabeça estava apoiada nos joelhos. Ela se levantou ao nos ver e quando nos deixaram a sós, ela se jogou aos pés de Elizabeth, chorando amargamente. Minha prima também estava chorando.

— Ah, Justine! — disse ela. — Por que você tomou o último consolo que me restava? Eu confiava na sua inocência e, embora estivesse muito triste, não estava tão infeliz como agora.

— Você também acha que eu sou tão má? Você também se junta aos meus inimigos para me esmagar, para me condenar como uma assassina? — Sua voz foi desaparecendo em meio aos soluços.

— Levante-se, minha pobre menina — disse Elizabeth. — Por que você se ajoelha se é inocente? Eu não sou um dos seus inimigos, acreditei na sua inocência, apesar de todas as evidências, até saber que você se declarara culpada. Essa informação, pelo que diz, é falsa. Você pode ter certeza, minha querida Justine, que nada, em nenhum momento, pode quebrar minha confiança em você, exceto sua própria confissão.

— Confessei, mas confessei uma mentira. Confessei porque dessa maneira eu poderia obter absolvição, mas agora essas falsidades pesam em meu coração mais do que todos os meus pecados juntos. Que o Deus do céu me perdoe! Desde que fui condenada, meu confessor vem me assediando. Ele me ameaçou e gritou comigo até eu quase começar a pensar que eu era a criminosa do mal que ele diz que sou. Ele me ameaçou com excomunhão e com as chamas do inferno se eu persistisse na minha teimosia. Minha querida senhora, eu não tinha ninguém para me ajudar. Todos olhavam para mim como se eu fosse um monstro maldito destinado a ignomínia e destruição. O que eu poderia fazer? Em um momento de fraqueza, assinei uma mentira, e agora só me sinto verdadeiramente infeliz.

Ela parou, chorando e continuou:

— Pensei horrorizada, minha querida jovem, que você acreditaria que sua Justine, a quem sua abençoada tia havia honrado tanto com sua apreciação e a quem você tanto amava, era um monstro capaz de um crime que ninguém, exceto o demônio, poderia ter perpetrado. Querido William, meu menino querido e abençoado! Em breve o verei no paraíso, onde todos seremos felizes! Isso me conforta, agora que vou sofrer a desgraça e a morte.

Elizabeth gritou chorando:

— Ah, Justine! Perdoe-me por ter desconfiado de você por um único momento! Por que você confessou? Mas não chore, minha querida menina. Não tenha medo. Vou proclamar e provar sua inocência. Vou amolecer os corações de pedra de seus inimigos com minhas lágrimas e orações. Você não deve morrer! Você, minha amiga, minha companheira, minha irmã, sucumbir no cadafalso! Não! Não! Nunca serei capaz de sobreviver a um infortúnio tão horrível.

Justine balançou a cabeça tristemente.

— Não tenho medo de morrer — disse ela. — Aquela dor passou. Deus exalta minha fraqueza e me dá coragem para suportar o pior. Deixo um triste e amargo mundo. E se você se lembra de mim e pensa em mim como alguém injustamente condenada, eu sou resignada com o destino que me espera. Aprenda comigo, cara senhora, a submeter-se com paciência à vontade do céu!

Durante essa conversa, eu me afastei para um canto da cela, onde pude esconder a angústia horrível que me dominava. Desespero! Quem se atrevia a falar sobre isso? A pobre vítima, que no dia seguinte atravessaria a terrível fronteira entre a vida e a morte, não sentia uma agonia tão profunda e amarga quanto a minha! Meus dentes rangiam e eu os apertava com força, deixando escapar um gemido que nasceu nas profundezas da minha alma. Justine ficou assustada. Quando viu quem era, aproximou-se de mim e disse:

— Caro senhor, é muito gentil em me visitar; espero que você não pense que sou culpada.

Eu não pude responder.

— Não, Justine — disse Elizabeth —, ele está mais convencido do que eu de que você é inocente. Portanto, nem quando você confessou ele acreditou.

— Eu realmente agradeço a ele. Nestes últimos momentos, sinto a mais sincera gratidão por todos aqueles que ainda pensam em mim com bondade. Que doce é o carinho deles por uma mulher tão desgraçada como eu! Quase me liberta de mais da metade das minhas penas e sinto que posso morrer em paz, agora que você, senhorita, e seu primo, reconhecem minha inocência.

Assim a pobre sofredora tentava consolar a si mesma e aos outros. Ela, de fato, recebeu a resignação que merecia; mas eu, o verdadeiro assassino, sentia que o verme imortal estava vivo em meu peito, o eterno verme que não me permitiria ter esperança ou consolo. Elizabeth também chorava e estava infeliz, mas, para ela, havia também a tristeza de sua inocência, como uma nuvem que passa sobre a pálida lua, por um momento a oculta, mas não consegue embaçar seu brilho. A angústia e o desespero haviam penetrado profundamente dentro do meu coração. Era um inferno dentro de mim que nada poderia fazer desaparecer. Passamos várias horas com Justine, e foi difícil para Elizabeth se separar dela.

— Queria — exclamou ela — morrer com você! Não posso suportar viver nesse mundo de tristeza.

Justine adotou um ar de alegria enquanto tentava, com dificuldade, conter suas lágrimas amargas. Ela abraçou Elizabeth e disse com uma voz emocionada meio reprimida:

— Adeus, querida senhorita, minha tão querida e única amiga, Elizabeth, que o céu em sua infinita bondade, a abençoe e proteja. Que seja este o último infortúnio a ser superado. Viva e seja feliz para fazer felizes os demais.

E na manhã seguinte, Justine morreu. De nada valeram os apelos desesperados de Elizabeth, tentando induzir os juízes a reconhecer que estavam errados sobre a criminalidade da santa sofredora. Também meus protestos veementes e indignados foram inúteis, e a confissão que pretendia fazer-lhes morreu-me nos lábios ante a frieza de suas respostas e a convicção dura e insensível desses homens. Eu poderia ser taxado de louco, e isso não revogaria a sentença proferida sobre a minha vítima infeliz. Ela morreu no cadafalso, como assassina!

Das torturas do meu próprio coração, passei a contemplar o profundo e silencioso pesar de minha Elizabeth. E aquilo também era culpa minha! E a dor de meu pai. E a desolação daquele lar, antes tão tranquilo e feliz. Tudo isso era obra de minhas mãos, três vezes malditas! Vocês choram, infelizes, mas essas não serão suas últimas lágrimas! Mais uma vez vocês sofrerão o lamento fúnebre e o som de suas lamentações será ouvido repetidas vezes! Frankenstein, seu filho, seu parente, seu amigo antigo e muito amado, aquele que gastaria cada gota vital de sangue por sua causa, que não tem pensamento nem sentimento de alegria, a não ser que ela esteja refletida também em seus queridos semblantes, que encheria o ar de bênçãos e passaria a vida servindo a vocês, é ele que lhes faz essa oferta: chorem, derramem incontáveis lágrimas. Feliz seria, além de suas esperanças, se o destino inexorável fosse satisfeito, e se a destruição cessasse antes que a paz da sepultura suceda aos seus tristes tormentos!

Tais eram os sentimentos de minha alma profética enquanto, dilacerada pelo remorso, horror e desespero, assistia àqueles que amava chorarem em vão diante das sepulturas de William e Justine, as primeiras vítimas infelizes de minhas artes diabólicas.

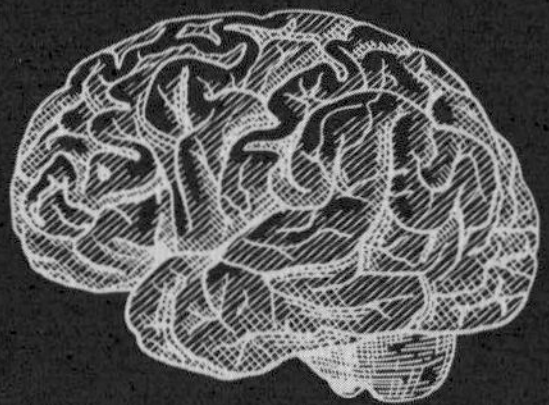

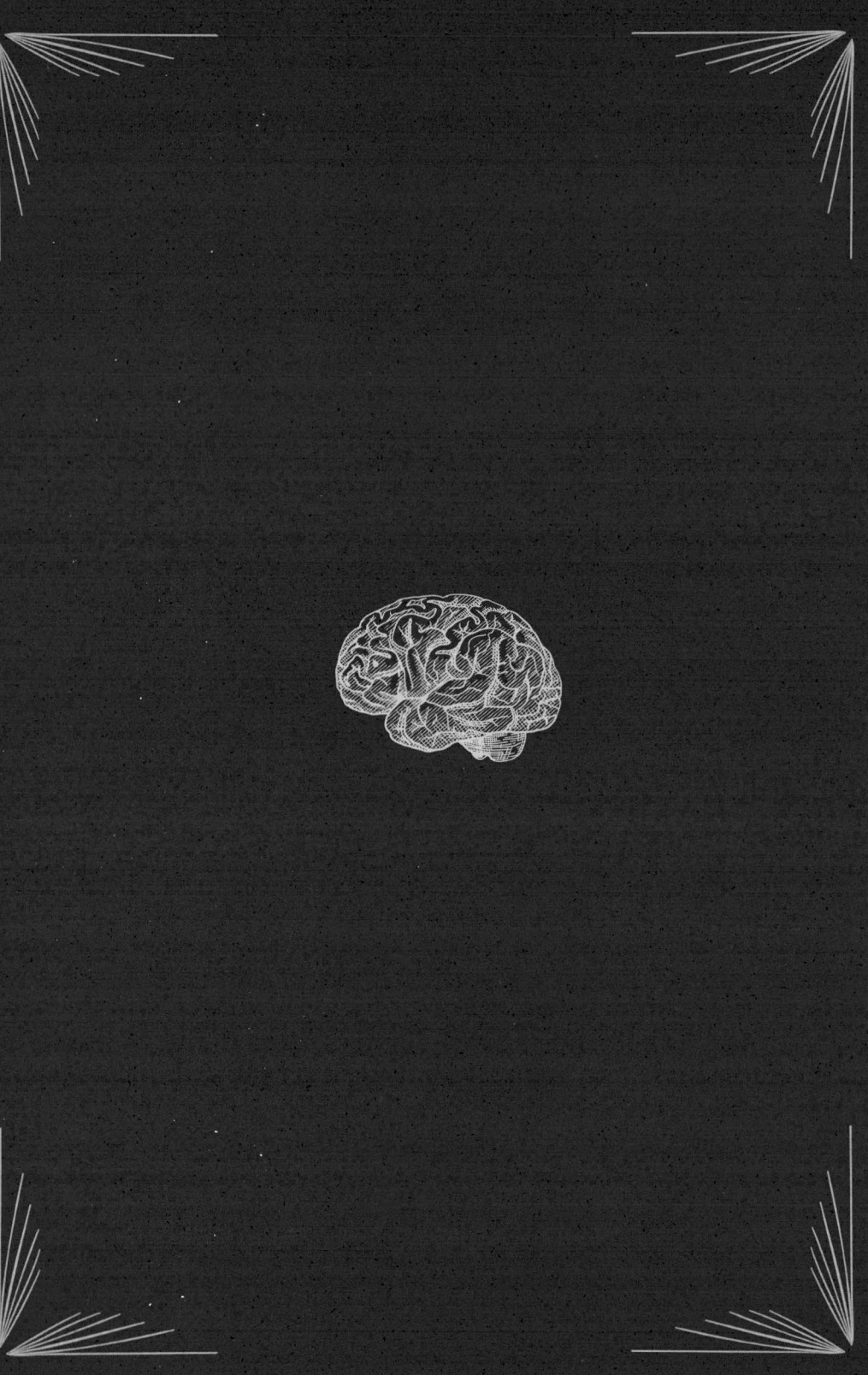

Capítulo 9

Quando a mente está intensamente ocupada em uma rápida sucessão de eventos, nada é mais doloroso do que a calma mortal da apatia e a certeza que se segue e impede a alma de sentir esperança ou medo. Justine morrera. Descansara. E eu estava vivo. O sangue corria livremente pelas minhas veias, mas um peso de desespero e remorso esmagava meu coração e nada poderia aliviar essa dor. O sonho fugira dos meus olhos. Eu vagava como uma alma em tristeza, porque havia cometido atos maus e horríveis que nem sequer podiam ser descritos, e (estava convencido de) que ainda cometeria mais, muitos mais. No entanto, meu coração estava cheio de amor e bondade. Minha vida começara com boas intenções e eu esperava sedento que chegasse o momento em que pudesse colocá-las em prática e me tornar uma pessoa útil para meus semelhantes. Agora tudo desabara. Em vez de ter a consciência limpa, para permitir-me rever minhas ações com autoindulgência e, a partir desse ponto, manter promessas de nova esperança, fui dominado por arrependimentos e culpa, e me entreguei a um inferno de tortura infinita que nenhuma língua poderia definir.

Esse estado de espírito minou minha saúde, que talvez nunca tenha se recuperado completamente desde o primeiro choque que sofri. Eu não suportava a presença de ninguém; qualquer gesto de alegria ou satisfação era uma tortura para mim. Solidão era meu único conforto, uma solidão profunda e escura como a morte.

Meu pai observou com dor a mudança perceptível que havia ocorrido em meu comportamento e meus costumes e tentou argumentar comigo a partir dos sentimentos de sua consciência serena e vida sem culpa para me inspirar com força e tentava me motivar a ser corajoso e me livrar da nuvem escura que pairava sobre mim.

— Você acha, Victor — disse ele —, que eu também não sofro? Ninguém pode amar um garoto mais do que eu amava seu irmão — e as lágrimas inundaram seus olhos quando ele disse isso —, mas não é nosso dever para com aqueles que ainda estão vivos tentar nos conter e não aumentar sua tristeza ao mostrar dor exagerada? E também é um dever para si mesmo, porque a dor excessiva impede que você melhore e se sinta feliz, e até impede que realize tarefas diárias sem as quais ninguém pode viver na sociedade.

Esse conselho, embora bom, era totalmente irrelevante no meu caso. Eu deveria ter sido o primeiro a esconder minha dor e confortar meus entes queridos, se os arrependimentos não tivessem misturado sua amargura com o temor do terror e o resto das minhas emoções. Naquele momento, eu só podia responder a meu pai com um olhar de desespero e tentar me afastar da vista dele.

Naquela época, fomos morar em nossa casa em Belrive. Essa mudança foi especialmente agradável para mim. O fechamento dos portões da cidade, geralmente às dez horas, e a incapacidade de permanecer no lago após esse período fizeram da nossa estadia nos muros de Genebra uma obrigação muito desagradável para mim. Estava livre agora. Muitas vezes, depois que o resto da família se retirava para dormir, eu pegava o barco e passava muitas horas na água: às vezes, com as velas abertas, eu era arrastado pelo vento, e em outras ocasiões, depois de remar para o centro do lago, deixava o barco seguir seu próprio curso e me dedicava às minhas reflexões dolorosas. Quando tudo estava em paz à minha volta e eu era a única coisa que vagava inquieta em uma cena tão maravilhosa e celestial, exceto por um morcego ou sapos, cujo coaxar áspero e rítmico eu ouvia apenas quando me aproximava das margens, muitas vezes, senti-me tentado a me jogar no lago silencioso, de modo que as águas tragassem a mim e às minhas calamidades para sempre.

Mas me detinha quando pensava na heroica e altruísta Elizabeth, a quem eu tanto amava, e cuja existência estava intimamente ligada à minha. Também pensava em meu pai e no irmão que me restara. Minha miserável deserção não os deixaria abandonados e desprotegidos, à mercê do mal do monstro que havia jogado entre eles?

Nesses momentos, eu me entregava às lágrimas amargamente e queria que a paz voltasse à minha mente só porque dessa maneira eu poderia tentar confortá-los e lhes trazer felicidade. Mas isso não era possível: meus remorsos frustravam qualquer esperança. Eu tinha sido responsável por um mal irremediável e vivia com o medo constante de que o monstro pudesse perpetrar algum novo crime. Tinha a sensação sombria de que ainda não havia terminado e que ainda cometeria algum crime que, devido à sua enormidade, quase apagaria a memória de seus males passados. Enquanto alguém que eu pudesse amar permanecesse vivo, sempre teria motivos para ter medo. A repulsa que sentia por aquele maldito demônio não pode ser concebida. Quando pensava nele, meus dentes rangiam, meus olhos eram injetados de sangue e eu só desejava ardentemente destruir a vida que havia criado tão inconscientemente. Quando pensava em seus crimes e sua perversidade, o ódio e a vingança se soltavam no meu peito e excediam todos os limites do racional. Eu teria feito uma peregrinação ao pico mais alto dos Andes se soubesse que poderia atirá-lo do topo. Não desejava mais nada além de vê-lo novamente, assim eu poderia descarregar todo o meu imenso ódio sobre sua cabeça e vingar as mortes de William e Justine. Nossa casa era a casa da tristeza. A saúde de meu pai foi profundamente afetada pelo horror dos eventos recentes. Elizabeth estava triste e abatida. Ela não encontrava mais prazer em suas atividades diárias e qualquer alegria era um sacrilégio para com os mortos. Ela pensava que a tristeza e as lágrimas eternas eram o tributo correto que deveria pagar pela inocência que havia sido destruída e aniquilada dessa maneira. Ela não era mais a criatura feliz que em sua juventude passeava comigo pelas margens do lago e falava com alegria de nossas perspectivas futuras. A primeira daquelas tristezas que são enviadas para nos enterrar a visitaram, e sua influência escurecedora extinguiu seus sorrisos mais queridos.

— Meu primo querido — ela me disse —, quando penso na morte miserável de Justine Moritz, acho impossível ver esse mundo e tudo nele da mesma maneira que antes. Antigamente, eu lia histórias sobre vícios e injustiças ou ouvia de outros como contos de épocas antigas ou demônios imaginários. Pelo menos, pareciam distantes e mais relacionados à razão do que à imaginação, mas agora a calamidade chegou à nossa casa e todos os homens me parecem monstros sedentos do sangue de outros. Certamente estou sendo injusta. Todos acreditavam que a pobre garota era culpada, e se ela pudesse ter cometido o crime pelo qual foi condenada, certamente teria sido a mais depravada de todas as criaturas humanas. Só por algumas joias ter matado o filho de seu benfeitor e amigo, uma criança de quem ela cuidara desde que nasceu e que ela parecia amar como se fosse sua. Não aprovaria a execução de nenhum ser humano, mas certamente pensaria que tal ser não era digno de pertencer à sociedade. No entanto, ela era inocente. Eu sei, sinto que era inocente. Você é da mesma opinião e confirma isso para mim. Deus, Victor! Se a mentira se parece tanto com a verdade, quem pode ter certeza de alcançar alguma felicidade? Sinto como se estivesse caminhando à beira de um penhasco em direção ao qual milhares de seres avançam para tentar me jogar no abismo. William e Justine foram mortos e o assassino está solto. Ele é livre no mundo e talvez ainda seja respeitado. Mas mesmo que eles me condenassem a morrer no cadafalso pelos mesmos crimes, eu não trocaria de lugar com esse desgraçado.

Ouvi suas palavras com uma angústia indescritível. Eu era o verdadeiro assassino por ter criado aquela situação. Elizabeth leu a angústia no meu rosto e, carinhosamente segurando minha mão, disse:

— Meu primo querido, você precisa se acalmar; esses eventos me afetaram, Deus sabe o quão profundamente, mas não estou tão dilacerada quanto você. Há uma expressão de dor no seu rosto, e às vezes de vingança, que me faz tremer. Victor, acabe com esses pensamentos sombrios. Lembre-se dos amigos ao seu redor, que centram todas as suas esperanças em você. Perdemos o poder de torná-lo feliz? Ah! Enquanto amamos, enquanto somos fiéis uns aos outros, aqui nesta terra de paz e beleza, seu país, podemos absorver cada bênção tranquila. O que poderia perturbar nossa tranquilidade?

E não poderiam tais palavras vindas dela, a quem eu estimava carinhosamente acima de qualquer outro, ter poder suficiente para afugentar o demônio que se escondia em meu coração? Enquanto ela falava, fiquei perto dela, aterrorizado naquele exato momento, como se a criatura estivesse perto para me roubar dela.

Assim, nem a ternura da amizade, nem a beleza da terra e do céu poderiam redimir minha alma da angústia. Os próprios sinais de amor eram ineficazes. Eu estava cercado por uma nuvem que nenhuma influência benéfica poderia penetrar. Eu era como um cervo ferido arrastando seu membros quebrados por alguma mata afastada, para contemplar a flecha que o perfurou, e assim morrer.

Às vezes, eu conseguia lidar com o desespero taciturno que me oprimia, mas às vezes o turbilhão de emoções da minha alma me levava a buscar, pelo exercício físico e pela mudança de lugar, algum alívio de minhas sensações intoleráveis. Foi durante um acesso deste tipo que eu, de repente, deixei minha casa e me dirigi aos vales alpinos próximos, procurando a magnificência, a eternidade de tais cenários, para esquecer de mim mesmo e da minha tristeza, que, por ser humana, é passageira. Minhas andanças foram direcionadas para o vale de Chamounix, que eu visitava com frequência durante minha adolescência. Seis anos se passaram desde então: eu estava um caco, mas nada havia mudado nesses cenários selvagens e duradouros.

Fiz a primeira parte da minha jornada a cavalo. Posteriormente, aluguei uma mula, pois era o animal mais seguro e menos sujeito a ferimentos nessas estradas acidentadas. O tempo estava bom; era meados do mês de agosto, quase dois meses após a morte de Justine, aquela época miserável na qual remoí todas as minhas desgraças. O peso sobre meu espírito estava sensivelmente mais leve quando mergulhei ainda mais fundo na ravina de Arve. As imensas montanhas e precipícios que pairavam sobre mim de todos os lados, o som do rio furioso entre as rochas, e o movimento das cachoeiras ao redor soavam como um poder superior, como onipotência; e deixei de temer ou curvar-me diante de qualquer ser menos onipotente do que quem criou e governou os elementos aqui exibidos em sua aparência mais incrível. E conforme eu subia, o vale assumia um caráter mais magnífico e surpreendente. Os castelos em ruínas que ficavam nas falésias das montanhas povoadas de pinheiros, o impetuoso Arve e as pequenas fazendas que espreitavam aqui e ali entre as árvores formavam uma cena de beleza singular. Mas ela foi ficando maior e sublime pelos poderosos Alpes, cujos picos e cúpulas brancas e brilhantes erguiam-se acima de tudo, como pertencendo a outra terra, habitada por seres de outra raça.

Atravessei a ponte Pélissier, onde a ravina que forma o rio se abria diante de mim, e comecei a subir a montanha que se elevava acima dela. Logo depois, entrei no vale de Chamounix. É claro que é um vale maravilhoso e sublime, mas não tão bonito e pitoresco quanto o de Servox, que acabara de deixar para trás. Está cercado por montanhas altas e nevadas, mas não vi mais castelos em ruínas ou terras férteis. As enormes geleiras estavam se aproximando da estrada. Ouvi o estrondo de avalanches que se desprendiam e o rastro de névoa que elas deixavam para trás. O Mont Blanc, o supremo e magnífico Mont Blanc, erguia-se acima dos picos que o circundavam, e sua imponente cúpula dominava o vale.

Um arrepio, sentido de prazer há muito perdido, muitas vezes passava por mim durante essa viagem. Alguma curva na estrada, alguma nova paisagem de repente percebida e reconhecida me lembravam de dias passados, e foram associadas com a alegria leve da infância. Os próprios ventos sussurravam com vozes suaves, e a natureza maternal me recomendava não chorar mais. Então, novamente a influência gentil deixou de agir; eu me vi acorrentado mais uma vez à tristeza e cedendo à toda miséria da reflexão. Então eu esporei meu animal, me esforçando para esquecer o mundo, meu medos, e mais do que tudo, de mim mesmo; de forma mais angustiada, descia e me jogava na grama, tomado pelo horror e pelo desespero.

Por fim, cheguei à aldeia de Chamounix. A exaustão chegou ao extremo pela fadiga do corpo e da mente que eu havia suportado. Por um curto período de tempo, fiquei na janela, observando os relâmpagos pálidos que pairavam sobre o Mont Blanc e ouvindo o barulho do Arve que corria lá embaixo. Os mesmos sons agiram como uma canção de ninar para meus sentidos tão aguçados; e quando coloquei minha cabeça no travesseiro, o sono veio e fui grato por ele me permitir adentrar o reino do esquecimento.

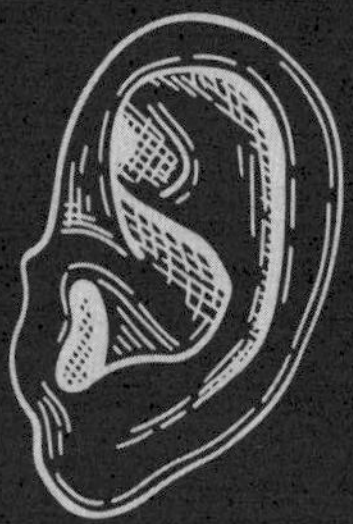

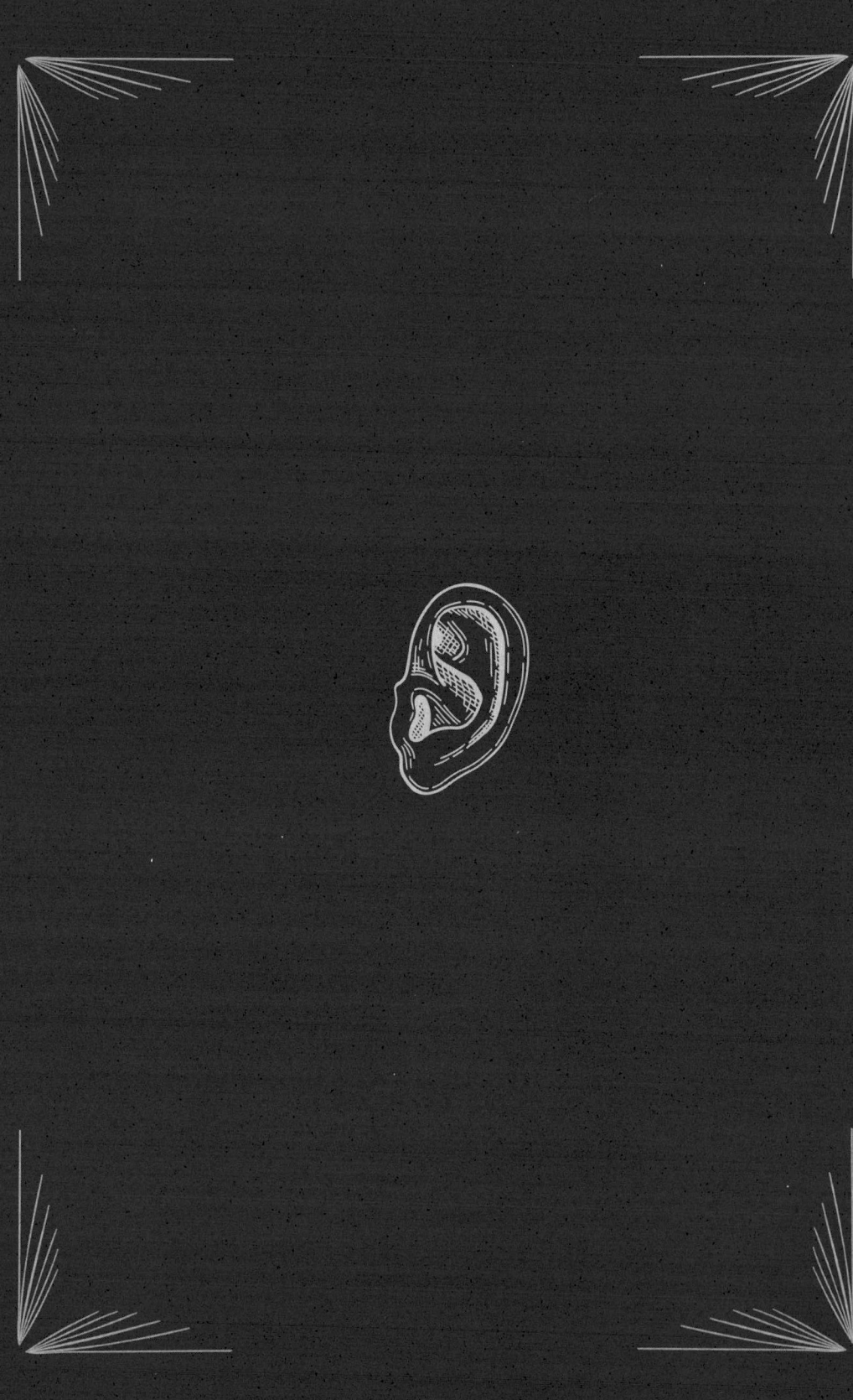

Capítulo 10

Passei o dia seguinte vagando pelo vale. Parei perto das nascentes do Arveiron, que se formam de uma geleira que vai deslizando lentamente desde o topo das colinas até formar uma barreira no vale. As vastas montanhas alteavam-se à minha frente. A geleira ficava acima de mim com alguns pinheiros velhos e desfolhados, espalhados ao redor. O solene silêncio daquele salão nobre da natureza era interrompido em alguns momentos pelas ondas violentas, pela queda de algum grande fragmento, pelo estrondo da avalanche ou pelo ecoar dos formidáveis blocos de gelo reverberando pelas montanhas, que, através da operação silenciosa de leis imutáveis, se estilhaçavam em milhares de partículas, como se fossem apenas um joguete em suas mãos. Essas cenas sublimes e magníficas me proporcionaram o maior consolo que era capaz de receber. Elas me elevaram de todos os míseros sentimentos, e embora não tenham removido minha dor, subjugaram e tranquilizaram-na. Em certo grau, também, desviaram minha mente dos pensamentos sobre os quais estava focado no último mês. Recolhi-me para dormir. Ainda sonolento, revia em minha lembrança todas as formas gigantescas que contemplara durante o dia. O cume altaneiro coberto de neve, os bosques de pinheiros, os cumes gelados, a ravina selvática e misteriosa, a águia pairando entre as nuvens formavam um círculo em torno de mim, como se me envolvessem em uma sensação de paz.

Para onde fugiu tudo isso quando acordei de manhã? Com o sono, foi-se embora tudo que me trouxera paz e a teimosa melancolia voltou a dominar meus pensamentos. Chovia torrencialmente, e uma densa cortina de névoa se elevava do solo até encobrir o cume das montanhas, ocultando aquela paisagem que eu tanto apreciava. Decidi penetrar o denso véu e ir procurar refúgio nos montes. O que eram a chuva e a tempestade para mim? Trouxeram-me minha mula e decidi explorar o topo do Montanvert. Lembrei-me da impressão que tive quando estive lá pela primeira vez, a visão da geleira gigantesca sempre em movimento. Naquela ocasião, tive um êxtase sublime que deu asas à minha alma e permitiu que eu voltasse deste mundo sombrio para a luz e a alegria. A contemplação do terrível e do majestoso na natureza sempre teve a capacidade de enobrecer meu espírito e me fazer esquecer as preocupações passageiras da vida. Conhecia bem o caminho e resolvi ir sem guia, para que a presença de outra pessoa não roubasse a grandeza solitária do cenário.

A subida era muito acentuada, mas a estrada era talhada em curvas constantes e curtas que permitiam chegar ao topo daquelas montanhas quase verticais. Era uma paisagem assustadora e desolada. Em centenas de lugares, era possível ver os rastros das avalanches de inverno, onde as árvores jaziam no chão, quebradas e lascadas; algumas, completamente destruídas; outras, inclinadas e apoiadas nas bordas rochosas da montanha ou atravessadas sobre outras árvores. Quando se atingia certa altura, a estrada cruzava com barrancos cobertos de neve, dos quais as pedras desmoronavam continuamente. Um desses caminhos era particularmente perigoso, porque o menor som, mesmo o produzido quando se fala alto, gerava uma vibração no ar violenta o suficiente para desencadear a destruição da pessoa que ousou falar. Os abetos lá não são altos nem frondosos, mas sombrios e acrescentam um ar de severidade à paisagem. Eu olhei para o vale lá embaixo. Os nevoeiros imponentes subiam do rio que os atravessavam e subiam em densos rolos ao redor das montanhas do outro lado, cujos topos pareciam ocultos por nuvens uniformes, enquanto a chuva caía daquele céu escuro e aumentava o sentimento melancólico que eu tinha de tudo ao meu redor. Meu Deus! Por que o homem presume ter mais sensibilidade do que os animais? Isso só os torna ainda mais carentes. Se nossos impulsos fossem reduzidos à fome, sede e desejo, quase poderíamos estar livres, mas somos agitados por todos os ventos e por cada palavra pronunciada quase aleatoriamente ou por cada paisagem que esse vento pode nos sugerir.

> Em sono — vêm os sonhos, venenosos;
> Vigília — desvarios poluem a hora;
> Sentir, pensar, alegres, lastimosos;
> Guardar a mágoa ou lançá-la embora:
>
> É a mesma coisa! — ao júbilo ou tormento,
> Para sua fuga ainda há liberdade:
> Ao homem vai-se e não volta o momento;
> Nada dura — só Mutabilidade.[16]

Era quase meio-dia quando cheguei ao topo da subida. Por algum tempo, fiquei sentado na rocha que o mar de gelo dominava. A névoa envolvia aquele lugar e as montanhas ao redor. De repente, uma brisa dissipou a névoa e desci para a geleira. A superfície estava muito rachada e subia e descia como as ondas de um mar enfurecido, ora afundando profundamente por fendas. O campo de gelo tem aproximadamente quatro quilômetros e levei quase duas horas para atravessá-lo. A montanha do outro lado era uma rocha nua e perpendicular. Da parte em que eu estava, Montanvert estava exatamente à minha frente, à distância de pouco menos de cinco quilômetros, e sobre ela se elevava o Mont Blanc com sua terrível majestade. Fiquei em uma reentrância na rocha, observando aquela paisagem maravilhosa e imponente. O mar, ou melhor, o imenso rio de gelo, serpenteava entre as montanhas que o abasteciam, cujos picos aéreos se elevavam sobre o abismo. Aqueles topos gelados e deslumbrantes brilhavam ao sol, acima das nuvens. Meu coração, anteriormente triste, agora se enchia de um sentimento parecido com a alegria e eu exclamei:

— Espíritos errantes, se é verdade que vagueiam e não encontram descanso em suas moradas estreitas, concedam-me essa leve felicidade ou levem-me com vocês para longe das alegrias da vida!

---

16. Duas últimas estrofes do poema "Mutabilidade", de Percy Shelley. (In:_____. *Prometeu desacorrentado e outros poemas*. Trad. de Adriano Scandolara. Belo Horizonte: Autêntica, 2015. (N. E.)

Assim que disse essas palavras, de repente descobri a figura de um homem a alguma distância, movendo-se em minha direção em velocidade sobre-humana. Saltava sobre as fendas do gelo, entre as quais eu havia avançado com tanta cautela; sua altura também, à medida que se aproximava, parecia exceder em muito a de um homem comum. Eu tive medo: uma névoa cobriu meus olhos, e sentia que a fraqueza tomava conta de mim. O vento gelado das montanhas rapidamente me reanimou. Percebi, à medida que a figura se aproximava (visão horrível e abominável), que se tratava do monstro que eu criara. Tremi de raiva e horror. Decidi esperar que ele se aproximasse para depois enfrentá-lo em um combate mortal. Ele se aproximou e seu rosto trazia uma angústia amarga misturada com desdém e malignidade, enquanto sua feiura sobrenatural o tornava horrível demais para a contemplação humana. Mas eu mal podia perceber isso porque a fúria e o ódio me privavam completamente de todo raciocínio, e eu só me recobrei para lançar os insultos mais furiosos de ódio e desprezo.

— Diabo! — exclamei — Como ousa aproximar-se de mim? Você não teme que a vingança furiosa do meu braço caia sobre sua cabeça desprezível? Afaste-se, verme miserável! Ou melhor, fique aí para que eu possa arrastá-lo para a lama! E como eu gostaria de poder, com a destruição de sua existência miserável, trazer de volta a vida daquelas criaturas que você assassinou diabolicamente!

— Eu esperava por esta recepção — disse o demônio. — Todos odeiam os infelizes. O quão devo ser odiado, eu que sou o mais miserável de todos os seres vivos! Mas você, meu criador, me odeia e me rejeita, a sua criatura, a quem você está vinculado por laços que só serão desatados com a morte de um dos dois. Você pretende me matar. Como se atreve a jogar assim com a vida? Cumpra seu dever para comigo, e eu cumprirei o meu com você e com o resto da humanidade! Se você aceitar minhas condições, deixarei você e a todos em paz. Mas se você se recusar, alimentarei as mandíbulas da morte até que ela seja satisfeita com o sangue dos amigos que lhe restam.

— Monstro abominável! Você é apenas um demônio, e as torturas do inferno são uma vingança doce demais pelos crimes que você cometeu! Maldito demônio! E você ainda me repreende por sua criação! Venha, para que eu possa apagar a chama que acendi tão imprudentemente!

Minha fúria estava descontrolada. Eu saltei sobre ele, impelido por todos os sentimentos que podem armar um ser contra a existência de outro. Ele facilmente se esquivou de mim e disse:

— Acalme-se! Peço-lhe que me escute, antes de descarregar seu ódio sobre minha cabeça infeliz. Já não sofri o suficiente, para que você ainda queira aumentar minha miséria? Amo a vida, ainda que ela não seja para mim mais do que uma sucessão de angústias, e defenderei a minha. Lembre-se de que me fez mais poderoso que você: sou alto e meus membros são mais ágeis. Mas não vou me deixar levar pela tentação de enfrentá-lo. Eu sou sua criatura e sempre serei fiel e submisso a você, meu senhor natural e meu rei, se você também cumprir sua parte, com as obrigações que você tem para comigo. Ah, Frankenstein! Não seja justo com todos os outros e destrua só a mim, a quem você mais deve sua misericórdia e seu amor. Lembre-se de que eu sou sua criação. Eu deveria ser seu Adão, mas, pelo contrário, sou um anjo caído, a quem você privou da alegria sem nenhuma culpa. Em todos os lugares vejo uma felicidade maravilhosa, da qual apenas eu estou irremediavelmente excluído. Eu era carinhoso e bom: a miséria me transformou em uma pessoa má. Faça-me feliz e eu voltarei a ser bom!

— Afaste-se! Eu não vou ouvi-lo. Não pode haver nada entre mim e você. Somos inimigos. Afaste-se de mim, ou vamos medir nossas forças em uma luta em que um de nós deverá morrer!

— Como posso fazer você ter piedade de mim? Não haverá súplicas que o façam voltar o olhar benevolente para a sua criatura que implora sua bondade e compaixão? Acredite, Frankenstein, eu era bom. Minha alma estava cheia de amor e humanidade; mas eu não estou só, miseravelmente sozinho? E você, meu criador, me odeia. Que esperança posso ter pelos seus semelhantes, que não me devem nada? Eles me desprezam e me odeiam. As montanhas desoladas e as geleiras sombrias são meu refúgio. Tenho vagado por esses lugares por muitos dias. As cavernas de gelo, que só eu não temo, são minha casa e o único lugar ao qual os homens não querem vir. Eu sou grato por esses espaços escuros porque eles são mais gentis comigo do que seus semelhantes. Se toda a humanidade soubesse da minha existência, como você, pegariam em armas para alcançar minha completa aniquilação. Então? Eu não deveria odiar aqueles que me odeiam? Não haverá trégua com meus inimigos. Estou infeliz, e eles compartilharão da minha miséria. Mas na sua mão está o poder de recompensar-me e livrar todos os outros de um mal que só espera que você o desencadeie, e que não envolverá nos turbilhões de sua fúria apenas você e sua família, mas muitos outros. Permita que sua compaixão e justiça se comovam, e não me desprezem. Ouça a minha história! Quando você a ouvir, me amaldiçoe ou tenha pena de mim, de acordo com o que você achar que eu mereço. Mas ouça-me! As leis humanas permitem que os prisioneiros, por mais sanguinários que sejam, falem em sua própria defesa antes de serem condenados. Ouça-me, Frankenstein! Você me acusa de assassinato e, no entanto, alegremente destruiria sua própria criatura. Ah, glória à eterna justiça do homem! Mas eu não peço que você me perdoe; ouça-me e então, se você puder e assim desejar, pode destruir o trabalho que nasceu de suas próprias mãos.

— Por que você me lembra de fatos — respondi — cuja simples lembrança me faz estremecer e dos quais apenas eu sou a triste causa e razão? Maldito o dia, demônio abominável, em que você viu a luz pela primeira vez! Malditas as mãos que criaram você, ainda que sejam as minhas próprias! Você me deixou mais infeliz do que qualquer um pode imaginar! Você não me deixou a possibilidade de considerar se sou justo com você ou não! Afaste-se! Liberte-me da visão de sua forma detestável.

— Farei isso, Criador, removerei de sua vista aquele que você odeia — ele respondeu, colocando as mãos terríveis diante dos meus olhos, e eu as empurrei com violência —, mas você pode continuar me ouvindo e me conceder sua compaixão. Pelas virtudes que já tive, imploro: ouça minha história. É longa e estranha, e a temperatura deste lugar não é adequada para a sua delicada sensibilidade. Venha para a cabana na montanha. O sol ainda está alto no céu. Antes que ele se ponha e se esconda atrás daquelas montanhas para iluminar outro mundo, você já terá ouvido minha história e poderá decidir. Depende de você que eu me afaste para sempre dos lugares que os homens ocupam e leve uma vida tranquila, ou que tenha que me tornar o flagelo de seus semelhantes e a causa de sua ruína imediata.

    E dizendo isso, ele marchou no gelo. Eu o segui. Meu coração estava destroçado e não respondi, mas, à medida que avançava, pesava os diferentes argumentos que havia usado e finalmente decidi ouvir a história dele. Em parte, fui motivado pela curiosidade e a compaixão terminou de me inclinar para ele. Até então, eu o considerava somente como o assassino do meu irmão e queria ansiosamente que ele me confirmasse ou negasse essa ideia. Também pela primeira vez, senti que um criador tinha deveres com a sua criatura e que antes de reclamar de sua maldade, eu deveria fazê-lo feliz. Esses motivos me forçaram a aceitar seu pedido. Atravessamos o gelo e escalamos as montanhas do outro lado. O ar estava frio e a chuva começava a cair novamente. Entramos na cabana: o monstro com um ar de satisfação, eu com um coração oprimido e o espírito abatido. Mas estava decidido a ouvi-lo e, sentando-me ao lado do fogo que meu detestável companheiro acendeu, ele começou a me contar sua história.

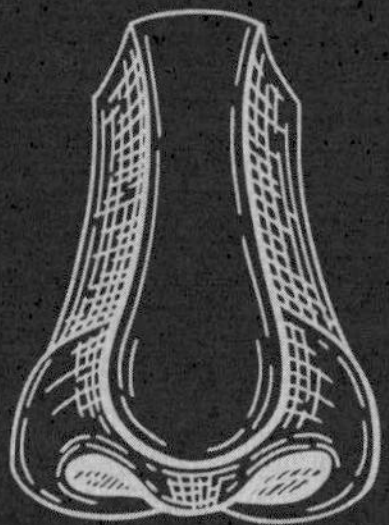

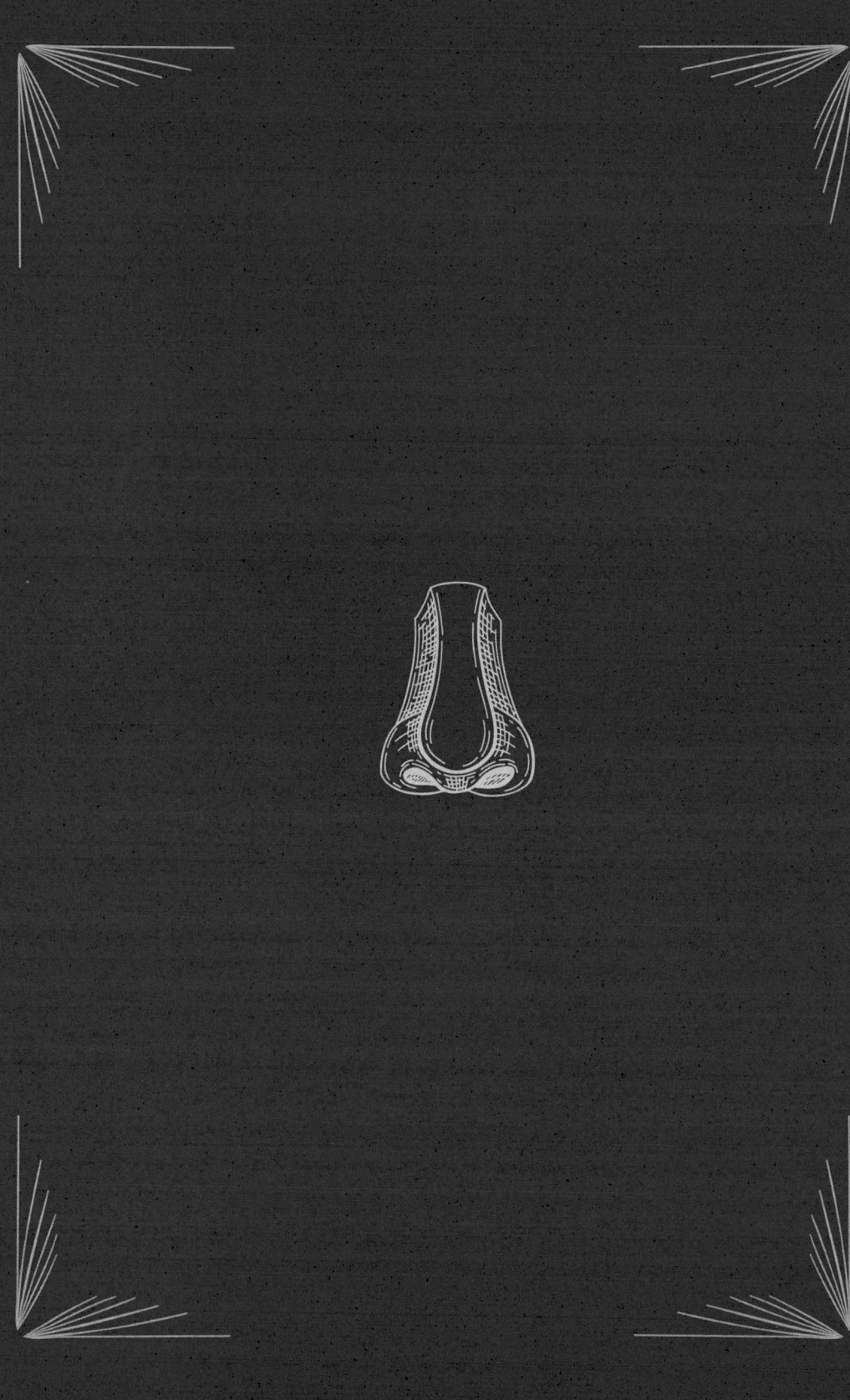

Capítulo 11

Só com muita dificuldade me lembro dos primeiros momentos da minha existência. Todos os eventos desse período parecem confusos e indistintos para mim. Uma multiplicidade de sensações estranhas me dominava. Eu via, sentia, ouvia e percebia odores ao mesmo tempo, e isso aconteceu muito antes de eu aprender a distinguir e operar meus diferentes sentidos. Lembro-me de que qualquer luz mais forte tomava conta de meus nervos de tal maneira que me forçava a fechar os olhos. Então a escuridão me envolvia e me afligia. Mas eu mal sentia isso quando, abrindo os olhos (ou assim suponho agora), a luz se derramava sobre mim novamente. Eu andava, acredito, e descia; mas de repente descobri uma grande mudança em minhas sensações. Antes eu estava cercado por corpos escuros e opacos, inacessíveis ao meu toque ou à minha visão; e agora eu descobria que podia andar livremente e que não havia obstáculos que eu não pudesse superar ou evitar. A luz tornava-se cada vez mais opressiva e o calor me exauria quando eu caminhava, procurei um lugar onde pudesse haver sombra. Foi na floresta perto de Ingolstadt; e ali, ao lado de um riacho, deitei-me por algumas horas e descansei, até sentir as facadas da fome e da sede. Isso me forçou a levantar e abandonar meu estado de quase sonho, e eu comi alguns frutos da floresta que encontrei pendurados em árvores ou caídos no chão. Saciei minha sede no córrego; e então, deitado de novo, fui vencido pelo sono.

"Já era noite quando acordei; eu também sentia frio, e pode-se dizer que quase instintivamente fiquei com medo quando me descobri completamente só. Antes de sair de seu apartamento, com frio, me cobri com algumas roupas; mas elas eram insuficientes para me proteger do orvalho da noite. Eu era um pobre bastardo, desamparado e infeliz. Eu não sabia nem podia entender nada; mas sentindo que a dor invadia todo o meu corpo, sentei-me e chorei.

"Logo depois, uma bela luz cobriu o céu gradualmente, dando-me uma sensação de prazer. Levantei-me e observei uma esfera brilhante se elevar por entre as árvores: a lua. Olhei para ela maravilhado. Ela se movia vagarosamente; mas iluminava meu caminho, e novamente fui procurar frutas. Eu ainda sentia frio quando, debaixo de uma das árvores, encontrei uma capa enorme, com a qual me cobri, e sentei-me no chão. Não havia ideias claras em minha mente; tudo estava confuso. Sentia a luz, a fome, a sede e a escuridão; inúmeros sons tilintavam nos meus ouvidos, e odores diferentes vinham de toda parte. Tudo o que eu conseguia distinguir era a lua brilhante, e fixei meus olhos nela com prazer.

"Vários dias e noites se passaram, e a esfera da noite já havia diminuído bastante quando comecei a distinguir algumas sensações. Pouco a pouco, comecei a discernir facilmente o riacho claro que me dava água e as árvores que me cobriam com sua folhagem. Fiquei encantado ao descobrir pela primeira vez que aquele som tão agradável que muitas vezes lisonjeava meus ouvidos vinha das gargantas de pequenos animais alados que com frequência interceptavam a luz dos meus olhos. Comecei também a ver com mais precisão as formas que me cercavam e a entender as horas da luz radiante que se derramava sobre mim. Ocasionalmente eu tentava imitar o canto dos pássaros, mas era impossível. Às vezes, eu queria expressar meus sentimentos do meu jeito, mas o som desagradável e incompreensível que saía da minha garganta me aterrorizava e me fazia voltar ao silêncio.

"A lua desapareceu da noite e depois se mostrou novamente com uma forma menor enquanto eu ainda permanecia na floresta. Naquela época, meus sentimentos já estavam bastante claros e minha mente concebia novas ideias todos os dias. Meus olhos começaram a se acostumar à luz e a perceber os objetos com suas formas precisas: eu já distinguia insetos de plantas e, pouco a pouco, algumas plantas de outras. Descobri que os pardais mal cantavam, exceto por algumas notas brutas, enquanto os cantos dos melros e dos tordos eram doces e amáveis.

"Um dia, quando eu estava encolhido de frio, encontrei uma fogueira que alguns mendigos abandonaram e um grande prazer tomou conta de mim quando senti seu calor. Na minha alegria, estendi minha mão em direção às brasas, mas rapidamente a retirei com um grito de dor. Que estranho, pensei, que a mesma causa produzisse ao mesmo tempo efeitos opostos. Estudei cuidadosamente a composição do fogo e, para minha alegria, descobri que ele saía da madeira. Eu rapidamente peguei alguns galhos, mas eles estavam molhados e não queimavam. Fiquei triste com isso e me sentei novamente para ver como o fogo funcionava. A madeira molhada que eu deixara nas proximidades secou e começou a queimar. Eu pensei sobre isso; e tocando os diferentes galhos, descobri a causa e cuidei de coletar uma grande quantidade de madeira, que colocaria para secar e, assim, teria muito suprimento para o fogo. Quando a noite chegou e com ela trouxe o sono, fiquei com muito medo de que meu fogo pudesse apagar. Cobri-o cuidadosamente com madeira e folhas secas e depois coloquei mais galhos molhados; e então, espalhando minha capa no chão, deitei-me e adormeci.

"De manhã, acordei e minha primeira preocupação foi ver como estava o fogo. Eu o descobri, e uma brisa suave rapidamente o transformou em uma chama. Também observei isso e confeccionei um leque com galhos para abanar as brasas quando estivessem prestes a se extinguir. Quando a noite voltou, vi com prazer que o fogo dava luz e calor; e que a descoberta desses detalhes também era muito útil para mim na hora do almoço, porque vi que ainda restavam pedaços de carne que os viajantes haviam abandonado e que eram muito mais saborosos que os frutos da floresta que eu colhia das árvores. Então, tentei preparar minha comida da mesma maneira, colocando-a nas brasas. Descobri que as frutas estragavam com essa operação, mas as nozes e raízes melhoravam bastante.

"A comida, no entanto, começou a se tornar escassa e muitas vezes eu passava o dia todo procurando em vão por algumas abóboras para acalmar as facadas da fome. Quando vi isso acontecendo, decidi deixar o lugar onde até então eu vinha vivendo e procurar outro que pudesse atender mais facilmente às poucas necessidades que eu tinha. Ao embarcar nesta viagem, lamentei muito a perda da minha fogueira, que obtive por acidente e não sabia como fazê-la novamente. Pensei seriamente nesse revés por várias horas, mas fui forçado a desistir de qualquer tentativa de fazer outra; e, enrolando-me na minha capa, atravessei a floresta e fui em direção ao sol poente. Passei três dias vagando por essas estradas e, no final, encontrei o campo aberto. Uma neve pesada caíra na noite anterior e os campos estavam brancos e uniformes; tudo parecia desolado, e de repente vi que a substância fria e úmida que cobria os campos estava congelando meus pés.

"Era por volta das sete da manhã e eu precisava de comida e abrigo. Depois de algum tempo, vi uma pequena cabana em um terreno elevado que, sem dúvida, fora construída para acomodar um pastor. Isso era novo para mim e estudei a estrutura da cabana com grande curiosidade. Encontrando a porta aberta, entrei. Havia um velho sentado ali, perto da lareira, na qual o café da manhã estava sendo preparado. Ele se virou ao ouvir o barulho e, quando me viu, soltou um grito alto e, saindo da cabana, fugiu pelos campos com uma velocidade que ninguém pensaria que ele pudesse alcançar, a julgar por sua figura frágil. A aparência dele, diferente de tudo que eu já havia visto antes, e a correria me surpreenderam um pouco, mas fiquei encantado com a forma daquela cabana. Ali a neve e a chuva não podiam penetrar; o chão estava seco; e isso me pareceu um refúgio tão excelente e maravilhoso quanto o Pandemônio pareceu aos senhores do inferno depois do sofrimento no lago de fogo. Devorei ansiosamente os restos do café da manhã do pastor, que consistia em pão, queijo, leite e vinho; esse último, de qualquer maneira, eu não gostei. Então, tomado pelo cansaço, deitei em um pouco de palha e adormeci.

"Já era meio dia quando acordei; e, animado pelo calor do sol, que brilhava intensamente no fundo branco, decidi retomar minha viagem; e, colocando os restos do café da manhã do camponês em uma sacola que encontrei, continuei avançando pelos campos por várias horas, até chegar a uma vila ao pôr do sol. Parecia um verdadeiro milagre! As cabanas, as casas e as pomposas mansões, tão arrumadas, uma após a outra, despertaram toda a minha admiração.

"Os legumes nos pomares e o leite e o queijo que vi colocados nas janelas de algumas cabanas despertaram meu apetite. Entrei em uma das melhores casas, mas mal havia pisado na porta quando as crianças começaram a gritar e uma das mulheres desmaiou. A cidade inteira ficou alarmada: alguns fugiram, outros me atacaram; até que, gravemente machucado pelas pedras e muitos outros tipos de armas de arremesso, consegui escapar para o campo aberto e, aterrorizado, escondi-me em um pequeno galpão, completamente vazio e miserável, comparado aos palácios que tinha visto na vila.

"Esse galpão, no entanto, ficava ao lado de uma cabana que parecia muito arrumada e agradável, mas depois da minha última experiência, que me custara tanto, não ousei entrar. O local do meu refúgio fora construído com madeira, mas o teto era tão baixo que só com muita dificuldade eu podia sentar ali. De qualquer forma, não havia madeira no chão, como na casa, mas estava seco; e, embora o vento se infiltrasse por inúmeras rachaduras, parecia uma boa proteção contra a neve e a chuva.

"Então, entrei e me deitei, feliz por ter encontrado um refúgio, ainda que miserável, contra as intempéries da estação e, acima de tudo, contra a barbárie do homem. Assim que a manhã começou, arrastei-me para fora do abrigo para ver a casa vizinha e ver se eu podia ficar na habitação que encontrara. Meu galpão estava localizado nos fundos da casa e cercado dos dois lados por um chiqueiro e um tanque de água limpa. Havia também uma parte aberta, pela qual eu havia me arrastado para entrar; mas então cobri com pedras e lenha todas as rachaduras pelas quais eles poderiam me descobrir, e fiz de tal maneira que conseguisse me mover para dentro e para fora; a única luz que eu tinha vinha do chiqueiro, e era o suficiente para mim.

"Tendo assim arrumado minha casa e coberto com palha, me escondi, porque vi a figura de um homem à distância; e lembrei-me muito bem do tratamento que haviam me dado na noite anterior para confiar nele. De qualquer forma, eu já havia providenciado meu sustento para aquele dia, que consistia em um pedaço de pão duro que eu havia roubado e uma tigela com a qual eu podia beber, melhor do que com as mãos, a água limpa que corria ao lado da minha toca. O chão estava um pouco elevado, de modo que estava perfeitamente seco; e, como no outro lado da parede havia a lareira com o fogo na cozinha, o galpão estava quente o suficiente.

"Acomodado dessa maneira, preparei-me para ficar naquela cabana até que algo acontecesse que pudesse mudar minha decisão. Na verdade, era um paraíso comparado à floresta inóspita (minha primeira morada), com os galhos das árvores sempre pingando e a terra encharcada. Tomei meu café da manhã com prazer e, quando ia remover uma tábua para pegar um pouco de água, ouvi alguns passos e, olhando através de uma pequena brecha, pude ver uma garota usando um balde na cabeça passando na frente da minha cabana. A menina era muito jovem e gentil, muito diferente dos agricultores e criados que me haviam encontrado até então. No entanto, ela estava vestida com muita simplicidade; uma saia azul rústica e uma blusa de linho eram tudo que ela trajava; ele tinha cabelos loiros e usava tranças, mas sem ornamentos; ela parecia resignada e triste. Eu a perdi de vista, mas quinze minutos depois voltou, carregando o balde, agora quase cheio de leite. Enquanto ela caminhava, parecendo incomodada com o peso do balde, um jovem veio ao seu encontro, e seu rosto expressava um desânimo ainda mais profundo. Proferindo algumas palavras com um ar melancólico, ele pegou o balde da cabeça da garota e carregou-o até a casa. Ela o seguiu, e os dois desapareceram. Quase imediatamente vi o jovem novamente, com algumas ferramentas na mão, atravessando o campo em frente à casa, e a menina também estava trabalhando: às vezes em casa e às vezes no curral.

"Quando examinei bem minha cabana, descobri que um canto do meu galpão já fizera parte de uma janela da casa, mas o buraco estava coberto de tábuas. Uma delas tinha uma pequena e quase imperceptível rachadura, através da qual apenas o olho podia penetrar; através dessa fenda era possível ver uma pequena sala, caiada de branco e limpa, mas quase vazia de móveis. Em um canto, perto de uma lareira antiga, estava sentado um velho, descansando a cabeça nas mãos com um gesto de tristeza. A jovem estava ocupada tentando arrumar a casa; mas então tirou algo de uma gaveta e sentou-se ao lado do velho, que, pegando um instrumento, começou a tocar e produzir sons mais doces do que a música do melro ou do rouxinol. Até para mim, um pobre coitado que nunca tinha visto nada bonito, parecia uma cena adorável. Os cabelos prateados e a expressão gentil do velho camponês ganharam meu respeito, enquanto os gestos gentis da jovem despertaram meu amor. O velho tocou uma música doce e triste, que, como eu descobri, fez brotar lágrimas dos olhos de sua adorável companheira, mas o velho não percebeu até que ela soltou um suspiro. Então, ele disse algumas palavras, e a pobre garota, deixando seu trabalho, ajoelhou-se a seus pés. Ele a levantou e sorriu com tanta bondade e carinho que eu tive sentimentos de uma natureza peculiar e avassaladora; eram uma mistura de dor e prazer, como nunca havia experimentado antes, nem pela fome nem pelo frio, nem pelo calor ou pela comida. Incapaz de suportar essas emoções, eu me afastei da janela.

"Pouco depois, o jovem voltou, trazendo um pacote de lenha sobre os ombros. A garota o recebeu na porta, ajudou-o a se livrar do fardo e, levando um pouco de madeira para dentro da casa, colocou-a na lareira; depois, ela e o jovem se afastaram para um canto da casa e ele lhe mostrou um grande filão de pão e um pedaço de queijo. Ela pareceu ficar feliz e foi ao jardim colher algumas raízes e plantas, que depois colocou na água e levou ao fogo. Então, ela voltou ao seu trabalho, enquanto o jovem foi para o jardim, onde se ocupou em cavar e arrancar raízes. Depois de trabalhar assim por uma hora, a jovem foi procurá-lo e eles voltaram para casa juntos.

"Enquanto isso, o velho continuava pensativo; mas, quando seus companheiros se aproximaram, ele adotou um ar mais feliz e todos se sentaram para comer. A comida foi servida rapidamente; a jovem, uma vez mais, se ocupou em ordenar a casa; o velho foi até a porta e ficou caminhando ao sol por alguns minutos, apoiando-se no braço do jovem. Nada poderia igualar em beleza o contraste entre aquelas duas criaturas maravilhosas; um era velho, com cabelos prateados e um rosto que refletia bondade e amor; o jovem era esbelto e bonito, e seus traços eram modelados pela mais delicada simetria, embora seus olhos e sua atitude expressassem tristeza e desânimo indescritíveis. O velho voltou para casa e o jovem, com outras ferramentas diferentes das que usara pela manhã, dirigiu seus passos para os campos.

"A noite caiu repentinamente, mas, para minha total surpresa, descobri que os camponeses tinham uma maneira de conservar a luz através de velas, e fiquei feliz ao ver que o pôr do sol não punha fim ao prazer que senti ao ver meus vizinhos humanos. À noite, a garota e seu companheiro se ocupavam em tarefas diferentes que naquela época eu não entendia, e o velho novamente pegava o instrumento que produzia os sons celestiais que me encantaram pela manhã. Assim que ele terminou, o jovem começou, não a tocar, mas a emitir sons profundos e monótonos e que de nenhuma maneira lembravam a harmonia do instrumento do velho ou do canto dos pássaros. Mais tarde, entendi que ele lia em voz alta, mas naquela época não sabia nada sobre a ciência das palavras e letras.

"A família, depois da atividade que durou um curto espaço de tempo, apagou as luzes e retirou-se, como pensei, para descansar."

Capítulo 12

"Deitei-me na palha, mas não consegui dormir. Pensei em tudo o que havia acontecido durante o dia. O que mais havia prendido minha atenção foram principalmente as maneiras gentis daquelas pessoas, e eu queria me juntar a elas, mas não ousava. Lembrava-me muito bem do tratamento que havia recebido na noite anterior por parte dos vilarejos bárbaros e decidi que, qualquer que fosse o comportamento que eu pudesse adotar no futuro, no momento, ficaria quieto em meu galpão, observando e tentando descobrir os motivos que influenciavam seus atos.

"Os agricultores levantaram-se na manhã seguinte antes do sol nascer. A jovem arrumou a casa e preparou a comida; e o jovem saiu depois de fazer a primeira refeição.

"O dia se passou com a mesma rotina do dia anterior. O jovem estava ocupado do lado de fora o dia todo, e a menina em várias ocupações dentro de casa. O velho, que logo percebi que era cego, passou suas longas horas desocupadas tocando seu instrumento ou pensando. Nada poderia se parecer com o amor e o respeito que os jovens agricultores demonstravam por esse venerável velho. Eles o tratavam com toda a gentileza imaginável, com as pequenas atenções de afeto e dever, e ele os recompensava com seus sorrisos gentis.

"No entanto, eles não estavam completamente felizes. O jovem e sua companheira muitas vezes se afastavam para um canto e choravam. Eu não conhecia a causa daquela tristeza, mas aquilo me afetava profundamente. Se aquelas criaturas adoráveis eram infelizes, era menos estranho que eu, um ser imperfeito e solitário, estivesse completamente infeliz. Mas, por que seres tão bons eram tão infelizes? Eles tinham uma casa bonita (ou, pelo menos, assim era para meus olhos) e todos os luxos; eles tinham uma lareira para esquentá-los quando estava frio e uma comida deliciosa para quando estavam com fome; estavam vestidos com roupas excelentes; e, mais ainda, eles podiam desfrutar da companhia e da conversa um do outro e todos os dias trocavam olhares de afeto e carinho. O que aquelas lágrimas significavam então? Será que elas realmente expressavam dor? A princípio, não consegui responder a essas perguntas, mas a atenção constante e a passagem do tempo conseguiram me explicar muitas coisas que, a princípio, pareciam enigmáticas para mim.

"Um período considerável de tempo se passou antes que eu descobrisse uma das causas da inquietação daquela família adorável. Era a pobreza, e eles sofriam desse infortúnio em limites angustiantes. Seu sustento consistia apenas de legumes da horta e leite de uma vaca, que dava muito pouco durante o inverno, quando seus donos mal conseguiam encontrar comida para ela. Acho que muitas vezes sofriam as dores da fome de maneira desagradável, principalmente os dois jovens agricultores, porque muitas vezes vi como eles colocavam comida na frente do velho, quando não tinham nada para si.

"Essa característica de bondade me comoveu profundamente. Eu havia me acostumado a roubar parte da comida deles durante a noite, para meu próprio sustento; mas quando descobri que fazendo isso infligia ainda mais sofrimento aos camponeses, abstive-me e me conformei com as frutas, nozes e raízes que colhia em uma floresta próxima.

"Eu também descobri outros meios pelos quais eu poderia colaborar com o trabalho deles. Descobri que o jovem passava boa parte do dia coletando lenha para a lareira da família; então, à noite, eu frequentemente pegava as ferramentas dele (eu aprendi rapidamente como elas eram usadas) e trazia para a casa lenha suficiente para vários dias.

"Lembro-me de que a primeira vez que fiz isso, a garota, que abriu a porta pela manhã, pareceu absolutamente surpresa ao ver uma grande pilha de lenha do lado de fora. Ela disse algumas palavras em voz alta, e imediatamente o jovem saiu, e ele também pareceu surpreso. Observei com prazer que ele não foi à floresta naquele dia, mas o usou para reparar a fazenda e cultivar o jardim.

"Gradualmente, também fiz outra descoberta de maior importância para mim. Entendi que essas pessoas tinham um método para comunicar suas experiências e sentimentos uns aos outros através de certos sons articulados que proferiam. Percebi que as palavras que eles diziam às vezes produziam prazer ou dor, sorrisos ou tristeza nos pensamentos e rostos daqueles que as ouviam. Na verdade, parecia uma ciência divina, e eu queria ardentemente adquiri-la e conhecê-la. Mas todas as tentativas que fiz foram mal sucedidas. Sua pronúncia era muito rápida; e como as palavras que emitiam não tinham relação aparente com objetos visíveis, não consegui encontrar a chave que me permitisse desvendar o mistério de seu significado. No entanto, esforçando-me bastante e depois de ficar por muitos ciclos lunares em meu galpão, descobri os nomes que representavam alguns dos objetos que mais apareciam em seu discurso: aprendi e entendi as palavras "fogo", "leite", "pão" e "lenha". Eu também aprendi os nomes dos próprios agricultores. A menina e seu parceiro tinham vários nomes, mas o velho só tinha um, que era "pai". A garota se chamava "irmã" ou "Ágatha", e o jovem era "Félix", "irmão" ou "filho". Não consigo explicar o prazer que senti quando aprendi as ideias que correspondiam a cada um desses sons e pude pronunciá-las. Distingui muitas outras palavras, embora sem ainda conseguir entendê-las ou aplicá-las, como "bom", "querido", "infeliz".

"Assim eu passei o inverno. Os belos costumes e a beleza dos camponeses me agradavam muito. Quando estavam tristes, eu ficava deprimido; quando estavam felizes, eu desfrutava de suas alegrias. Eu quase não via outros seres humanos com eles; e se alguém entrava na casa, suas maneiras rudes e gestos agressivos só me convenciam da superioridade de meus amigos. O velho, pelo que eu pude perceber, muitas vezes tentava encorajar seus filhos, porque descobri que ele os chamava assim às vezes, para que abandonassem sua melancolia. Nesses momentos, ele falava em um tom afetuoso, com uma expressão de bondade que transmitia alegria, até para mim. Ágatha ouvia com respeito; seus olhos às vezes se enchiam de lágrimas que ela tentava enxugar sem que ninguém percebesse; mas, geralmente, eu percebia que seus gestos e seu discurso se tornavam mais alegres depois de ouvir as exortações de seu pai. Isso não acontecia com Félix. Ele sempre foi o mais triste do grupo; e mesmo para meus sentidos desajeitados, parecia que ele sofria mais profundamente do que seus entes queridos. Mas se sua expressão parecia ser a mais angustiada, sua voz era mais animada que a de sua irmã, principalmente quando ele se dirigia ao velho.

"Eu poderia mencionar inúmeros exemplos que, embora sejam pequenos detalhes, refletem os caracteres desses adoráveis agricultores. No meio da pobreza e da necessidade, Félix gentilmente trazia para sua irmã as primeiras flores brancas que brotavam na neve. De manhã cedo, antes que ela se levantasse, ele limpava a neve que cobria o caminho para a leiteria, tirava água do poço e ia buscar a lenha no galpão onde, para seu espanto constante, sempre achava que uma mão invisível reabastecia a lenha que haviam usado. Durante o dia, acho que ele às vezes trabalhava para um fazendeiro vizinho, porque costumava sair e não voltar até a hora do jantar, e ainda assim não trazia lenha consigo. Em outras ocasiões, ele trabalhava no jardim; mas como havia muito pouco a fazer na estação de gelo, ele costumava ler para o velho e Ágatha.

"No princípio, essas leituras me deixavam absolutamente perplexo; mas, pouco a pouco, descobri que, quando lia, ele emitia os mesmos sons de quando falava; então pensei que ele via no papel certos sinais que ele entendia e podia dizer, e eu queria fervorosamente entender isso também. Mas como eu poderia fazer isso se eu nem sequer entendia os sons para os quais esses sinais foram escolhidos? De qualquer forma, melhorei muito nessa disciplina, mas não o suficiente para acompanhar qualquer tipo de conversa, apesar de ter tentado com toda a minha alma; porque eu entendia claramente que, embora quisesse me mostrar aos agricultores, eu nem deveria tentar até dominar a linguagem deles; esse conhecimento permitiria que eles dessem menos atenção à deformidade do meu aspecto; também isso eu havia percebido pelo contraste permanente entre mim e as outras pessoas e com esse fato me acostumara.

"Eu admirava as formas perfeitas dos meus camponeses; sua elegância, sua beleza e a suavidade de sua pele; e como fiquei horrorizado quando me vi refletido na água da lagoa! No começo, me afastei assustado, incapaz de acreditar que era realmente eu quem eu via refletido na superfície espelhada; e quando me convenci completamente de que eu realmente era o monstro que sou, fiquei impressionado com os sentimentos mais amargos de tristeza e vergonha. Pobre de mim, eu ainda não conhecia bem as consequências fatais dessa deformidade miserável!

"Quando o sol começou a esquentar um pouco mais e a luz do dia se tornou mais longa, a neve desapareceu, e então vi as árvores nuas e a terra escura. Desde então, Félix estava mais ocupado; e os sinais pungentes da fome ameaçadora desapareceram. Seus alimentos, como aprendi mais tarde, eram muito rudes, mas bastante saudáveis. E eles tinham o suficiente. Vários novos tipos de plantas brotaram no jardim, e eles os preparavam; e esses sinais de bem-estar aumentavam dia a dia, à medida que a estação avançava.

"O velho, apoiado em seu filho, caminhava todos os dias ao meio-dia, quando não chovia, bem, como descobri, é o que se diz quando os céus derramam suas águas. Isso acontecia com frequência; mas um vento forte logo secava a terra e a estação tornava-se cada vez mais agradável.

"Minha vida no galpão era sempre a mesma. De manhã, eu espionava os movimentos dos agricultores; e quando eles estavam ocupados em seus trabalhos, eu dormia. Durante o resto do dia, eu costumava observar meus amigos. Quando eles se retiravam para descansar, se havia lua ou a noite estava estrelada, eu ia para a floresta e arrumava minha própria comida e lenha para a cabana. Quando voltava, sempre que era necessário, eu limpava a estrada de neve e executava as tarefas que vira Félix fazer. Mais tarde, descobri que essas tarefas, executadas por uma mão invisível, os impressionava profundamente; e nessas ocasiões, uma ou duas vezes ouvi-os dizer as palavras "bom espírito", "maravilhoso"; mas naquela época eu não entendia o significado desses termos.

"Agora meus pensamentos se tornavam mais ativos a cada dia, e eu desejava fervorosamente descobrir as razões e os sentimentos dessas criaturas adoráveis; tinha muita curiosidade para saber por que Félix parecia tão abatido e Ágatha tão triste. Pensei (pobre coitado!) que poderia estar no meu poder devolver a felicidade àquelas pessoas que tanto a mereciam. Quando eu dormia ou estava fora, via diante de mim as imagens do venerável pai cego, da adorável Ágatha e do bom Félix. Eu os considerava seres superiores, que poderiam ser os árbitros do meu destino futuro. Desenhava em minha imaginação milhares de maneiras de me apresentar a eles e pensava em como eles me receberiam. Imaginava que eles ficariam com nojo, até que, com meus gentis gestos e minhas palavras conciliadoras, conseguiria ganhar o favor deles e, mais tarde, seu amor.

"Esses pensamentos me excitaram e me levaram a lutar com renovado interesse para aprender a arte da linguagem. Meus órgãos eram realmente duros, mas flexíveis; e embora minha voz fosse muito diferente da melodia suave de suas vozes, conseguia pronunciar com certa facilidade, conforme as compreendia. Era como o burro e o cachorro de colo: e de qualquer maneira, o bom burro, cujas intenções eram boas, embora suas maneiras fossem um tanto rudes, merecia melhor tratamento do que golpes e insultos.

"As chuvas amenas e o adorável calor da primavera mudaram completamente a aparência da terra. Os homens, que antes dessa mudança pareciam estar escondidos em suas cavernas, se dispersavam por toda parte e se engajavam nas várias artes da agricultura. Os pássaros cantavam com tons mais alegres e os galhos começavam a brotar nas árvores. Mundo alegre e feliz! Residência apropriada para os deuses, que pouco antes era estéril, úmida e doente! Fiquei muito encorajado pelo aspecto encantador da natureza; o passado foi apagado da minha memória, o presente era feliz e o futuro brilhava com dourados raios de esperança e promessas de alegria."

Capítulo 13

"Agora me apresso para narrar a parte mais emocionante da minha história. Relatarei eventos que me impressionaram com sentimentos que, pelo que fui, fizeram de mim o que sou. A primavera avançava rapidamente; o tempo já estava muito agradável e o céu estava limpo. Fiquei surpreso que o que antes era deserto e escuro agora explodisse com as mais belas flores e com tanta vegetação. Mil perfumes deliciosos e mil cenas maravilhosas gratificavam e animavam meus sentidos.

"Foi em um daqueles dias, quando meus agricultores periodicamente descansavam do trabalho e o velho tocava violão enquanto os filhos o ouviam, que notei que o rosto de Félix parecia mais melancólico do que nunca: ele suspirava constantemente; em determinado momento, o pai parou de tocar e, por seus gestos, presumi que ele estivesse perguntando sobre o motivo da tristeza do filho. Félix respondeu com um tom alegre, e o velho estava prestes a retomar seus acordes quando alguém bateu à porta.

"Era uma dama montada a cavalo, acompanhada por um camponês que a estava guiando. A senhora estava vestida com trajes escuros e coberta com um grosso véu preto. Ágatha fez uma pergunta, e a desconhecida apenas respondeu pronunciando, com um sotaque doce, o nome de Félix. Sua voz era muito musical, mas em nada se parecia com dos meus amigos. Ao ouvir essa palavra, Félix levantou-se e rapidamente se aproximou da senhora que, ao vê-lo, retirou o véu e mostrou um rosto de beleza e expressão angelicais. Ela tinha cabelos muito pretos e brilhantes, como a plumagem do corvo, e curiosamente trançado; seus olhos eram escuros, mas doces, embora muito vivos; suas feições eram regulares e proporcionais, sua pele maravilhosamente branca e suas bochechas adoravelmente coradas.

"Félix pareceu explodir de alegria ao vê-la e qualquer traço de tristeza desapareceu de seu rosto, que imediatamente brilhou com um êxtase de alegria que eu não acreditava que ele fosse capaz de sentir; os olhos dele brilhavam e as bochechas coraram de emoção; e naquele momento pensei que ele era tão bonito quanto a desconhecida. Ela parecia tomada por diferentes sentimentos; secando algumas lágrimas naqueles olhos adoráveis, ela estendeu a mão para Félix, que a beijou apaixonadamente e a chamou, do que eu pude entender, de sua doce árabe. Ela pareceu não entendê-lo bem, mas sorriu. Ele a ajudou a desmontar e, dispensando o guia, a levou para dentro de casa. Ele e o pai trocaram algumas palavras; e a jovem desconhecida se ajoelhou aos pés do velho e teria beijado a mão dele, mas ele a levantou e a abraçou carinhosamente.

"Logo percebi que, embora a desconhecida emitisse sons articulados e parecesse ter sua própria linguagem, nem os camponeses a entendiam, nem ela os entendia. Eles fizeram muitos gestos que eu não entendi, mas vi que sua presença encheu toda a casa de alegria, dissipando a tristeza como o sol dissipa as brumas da manhã. Félix parecia especialmente feliz e deu as boas-vindas à sua árabe com sorrisos radiantes. Ágatha, a sempre doce Ágatha, beijou as mãos da adorável desconhecida; e, apontando para o irmão, fez gestos que significavam que ele estava triste até ela chegar, ou assim me pareceu. Algumas horas se passaram assim, com todos trazendo no rosto uma expressão de felicidade, mas eu não entendia o motivo. De repente, percebi, pela frequência com que a desconhecida repetia uma palavra que eles pronunciavam, que ela estava tentando aprender a língua deles; e a ideia que me ocorreu instantaneamente foi que eu poderia usar os mesmos métodos para alcançar o mesmo fim. A desconhecida aprendeu cerca de vinte palavras na primeira lição, a maioria delas, na realidade, foram as que eu já havia aprendido, mas aproveitei as outras.

"Quando a noite chegou, Ágatha e a árabe se retiraram cedo. Quando se separaram, Félix beijou a mão da desconhecida e disse: "Boa noite, doce Safie". Ele ficou sentado por mais tempo, conversando com o pai; e, por causa da repetição frequente de seu nome, presumi que a adorável convidada fosse o assunto da conversa. Eu queria ardentemente entender o que eles diziam e dediquei todos os meus sentidos a isso, mas foi completamente impossível.

"Na manhã seguinte, Félix foi trabalhar e depois que Ágatha terminou seu trabalho, a árabe sentou-se aos pés do velho, pegou seu violão, tocou algumas músicas tão encantadoras que arrancaram lágrimas de tristeza e prazer dos meus olhos. Ela cantava e sua voz fluía com uma doce cadência, subindo ou descendo, como a do rouxinol na floresta.

"Quando terminou, ela deu o violão para Ágatha, que inicialmente o rejeitou. Então ela tocou uma música simples, e cantou com tons doces, mas muito diferentes da maravilhosa melodia da estrangeira. O velho pareceu extasiado e disse algumas palavras que Ágatha tentou explicar a Safie e com as quais ele parecia querer expressar que adorara ouvir sua música.

"Os dias agora se passavam tão pacificamente quanto antes, com a única mudança de que a alegria substituíra a tristeza nos rostos dos meus amigos. Safie estava sempre alegre e feliz. Ela e eu melhoramos rapidamente o conhecimento da língua, de modo que em dois meses comecei a entender a maioria das palavras ditas por meus patronos.

"Enquanto isso, a terra escura também foi coberta de grama e as encostas verdes estavam pontilhadas de inúmeras flores, agradáveis de cheirar e ver, estrelas de brilho pálido no meio das florestas enluaradas. O sol esquentava cada vez mais, as noites ficavam mais claras e amenas; e minhas andanças noturnas eram um imenso prazer para mim, embora fossem consideravelmente mais curtas porque o sol se punha tarde e nascia muito cedo; porque nunca me aventurava à luz do dia, com medo de que eles me dessem o mesmo tratamento que recebi na primeira vila em que entrei.

"Eu passava os dias atento para poder aprender o idioma mais rápido; e posso afirmar que avancei mais rapidamente do que a árabe, que compreendia apenas poucas coisas, e falava com palavras quebradas, enquanto eu compreendia e podia imitar quase todas as palavras ditas.

"Enquanto aprimorava meu discurso, também aprendi a ciência das letras enquanto a ensinavam à estrangeira; e isso abriu um mundo de maravilhas e prazeres para mim.

"O livro com o qual Félix ensinava Safie era *As ruínas do império*, de Volney. Eu não teria entendido de todo a intenção do livro se não fosse porque, ao lê-lo, Félix oferecia explicações muito detalhadas. Ele havia escolhido esse trabalho, disse ele, porque o estilo declamatório havia sido elaborado imitando o dos autores orientais. Através desse trabalho eu consegui algum conhecimento superficial da história e uma visão geral dos vários impérios no mundo; ele me forneceu uma perspectiva sobre os costumes, governos e religiões das diferentes nações da Terra. Aprendi então sobre a indolência dos asiáticos, sobre o gênio insuperável e a atividade intelectual dos gregos, sobre as guerras e as maravilhosas virtudes dos primeiros romanos e sua subsequente degeneração e o declínio desse poderoso império, a cavalaria, o cristianismo e os reis. Aprendi sobre a descoberta do hemisfério americano e chorei com Safie pelo destino infeliz de seus habitantes indígenas.

"Essas histórias maravilhosas inspiraram em mim sentimentos estranhos. O homem era realmente tão poderoso, virtuoso, magnânimo e ao mesmo tempo tão cruel e brutal? Às vezes, ele se mostrava um descendente do mal, outras vezes como o possuidor de tudo o que pode ser concebido como nobre e divino. Ser um homem grande e virtuoso parecia ser a maior honra que poderia recair sobre um ser sensível; ser cruel e brutal, como já havia registro de tantos homens, parecia ser a pior degradação, uma condição mais abjeta do que a de toupeiras cegas ou vermes impuros. Durante muito tempo, não fui capaz de compreender como um homem podia se atrever a matar um semelhante, ou mesmo por que leis e governos eram necessários; no entanto, quando conheci em detalhes a perversidade e a sanguinolência, minha surpresa se desfez e me afastei, com repugnância e desgosto.

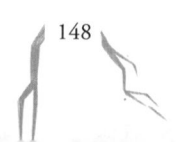

"As conversas dos camponeses agora desvendavam para mim novas maravilhas. Enquanto ouvia atentamente as lições que Félix ensinava à árabe, aprendia sobre o estranho sistema da sociedade humana. Aprendi então sobre a distribuição de riquezas, sobre as imensas fortunas e a extrema pobreza, sobre classes, linhagens e nobreza de sangue.

"As palavras me induziram a refletir sobre minha própria situação. Aprendi que os tesouros mais apreciados por seus semelhantes eram uma linhagem nobre e imaculada, combinada com as riquezas. Um homem poderia ganhar respeito se tivesse apenas uma dessas duas coisas; mas se não possuísse pelo menos uma delas, exceto em casos muito raros, era considerado um vagabundo e um escravo, fadado a desperdiçar sua vida em benefício de alguns poucos escolhidos! E o que eu era? Eu não sabia absolutamente nada sobre minha criação e meu criador, mas sabia que não tinha dinheiro, nem amigos, e nenhuma propriedade. Além disso, recebi uma forma física assustadoramente deformada e repulsiva. Eu nem mesmo tinha a mesma natureza de um homem. Eu era mais ágil e podia subsistir com uma dieta muito mais escassa. Eu podia suportar melhor o calor e o frio extremo sem que meu corpo sofresse tanto dano; e minha estatura era muito superior às deles. Quando olhava ao redor, não via ou ouvia dizer que houvesse alguém como eu. Seria eu, então, um monstro, uma mácula sobre a face da Terra, um ser do qual todos os homens fugiam e a quem todos os homens rejeitavam?

"Não posso lhe explicar a angústia que essas reflexões produziram em mim. Tentei esquecê-las, mas o conhecimento só conseguia aumentar minha dor. Ah, como eu gostaria de ter ficado para sempre na minha floresta nativa, sem saber ou sentir nada além de fome, sede ou calor!

"Que coisa estranha é o conhecimento! Quando é adquirido, adere à mente como líquen na rocha. Às vezes eu queria apagar todas as ideias e sentimentos; mas aprendi que havia apenas uma maneira de superar a sensação de dor, e era a morte — um estado que eu temia, embora não entendesse. Eu admirava a virtude e os bons sentimentos e adorava os costumes gentis e as qualidades adoráveis dos meus camponeses; mas estava excluído de qualquer relacionamento com eles, exceto por recursos que obtinha espionando, quando ninguém me via ou sabia da minha existência e que mais aumentavam do que satisfaziam meu desejo de ser mais um entre meus amigos. As palavras gentis de Ágatha e os sorrisos engraçados da adorável árabe não eram para mim. Os bons conselhos do velho e a animada conversa do apaixonado Félix não eram para mim. Desgraçado, miserável e infeliz!

"Outras lições me marcaram ainda mais profundamente. Conheci a diferença dos sexos e como as crianças nascem e crescem; como o pai gosta dos sorrisos de seu filho e das loucuras alegres dos meninos mais velhos; e como toda a vida e os cuidados da mãe são depositados nessa preciosa obrigação. Soube como a mente da juventude se desenvolve e como o conhecimento é adquirido; e conheci a noção de irmãos, irmãs e todos os relacionamentos que unem os seres humanos a outros através de laços mútuos.

"Mas onde estavam meus amigos e parentes? Nenhum pai acompanhou meus dias de infância, nenhuma mãe me abençoou com sorrisos e carícias; e, se existiram, toda a minha vida passada não passava de uma mancha, um vazio sombrio no qual não conseguia distinguir nada. Desde a minha primeira lembrança, eu era como estava na época, tanto em altura quanto em proporções. Eu nunca tinha visto ninguém que se parecesse comigo ou quisesse manter um relacionamento comigo. O que eu era? A pergunta surgia várias vezes, e eu só conseguia responder com suspiros.

"Em breve vou explicar para onde essas ideias me levaram; mas permita-me agora voltar aos camponeses, cuja história me provocava sentimentos confusos de indignação, prazer e espanto, mas todos terminavam em mais carinho e respeito pelos meus protetores (porque era assim que eu gostava de chamá-los, me enganando de maneira inocente e quase dolorosa)."

Capítulo 14

Demorou algum tempo até eu conhecer a história dos meus amigos. Era tal que não conseguia deixar de produzir uma profunda impressão em minha mente, pois revelava inúmeras circunstâncias, todas especialmente interessantes e maravilhosas para alguém tão absolutamente ignorante quanto eu.

"O nome do velho era De Lacey. Ele vinha de uma boa família na França, onde viveu por muitos anos na riqueza, respeitado por seus superiores e amado por seus colegas. Seu filho fora educado para servir seu país, e Ágatha havia se relacionado com as mais ilustres damas. Poucos meses antes da minha chegada, eles moravam em uma cidade grande e esplêndida chamada Paris, cercados por amigos e desfrutando de todos os prazeres que a virtude, refinamento intelectual e bom gosto, além de uma fortuna moderada, poderiam proporcionar.

"O pai de Safie foi a causa de sua ruína. Ele era um comerciante turco e morava em Paris há muito tempo, até que, por algum motivo que não consegui entender, os governantes passaram a odiá-lo. Ele foi preso no mesmo dia em que Safie chegou de Constantinopla para encontrá-lo. Foi julgado e condenado à morte. A injustiça dessa sentença era bastante óbvia. Toda Paris ficou indignada, e considerou-se que sua religião e riqueza, e de modo algum o crime do qual ele fora acusado, teriam sido os verdadeiros motivos de sua condenação.

"Félix, acidentalmente, estava presente no julgamento. Ele não conseguiu controlar seu horror e indignação quando ouviu a decisão do tribunal. Naquele momento, ele fez uma promessa solene de libertá-lo e, em seguida, cuidou de encontrar os meios para cumpri-la. Depois de muitas tentativas infrutíferas de obter acesso à prisão, ele descobriu uma janela com grades fortes em uma parte desprotegida do edifício, que iluminava a masmorra do infeliz maometano, que, acorrentado, aguardava em desespero a execução daquela bárbara sentença. Félix foi até a janela gradeada à noite e informou o prisioneiro de suas intenções de libertá-lo. O turco, encantado e esperançoso, tentou intensificar ainda mais o zelo de seu libertador com promessas de recompensas e riquezas. Félix rejeitou suas ofertas com desprezo. No entanto, quando viu a adorável Safie, que tinha permissão para visitar o pai e que, por seus gestos, demonstrou sua mais animada gratidão, o jovem teve que admitir que o cativo possuía um tesouro que poderia realmente recompensar o esforço e o perigo que ele iria correr.

"O turco imediatamente percebeu a impressão que a filha havia causado no coração de Félix e tentou garantir sua colaboração com a promessa de conceder a mão dela em casamento assim que estivesse em um lugar seguro. Félix era nobre demais para aceitar essa oferta, embora observasse essa possibilidade como a consumação de toda a sua felicidade.

"Nos dias seguintes, enquanto os preparativos para a fuga do comerciante continuavam, o entusiasmo de Félix foi ainda mais afetado por várias cartas que ele recebeu da garota adorável, que encontrou os meios para expressar seus pensamentos na língua de seu amante com a ajuda de um homem velho, um criado de seu pai que sabia francês. Ela agradeceu a Félix nos termos mais veementes por seu gesto gentil com o pai dela e, ao mesmo tempo, lamentava discretamente seu próprio destino.

"Tenho cópias dessas cartas, porque durante a minha estadia no galpão, procurei encontrar maneiras de escrever, e muitas vezes essas cartas estavam nas mãos de Félix e Ágatha. Antes de nos separarmos, eu as entregarei a você. Isso provará a verdade da minha história. Mas, por enquanto, como o sol já está começando a se pôr, só terei tempo para repetir para você a essência delas.

"Safie explicou que sua mãe era uma árabe cristã que havia sido presa e transformada em escrava pelos turcos. Por causa de sua beleza, ela conquistara o coração do pai de Safie, que se casou com ela. A jovem falava nos termos mais elogiosos e entusiásticos da mãe, que, tendo nascido livre, desprezava a escravidão a que agora estava sujeita. Ela instruíra a filha nos princípios de sua religião e ensinou-a a aspirar aos elevados poderes do conhecimento e a uma independência espiritual superior, que eram proibidos às mulheres que seguem Maomé. A mulher morrera, mas seus ensinamentos ficaram gravados de maneira indelével na mente de Safie, que ficava doente ao pensar em retornar à Ásia novamente e ser enclausurada dentro das paredes de um harém, com permissão para se envolver unicamente em entretenimentos infantis que não se encaixavam no temperamento de sua alma, agora acostumada às grandes ideias e à nobre emulação da virtude. A perspectiva de se casar com um cristão e de permanecer em um país em que as mulheres podiam ter uma posição na sociedade era especialmente atraente a ela.

"O dia da execução do turco foi marcado, mas na noite anterior ele conseguiu escapar da prisão e, antes do amanhecer, já estava há muitos quilômetros de Paris. Félix obteve passaportes com o nome de seu pai, da irmã e dele próprio. Ele havia comunicado previamente seu plano ao pai, que colaborou deixando sua casa temporariamente sob o pretexto de uma viagem e se escondeu com a filha em um lugar isolado de Paris.

"Félix conduziu os fugitivos pela França até Lyon e depois atravessou o Mont Cenis até chegarem a Livorno, onde o comerciante decidiu esperar por uma oportunidade favorável para adentrar em algum local sob domínio turco.

"Safie decidiu permanecer com o pai até o momento de sua partida, e o turco renovou sua promessa de que ela iria se unir ao seu libertador. E Félix permaneceu na expectativa por esse acontecimento. Enquanto isso, ele teve o prazer de ficar alguns dias na companhia da árabe, que lhe mostrava o mais simples e mais terno carinho. Eles conversavam com a ajuda de um intérprete e às vezes através de olhares, e Safie cantava para ele as melodias celestiais de seu país natal.

"O turco consentia nesse relacionamento e encorajava as esperanças dos jovens amantes, mas, na realidade, ele tinha outros planos muito diferentes. Ele tinha aversão à ideia de que sua filha pudesse se casar com um cristão, mas temia o ressentimento de Félix se ele não demonstrasse entusiasmo, porque sabia que ainda estava nas mãos de seu libertador, que poderia denunciá-lo às autoridades da Itália, onde eles estavam naquele tempo. Ele criou mil planos que lhe permitiriam prolongar o engano até que não fosse mais necessário, e secretamente ele levaria a filha com ele quando partisse. As notícias que chegaram de Paris facilitaram muito seus planos.

"O governo da França ficou furioso com a fuga do prisioneiro e não poupou meios para descobrir e punir o libertador. O plano de Félix foi rapidamente descoberto e De Lacey e Ágatha foram presos. Essas notícias chegaram aos ouvidos de Félix e o despertaram de seu sonho agradável. Seu pai, velho e cego, e sua doce irmã estavam agora em uma masmorra fedorenta, enquanto ele desfrutava da liberdade e da companhia de sua paixão. Essa ideia o atormentou. Ele rapidamente acertou com o turco que, se este tivesse a oportunidade de fugir antes que Félix pudesse retornar à Itália, Safie poderia permanecer como hóspede em um convento em Livorno; e então, despedindo-se da charmosa árabe, ele foi rapidamente para Paris e se colocou nas mãos da lei, na esperança de libertar De Lacey e Ágatha com essa atitude.

"Mas não foi o que aconteceu. Eles permaneceram presos por cinco meses antes do julgamento, que tomou deles toda sua fortuna e os condenou ao exílio perpétuo de seu país de origem.

"Eles encontraram um abrigo miserável em uma casa de campo na Alemanha, onde eu os encontrei. Félix logo soube que o traiçoeiro turco, pelo qual ele e sua família suportaram essa opressão incompreensível, ao descobrir que seu libertador havia sido reduzido à miséria e à degradação, traiu a gratidão e a honra e deixou a Itália com a filha, enviando a Félix uma quantia insultante de dinheiro para ajudá-lo, como ele disse, a conseguir meios de sobreviver no futuro.

"Tais foram os eventos que deixaram o coração de Félix mais amargo e o tornaram, quando o vi pela primeira vez, o membro mais miserável de sua família. Ele poderia suportar a pobreza; e se essa humilhação tivesse sido a vara para medir sua virtude, teria sido muito honrada por ela. Mas a ingratidão do turco e a perda de sua amada Safie foram infortúnios mais amargos e irreparáveis. Agora, a chegada da árabe dava nova vida à sua alma.

"Quando a notícia chegou a Livorno, de que Félix estava privado de sua riqueza e posição, o comerciante ordenou que sua filha não pensasse mais em seu amante, mas se preparasse para retornar ao seu país natal. A natureza generosa de Safie ficou indignada com este comando; ela tentou protestar com seu pai, mas ele a deixou enfurecida, reiterando seu mandato tirânico.

"Alguns dias depois, o turco entrou nos aposentos da filha e lhe disse afobado que tinha motivos para acreditar que a sua residência em Livorno tinha sido divulgada e que ele poderia ser entregue ao governo francês em breve. Por isso, ele havia alugado um navio que o levaria em poucas horas a Constantinopla. Ele pretendia deixar a filha aos cuidados de um criado de confiança, para que saíssem mais tarde e com mais tranquilidade, junto com a maior parte de sua riqueza, que ainda não havia chegado a Livorno.

"Quando ficou sozinha, Safie pensou muito no que poderia fazer naquela situação terrível. A ideia de morar na Turquia era odiosa; sua religião e seus sentimentos também se opunham a isso. Com alguns documentos de seu pai que caíram em suas mãos, ela soube do exílio de seu amante e memorizou o local onde ele agora morava. Ela ficou indecisa por algum tempo, mas, por fim, tomou uma resolução. Levando consigo algumas joias que lhe pertenciam e uma pequena quantia em dinheiro, ela deixou a Itália com uma criada, natural de Livorno, mas que sabia árabe, e partiu para a Alemanha.

"Safie chegou sem maiores inconvenientes a uma cidade que ficava a cerca de cem quilômetros da cabana de De Lacey; então, sua criada ficou gravemente doente. Safie cuidou dela com todo o amor, mas a pobre menina morreu e a árabe ficou sozinha, sem conhecer a língua do país e totalmente ignorante dos costumes do mundo. Contudo, ela caiu em boas mãos. A italiana havia mencionado o nome do lugar para onde estavam indo e, após sua morte, a dona da casa em que estavam morando cuidou de garantir que Safie chegasse em segurança à cabana de sua paixão."

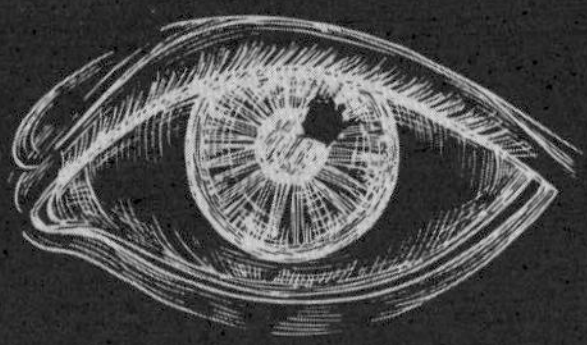

Capítulo 15

Essa era a história dos meus queridos camponeses. Fiquei profundamente impressionado. E pela descrição da vida social que pude ter, aprendi a admirar as virtudes e a desprezar os vícios da humanidade.

"E, da mesma maneira, considerei o crime um mal distante, e sempre tive bondade e generosidade diante de mim, incentivando-me a querer me tornar um participante do ambiente alegre, onde tantas qualidades admiráveis eram desenvolvidas e exibidas. Mas, quando explico o progresso de minha inteligência, não devo omitir uma circunstância que ocorreu no início de agosto daquele ano.

"Uma noite, durante minha visita costumeira à floresta próxima, onde colhia minha própria comida e de onde levava lenha para meus protetores, encontrei uma bolsa de couro no chão com várias roupas e alguns livros. Apoderei-me rapidamente do achado e voltei com ele para o meu galpão. Felizmente, os livros eram escritos no idioma que eu aprendera na cabana; o tesouro consistia no *Paraíso perdido*, um volume das *Vidas paralelas*, de Plutarco e *Os sofrimentos do jovem Werther*. Estar de posse desses tesouros me encheu de alegria; eu agora estudava e exercitava meu intelecto constantemente com essas histórias, enquanto meus amigos estavam ocupados em seu trabalho diário.

"Mal posso descrever a você o efeito desses livros. Eles produziram em mim uma infinidade de novas imagens e sentimentos, que às vezes me levavam ao êxtase, mas com mais frequência me mergulhavam na mais profunda desolação. Em *Os sofrimentos do jovem Werther*, além do interesse por sua história simples e emocionante, tantas opiniões eram propostas e tantas luzes eram lançadas sobre assuntos que até então haviam sido completamente obscuros para mim, que encontrei naquele livro uma fonte inesgotável de reflexão e espanto. Os hábitos tranquilos e caseiros que ele descrevia, juntamente com os julgamentos e sentimentos delicados que tinham por objeto algo distante do egoísmo, se adequavam perfeitamente à minha experiência com meus protetores e às necessidades que sempre existiram em meu coração. Mas eu pensava que o próprio Werther era o ser mais maravilhoso que eu já tinha visto ou imaginado. Seu personagem não era pretensioso, mas ele deixou uma marca profunda em mim. Os trechos que falavam sobre morte e suicídio pareciam ter sido criados para me surpreender completamente. Eu não tinha a pretensão de julgar os detalhes do caso, mas simpatizava com a opinião do protagonista, cuja morte eu chorei mesmo sem entender com exatidão.

"Enquanto lia, porém, comparava as histórias com meus próprios sentimentos e com minha situação. Descobri que era semelhante e, ao mesmo tempo, no entanto, muito diferente dos seres dos livros e de cujas conversas eu era apenas um observador. Eu simpatizava com eles e os entendia parcialmente, mas meu intelecto ainda era imaturo. Eu não era dependente de ninguém, nem tinha relacionamentos. "O caminho da minha partida estava aberto" e não havia ninguém para lamentar a minha morte. Minha aparência era horrível e minha estatura, gigantesca. O que isso significava? Quem eu era? O que eu era? De onde viera? Qual seria o meu destino? Eu me fazia essas perguntas constantemente, mas não conseguia dar uma resposta a elas.

"O volume de *Vidas paralelas*, de Plutarco, que eu possuía, contava as histórias dos primeiros fundadores das antigas repúblicas. Este livro teve um efeito sobre mim bastante diferente de *Os sofrimentos do jovem Werther*. Com a imaginação de Werther, aprendi sobre o desânimo e a tristeza; mas Plutarco me ensinou os ideais nobres: ele me elevou acima da esfera miserável de minhas próprias reflexões, para admirar e amar os heróis do passado. Muitas das coisas que li excederam em muito minha compreensão e minha experiência. Eu tinha uma ideia muito confusa sobre o que eram os reinos e as grandes extensões de terra, dos poderosos rios e dos infinitos oceanos. Mas não sabia absolutamente nada sobre cidades e grandes aglomerações humanas. A cabana dos meus protetores tinha sido a única escola em que eu havia estudado a natureza humana. Mas esse livro apresentou situações novas e formidáveis. Li histórias de homens dedicados a governar assuntos públicos ou a massacrar seus semelhantes. Senti que uma grande paixão pela virtude e uma aversão ao vício cresceram em mim, pelo menos na medida em que eu entendia o significado desses termos, relativos como eram, porque nesse sentido eu os apliquei apenas ao prazer e à dor. Movido por esses sentimentos, é claro que acabei admirando os legisladores pacíficos, como Numa, Sólon e Licurgo, mais do que a Rômulo e Teseu. A vida familiar dos meus protetores causou firmemente essas impressões em minha mente; talvez, se meu primeiro encontro com a humanidade tivesse sido com um jovem soldado que ardesse com desejos de glória e sacrifício, eu poderia estar imbuído de sentimentos diferentes.

"Mas o *Paraíso perdido* despertou emoções diferentes e muito mais profundas. Eu li, como havia lido os outros livros que caíram em minhas mãos, como uma história verdadeira. Ele sacudiu em mim todos os sentimentos de espanto e veneração que foram capazes de despertar a descrição de um Deus onipotente lutando contra suas criaturas. Frequentemente comparava várias situações com a minha, porque a semelhança delas me dominava. Assim como Adão, aparentemente eu havia sido criado como era, sem nenhum vínculo com nenhum outro ser vivo; mas a situação dele era diferente da minha em muitos outros aspectos. Ele nasceu das mãos de Deus como uma criatura perfeita, feliz, próspera e protegida pelo amor incondicional de seu criador. Ele foi autorizado a falar e adquirir conhecimento de seres de natureza superior; mas eu era um bastardo e estava indefeso e sozinho. Muitas vezes considerei Satã como o emblema mais justo de minha condição; porque muitas vezes, como ele, quando via a felicidade de meus protetores, a amarga bílis da inveja me invadia por dentro.

"Outra circunstância reforçou e confirmou esses sentimentos. Logo depois de chegar ao galpão, descobri alguns papéis no bolso das roupas que havia tirado do seu laboratório. No começo eu não havia prestado atenção neles, mas agora que conseguia decifrar os sinais em que estavam escritos, comecei a estudá-los com interesse. Era o seu diário dos quatro meses que precederam minha criação. Você descreveu detalhadamente nesses documentos todas as etapas que percorreu no processo de seu trabalho; essa história vinha misturada com algumas notas de questões familiares. Você certamente se lembra daqueles papéis. Aqui estão. Tudo relacionado à minha origem amaldiçoada é contado neles; todos os detalhes dessa série de circunstâncias repulsivas que tornaram tudo possível estão lá, à vista. A descrição minuciosa da minha pessoa odiosa e nojenta é oferecida em uma linguagem que descreve seu próprio horror e transforma o meu em uma cicatriz indelével. Eu me senti enojado ao ler. "Odioso foi o dia em que me deram a vida!", gritei em meu desespero. "Maldito Criador! Por que você moldou um monstro tão assustador que até mesmo você me deu as costas com aversão?" Deus, em sua piedade, fez o homem bonito e atraente, segundo sua própria imagem. Mas o meu aspecto é uma representação asquerosa do seu, e a mínima semelhança torna-o ainda mais horrendo. Satanás tinha companheiros, outros demônios que o admiravam e o encorajavam; mas eu sou solitário e todo mundo me odeia.

"Essas eram as reflexões nas minhas horas de desânimo e solidão; mas quando contemplava as virtudes dos camponeses, seu caráter gentil e benevolente, tentava me convencer de que, quando soubessem da minha admiração por suas virtudes, teriam piedade de mim e ignorariam a deformidade de minha pessoa. Seriam capazes de fechar as portas a um ser que, mesmo monstruoso, implorava sua compaixão e amizade? Decidi ao menos não me desesperar, mas me preparar de todas as formas para enfrentar uma reunião com eles que decidisse meu destino. Adiei essa tentativa por mais alguns meses, porque a importância de ter sucesso nessa situação me inspirava um medo terrível do fracasso. Além disso, descobri que meu entendimento melhorava tanto com as experiências de cada dia que não queria enfrentar essa empreitada até que em mais alguns meses melhorasse meu conhecimento.

"Enquanto isso, várias mudanças ocorreram na casa. A presença de Safie irradiava felicidade entre os habitantes, e também descobri que havia uma abundância maior por lá. Félix e Ágatha passavam mais tempo se divertindo e conversando, e alguns criados os ajudavam em seu trabalho. Eles não pareciam ricos, mas estavam felizes e contentes. Eram calmos e pacíficos, enquanto eu me sentia mais infeliz a cada dia. Aumentar meu conhecimento só me mostrara mais claramente que eu era um monstro marginal. Eu tinha esperança, é verdade, mas ela desapareceu quando vi minha imagem refletida na água ou mesmo minha sombra ao luar, mesmo com aquela imagem fraca e aquela sombra irregular.

"Eu me esforcei para remover esses medos e me fortalecer para o teste que planejava realizar dentro de alguns meses; e às vezes permitia que meus pensamentos, sem o freio da razão, vagassem pelos jardins do Paraíso, e ousei imaginar seres gentis e encantadores que entendessem meus sentimentos e confortassem minha tristeza. Seus rostos angelicais me ofereceriam sorrisos de compaixão. Mas tudo era um sonho. Não havia Eva para mitigar minhas tristezas ou compartilhar meus pensamentos. Eu estava só. Lembrei-me dos apelos de Adão ao seu Criador. Mas onde estaria o meu? Ele me abandonara e, com toda a amargura do meu coração, eu o amaldiçoava.

"Foi assim que o outono passou. Vi, com surpresa e medo, que as folhas amarelavam e caíam, e a natureza novamente adquiria o aspecto sombrio e desolado que tinha quando vi pela primeira vez as florestas e a adorável lua. Mas eu não me importava com os rigores do tempo. Pela minha constituição, estava mais preparado para enfrentar o frio do que o calor. Mas meu único contentamento era ver as flores, os pássaros e todas as alegrias do verão. Quando fui privado de tudo isso, olhei com mais atenção para os camponeses. A felicidade deles não havia diminuído com o adeus do verão. Eles se amavam e se entendiam, e suas alegrias, que dependiam das dos outros, não eram interrompidas pelos eventos que ocasionalmente ocorriam ao seu redor. Quanto mais eu os observava, maior era o meu desejo de implorar por proteção e compreensão. Meu coração ansiava que aquelas pessoas adoráveis me conhecessem e me amassem, e que seus doces olhares chegassem até mim com compaixão. Não ousei pensar que eles poderiam me dar as costas com desprezo ou horror. Os pobres que batiam à porta deles nunca foram enxotados. É verdade que eu pedia tesouros mais preciosos do que um pão ou um lugar para descansar. Eu pedia compreensão e amor, e não achava que poderia ser absolutamente indigno disso.

"O inverno avançava, e um ciclo inteiro de estações já tinha se passado desde que tinha voltado à vida. Naquela época, minha atenção estava concentrada apenas no meu plano de me apresentar à casa dos meus protetores. Elaborei inúmeros planos, mas o que finalmente decidi seguir foi o de ir à casa quando o velho cego estivesse sozinho. Eu era inteligente o suficiente para saber que a feiura anormal da minha pessoa era a principal causa de horror para aqueles que me viram antes. Minha voz, apesar de desagradável, não tinha nada de terrível. Então, pensei que, se pudesse ganhar a benevolência e mediação do ancião De Lacey na ausência de seus filhos, talvez pudesse, assim, fazer meus jovens protetores me aceitarem.

"Um dia, quando o sol brilhava nas folhas vermelhas que cobriam a terra e espalhavam alegria, apesar de negar o calor, Safie, Ágatha e Félix foram dar um longo passeio no campo, e o velho, por seu próprio desejo, ficou sozinho na casa. Quando os filhos saíram, ele pegou seu violão e tocou várias músicas tristes, mas doces, mais doces e tristes do que tudo o que eu já o ouvira tocar antes. A princípio, seu rosto parecia iluminado de prazer, mas, enquanto cantava, ia adquirindo um gesto pensativo e arrependido; depois de algum tempo, ele colocou de lado o instrumento e ficou absorto em seus pensamentos.

"Meu coração batia muito rápido. Aquele seria o momento do julgamento, o momento em que minhas esperanças ou meu terror se concretizariam. Os criados tinham ido a uma feira na vizinhança. Tudo estava silencioso, dentro e ao redor da casa. Era uma excelente oportunidade; no entanto, quando eu ia executar meu plano, minhas pernas falharam e eu desabei no chão. Levantei-me novamente e, reunindo toda a coragem que eu tinha, empurrei as madeiras que eu tinha colocado na frente do meu galpão para me esconder. O ar fresco me reviveu e, com determinação renovada, me aproximei da porta da casa.

"Bati na porta.

"— Quem é? — perguntou o velho. — Entre!

"Eu entrei e disse:

"— Desculpe-me por essa invasão. Sou viajante e só preciso descansar um pouco. Ficaria muito grato se você me permitisse ficar alguns momentos junto ao fogo.

"— Entre — disse De Lacey —, vou fazer o que puder para ajudá-lo; mas, infelizmente, meus filhos não estão em casa e, como sou cego, temo que seja muito difícil encontrar algo para você comer.

"— Não se preocupe, gentil senhor. Eu tenho comida. Tudo o que preciso é de um pouco de calor e descanso.

"Sentei-me e houve silêncio. Eu sabia muito bem que cada minuto era preciso para mim, no entanto, continuava indeciso sobre a maneira de iniciar a conversa, quando o velho se dirigiu a mim:

"— Pelo seu jeito estranho de falar, suponho que você seja meu compatriota. Você é francês?

"— Não, mas fui criado por uma família francesa, e só conheço esse idioma. Agora estou indo pedir a proteção de alguns amigos, a quem aprecio sinceramente e em quem coloquei todas as minhas esperanças.

"— Eles são alemães?

"— Não, eles são franceses. Mas vamos falar de outra coisa. Eu sou uma pessoa infeliz e abandonada. Olho ao meu redor e não tenho parentes ou amigos neste mundo. As pessoas boas a quem vou visitar nunca me viram e sabem muito pouco sobre mim. Eu tenho muito medo; porque se eu falhar, serei um pária neste mundo para sempre.

"— Não se desespere. É realmente triste não ter amigos; mas os corações dos homens, quando não têm preconceitos baseados no egoísmo, estão sempre cheios de amor e caridade fraternos. Então, tenha fé em suas esperanças; e se esses amigos são bons e gentis, não se desespere.

"— Eles são muito bons. São as melhores pessoas do mundo, mas, infelizmente, têm preconceito contra mim. Eu tenho boas intenções; até hoje não causei nenhum mal a ninguém e, até certo ponto, beneficiei as pessoas; mas um preconceito fatal nubla seus olhos; e, onde eles deveriam ver um amigo sensível e bom, veem apenas um monstro detestável.

"— É realmente lamentável. Mas se você é realmente inocente, não pode mostrar a eles a verdade?

"— Estou prestes a tentar realizar essa tarefa. E é por isso que me sinto dominado por tantos medos. Eu realmente aprecio esses amigos. Eles não sabem disso, mas por muitos meses fiz alguns favores em suas tarefas diárias; mas eles acreditam que eu quero prejudicá-los, e é esse preconceito que quero superar.

"— Onde esses amigos moram?

"— Aqui perto.

"O velho parou por um momento e acrescentou:

"— Se você quiser confiar abertamente a mim os detalhes de sua história, talvez eu possa tentar mostrar a verdade a eles. Sou cego e não posso julgar sua aparência, mas há algo em suas palavras que me garante que você é sincero. Sou pobre e vivo no exílio, mas será um verdadeiro prazer ajudar qualquer ser humano.

"— Que homem bom! Aceito sua oferta generosa e agradeço muito. Você me encoraja com sua bondade e tenho fé que com sua ajuda não serei expulso da companhia e da compreensão dos seus semelhantes.

"— Que o céu não permita! Nem mesmo se você fosse um verdadeiro criminoso, porque isso só poderia levá-lo ao desespero e não incitá-lo à virtude. Eu também sou desafortunado. Minha família e eu fomos condenados, embora sejamos inocentes. Julgue, então, caso não entenda seus infortúnios.

"— Como posso agradecer, meu melhor e único benfeitor? Pela primeira vez, ouço a voz da gentileza dirigida a mim. E ela vem dos seus lábios. Serei sempre grato a você, e sua humanidade me garante sucesso com os amigos que estou prestes a encontrar.

"— Posso saber o nome de seus amigos e onde eles moram?

"Fiquei calado. Esse, pensei, era o momento decisivo, o momento em que a felicidade seria roubada ou concedida a mim para sempre. Lutei em vão para encontrar coragem suficiente para responder a ele, mas o esforço destruiu toda a força que me restava. Afundei na cadeira e chorei. E naquele momento ouvi os passos dos meus jovens protetores. Eu não tinha tempo a perder, e, segurando a mão do velho, gritei:

"— Esse é o momento! Salve-me! Proteja-me! Você e sua família são os amigos que estou procurando! Não me abandone nesse momento decisivo!

"— Meu Deus! — disse o velho. — Quem é você?

"Nesse momento, a porta da casa se abriu e Félix, Safie e Ágatha entraram. Quem poderá descrever o horror e espanto que eles sentiram quando me viram? Ágatha desmaiou, e Safie, incapaz de cuidar de sua amiga, fugiu da casa. Félix avançou rapidamente e, com uma força sobrenatural, me afastou de seu pai, em cujos joelhos eu tinha me agarrado. Em uma explosão de raiva, ele me jogou no chão e me bateu violentamente com um pau. Eu poderia tê-lo esquartejado, como o leão faz com o antílope. Mas meu coração doía de amargura, e me contive. Vi que ele estava prestes a me bater de novo quando, superando a dor e a angústia, fugi da casa e, no meio da confusão, escapei sem ser visto e me escondi no galpão."

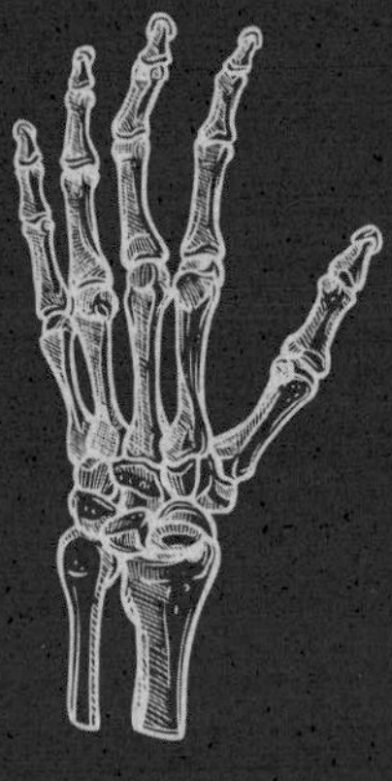

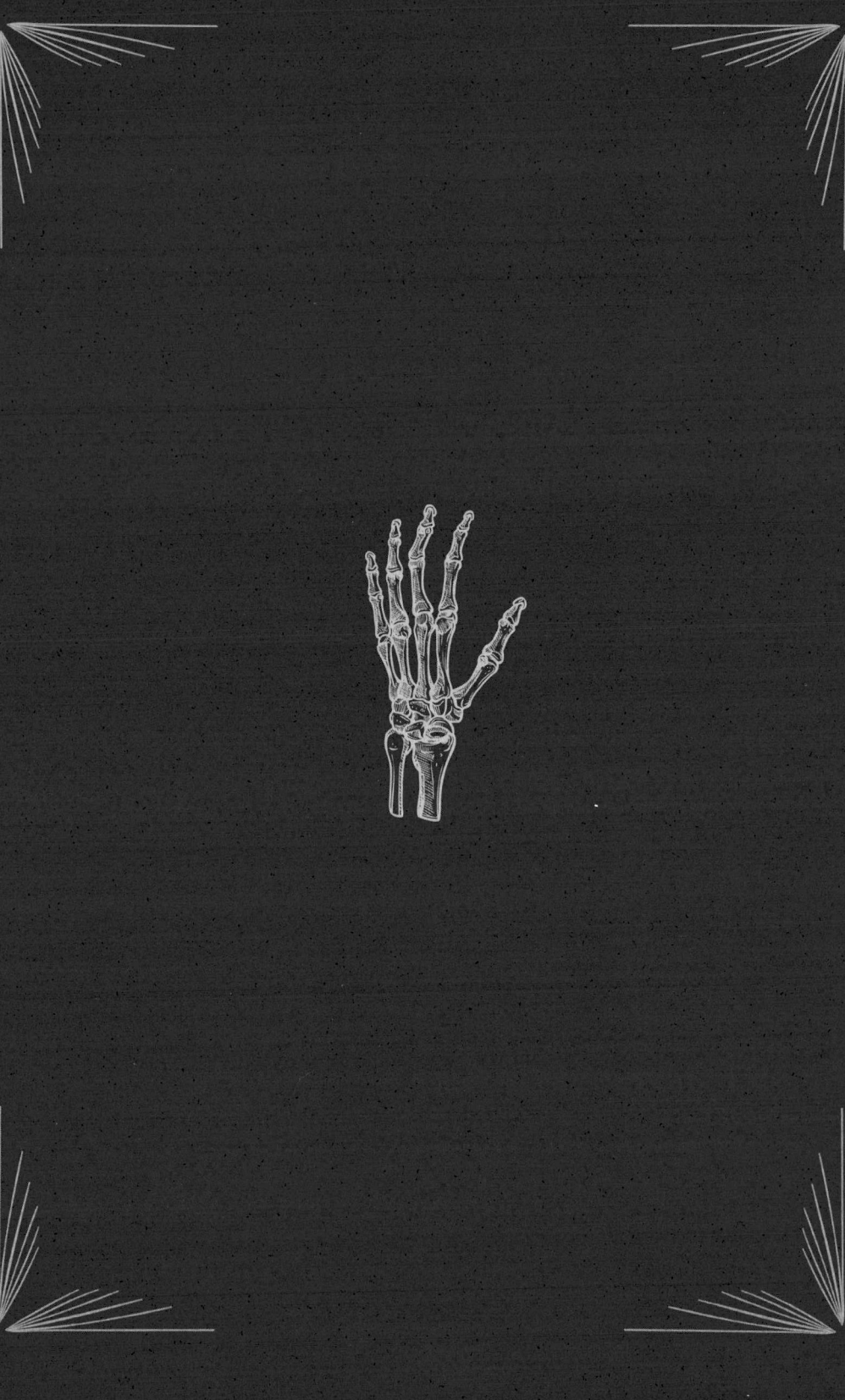

Capítulo 16

"Maldito, maldito criador! Por que eu tenho de viver? Por que, naquele momento, não apaguei a chama da existência que você me deu tão caprichosamente? Não sei; o desespero ainda não havia me dominado. Eu só tinha sentimentos de raiva e vingança. Eu poderia ter destruído a casa com prazer, matado seus habitantes e saciado minha fúria com seus gritos e suas dores.

"Quando a noite chegou, deixei meu esconderijo e vaguei pela floresta. Agora, não mais contido pelo medo de ser descoberto, pude dar vazão à minha angústia com uivos assustadores. Eu era como um animal selvagem que escapara de uma armadilha, destruindo tudo o que havia pela frente e vagando pela floresta como um velho cervo. Ah, que noite horrível eu tive! As estrelas geladas brilhavam me ridicularizando, as árvores nuas acenavam com seus galhos acima de mim, e aqui e ali o doce canto de um pássaro quebrava aquela quietude absoluta. Tudo, exceto eu, descansava ou se alegrava. Eu, como o diabo, abrigava um inferno dentro de mim: e como estava insatisfeito, eu queria arrancar as árvores, semear o caos e a destruição ao meu redor, e depois me sentar e desfrutar desse desastre.

"Entretanto essa era uma cascata de sensações que não podia durar. Acabei exausto pelo excesso de esforço físico e desmaiei na grama molhada, com o desamparo doentio do desespero. Entre os milhares e milhares de homens, não havia alguém que sentisse compaixão por mim ou quisesse me ajudar. E eu deveria ter alguma piedade de meus inimigos? Não! A partir daquele momento, declarei guerra eterna à humanidade e, sobretudo, àquele que me criou e que me jogou nessa humilhação insuportável.

"O sol nasceu. Ouvi vozes de homens e sabia que era impossível voltar ao meu esconderijo durante o dia. Então, me escondi no meio da floresta e decidi dedicar as horas seguintes para refletir sobre minha situação.

"Os raios do sol e o ar puro do dia restauraram parcialmente minha calma; e quando considerei o que havia acontecido na fazenda, não pude deixar de acreditar que havia me precipitado um pouco em minhas conclusões. Claro, eu tinha agido de forma imprudente. Era evidente que minha conversa havia emocionado o pai e que eu havia me comportado como um tolo em mostrar minha figura e aterrorizar seus filhos. Eu deveria ter familiarizado o velho De Lacey a mim e, pouco a pouco, me mostrar ao resto da família, quando eles estivessem preparados para a minha presença. Mas não achei que meus erros fossem irreparáveis; e, depois de muito pensar, decidi voltar à casa, procurar o velho e, com meus pedidos e súplicas, conquistá-lo para a minha causa.

"Esses pensamentos me tranquilizaram e, à tarde, adormeci; mas o fervor do meu sangue não me permitiu desfrutar de um descanso tranquilo. A cena horrível do dia anterior passava constantemente diante dos meus olhos: as mulheres fugiam e o furioso Félix me arrancava dos pés de seu pai. Acordei exausto; e descobrindo que já era noite, arrastei-me para fora do meu esconderijo e fui buscar comida.

"Quando saciei minha fome, encaminhei meus passos em direção ao conhecido caminho que levava à fazenda. Tudo estava em paz. Eu me arrastei para o meu galpão e fiquei lá, na expectativa silenciosa do momento em que a família fosse se levantar. A hora passou e o sol já estava alto no céu, mas os moradores não apareciam. Eu tremia violentamente, suspeitando de algum infortúnio terrível. O interior da casa estava escuro e não havia movimento. Não consigo descrever a angústia que senti nesse momento.

"Então, dois camponeses passaram, mas, parando perto da casa, começaram a conversar, gesticulando bastante. Não entendi o que eles disseram, porque eles falavam a língua local, que era diferente da dos meus protetores. Logo depois, Félix apareceu com outro homem. Fiquei surpreso, porque sabia que ele não havia saído de casa naquela manhã e esperei ansiosamente descobrir, com suas palavras, o significado desses eventos estranhos.

"— Você compreende que terá de pagar três meses de aluguel e que perderá a produção da horta? Eu não quero obter qualquer vantagem injusta de você, então peço que você reserve alguns dias para pensar em sua decisão — disse o homem que estava com ele.

"— É completamente inútil — respondeu Félix. — Nunca mais podemos voltar a esta casa. A vida de meu pai está em grave perigo devido à circunstância pavorosa que lhe contei. Minha esposa e irmã nunca esquecerão esse horror. Eu imploro que você não insista. Pegue sua propriedade e deixe-me desaparecer deste lugar imediatamente.

"Félix tremia terrivelmente ao dizer isso. Ele e seu companheiro entraram na casa, onde permaneceram por alguns minutos, e depois se despediram. Nunca mais vi ninguém da família De Lacey.

"Permaneci em meu galpão pelo resto do dia em um estado de desespero inconcebível e estúpido. Meus protetores se foram e haviam quebrado o único vínculo que me unia ao mundo. Pela primeira vez, sentimentos de vingança e ódio invadiram meu peito, e eu não lutei para controlá-los; pelo contrário, deixando-me arrastar pela corrente, deixei meus pensamentos se inclinarem para a violência e a morte. Quando pensava nos meus amigos, na voz amável de De Lacey, nos olhos encantadores de Ágatha e na beleza requintada da árabe, esses pensamentos desapareciam e as lágrimas abundantes me acalmavam um pouco. Mas, novamente, quando pensava que tinha sido rejeitado e abandonado, a fúria voltava, uma fúria de ódio; e como não conseguia ferir nenhum ser humano, voltei minha raiva contra objetos inanimados. Quando escureceu, coloquei uma variedade de materiais inflamáveis ao redor da casa; e, depois de destruir a horta, esperei com impaciência até que a lua desaparecesse para começar a trabalhar.

"Com o avanço da noite, um forte vento surgiu da floresta e rapidamente dispersou as nuvens que cobriam os céus. O vendaval tornou-se cada vez mais violento até que se tornou um furacão poderoso e produziu uma espécie de loucura no meu espírito que explodiu todos os limites da razão e reflexão. Acendi um galho seco de uma árvore e dancei furiosamente em torno daquela casa adorada, com meus olhos ainda fixos no horizonte ocidental, o lugar onde a lua iria se pôr. Parte de sua esfera finalmente se escondeu, e acenei meu galho ardente. A lua desapareceu e, com um grito, acendi a palha, as urzes e o feno seco que havia espalhado. O vento inflamou o fogo e a casa foi imediatamente envolvida pelas chamas, que a abraçavam e lambiam com suas línguas afiadas e destrutivas.

"Assim que tive certeza de que nada poderia salvar nem a menor parte da construção, deixei o local e procurei refúgio na floresta.

"E agora, com o mundo diante de mim, para onde meus passos levariam? Decidi fugir da cena dos meus infortúnios. Mas, para mim, odiado e desprezado, todos os países seriam igualmente assustadores. Depois de algum tempo, um pensamento passou pela minha cabeça: você. Pelos seus documentos, eu soube que você tinha sido meu pai, meu criador. E quem mais adequado eu poderia procurar, senão quem me dera vida? Entre as lições que Félix havia ensinado a Safie, não faltavam as de geografia. Por isso soube como os diferentes países do mundo estavam dispostos. Você mencionou Genebra, o nome de sua cidade natal, e foi para esse lugar que eu decidi ir.

"Mas como eu poderia me orientar? Eu sabia que tinha de viajar para o sudoeste para chegar ao meu destino, mas o sol era o meu único guia. Eu não sabia os nomes das cidades pelas quais teria de passar, nem podia pedir informações a qualquer ser humano. Mas não me desesperei. Eu só poderia esperar sua ajuda, mesmo que não nutrisse outro sentimento além de ódio por você. Criador insensível e cruel! Você me deu sentimentos e paixões e depois me jogou no mundo para o desprezo e horror da humanidade. Mas somente para você eu poderia dirigir minhas súplicas de piedade e reparação, e somente em você eu decidi buscar a justiça que em vão tentei encontrar em qualquer outro ser de aparência humana.

"Minha viagem foi longa, e os sofrimentos que tive de suportar foram intensos. O outono já estava bastante adiantado quando deixei a região onde havia vivido por tanto tempo. Eu viajava somente à noite, com medo de encontrar um rosto humano. A natureza morria ao meu redor e o sol já não me aquecia; a chuva e a neve se derramavam sobre mim; rios caudalosos estavam congelados. A superfície da terra estava dura, fria e nua, e eu não encontrava refúgio. Ah, Terra! Quantas vezes amaldiçoei quem me causara a vida! A bondade da minha natureza havia desaparecido e tudo dentro de mim se tornara fel e amargura. Quanto mais perto chegava de onde você morava, mais profundamente sentia que o espírito de vingança havia se tornado o dono do meu coração. A neve caía ao meu redor e as águas endureciam, mas eu não descansei. Alguns sinais, aqui e ali, me guiavam na direção certa, e eu tinha um mapa do país, mas muitas vezes eu me desviava muito do caminho certo. A agonia da minha dor não me dava descanso. E não havia acontecimento do qual eu não pudesse alimentar minha raiva e minha desgraça. Mas uma circunstância que aconteceu quando cheguei aos limites da Suíça, quando o sol já havia recuperado parte de seu calor e a terra novamente começou a ficar verde, confirmou de maneira particular a amargura e o horror de meus sentimentos.

"Eu geralmente descansava durante o dia e viajava somente à noite, quando tinha certeza de que estava longe do alcance da vista dos homens. No entanto, numa manhã, ao descobrir que meu caminho percorria uma floresta profunda, arrisquei-me a continuar minha jornada depois que já havia amanhecido. O dia, que era um dos primeiros da primavera, alegrava até a mim com a beleza dos raios do sol e a doçura da brisa. Eu sentia que emoções como bondade e prazer, que pareciam ter morrido há muito tempo, reviviam dentro de mim. Quase surpreso com essas novas emoções, eu me deixei arrastar por elas e, esquecendo minha solidão e minha deformidade, ousei me sentir feliz. Lágrimas suaves novamente molharam minhas bochechas, e eu até levantei meus olhos úmidos de gratidão ao sol maravilhoso que derramava essa alegria sobre mim.

"Continuei serpenteando pelas estradas da floresta até chegar ao fim, que era cercado por um rio profundo e veloz, sobre o qual muitas árvores deitavam seus galhos, agora cheios de brotos recentes da primavera. Ali parei, sem saber exatamente para onde ir, quando ouvi vozes que me obrigaram a me esconder à sombra dos ciprestes. Mal tinha tido tempo de me esconder, quando uma garota veio correndo para o lugar onde estava escondido, rindo como se estivesse fugindo de alguém na brincadeira. Ela continuou seu percurso ao longo da beira íngreme do rio, quando de repente seu pé escorregou e ela caiu nas corredeiras. Saí imediatamente do meu esconderijo e, com imenso esforço contra a corrente do rio, salvei-a e arrastei-a de volta para a costa. Ela havia perdido os sentidos, e eu tentava de todos os modos e com toda a minha força reanimá-la, quando, de repente, fui surpreendido pela chegada de um camponês, provavelmente a pessoa de quem a garota fugia brincando. Quando ele me viu, atacou-me, arrancando a garota dos meus braços e fugindo para as partes profundas da floresta. Eu o segui rapidamente, mal sei por quê; mas quando o homem viu que eu o estava seguindo de perto, apontou uma arma para mim e atirou. Caí no chão e ele, ainda mais rápido, entrou na floresta.

"Pois essa foi a recompensa pela minha bondade! Eu havia salvado um ser humano da morte e, como recompensa, agora estava me contorcendo com a dor terrível de um tiro que havia estraçalhado minha carne e meus ossos. Os sentimentos de gentileza e bondade que eu havia abrigado apenas alguns momentos antes deram origem a uma fúria infernal e ranger de dentes. Inflamado pela dor, jurei ódio eterno e vingança contra toda a humanidade. Mas a dor causada pela ferida me abateu, meu pulso parou e eu desmaiei.

"Por algumas semanas, levei uma vida miserável naquelas florestas, tentando curar a ferida que havia recebido. A bala tinha perfurado meu ombro, e eu não sabia se ainda estava lá ou se havia atravessado. De qualquer forma, eu não tinha meios de extraí-la. Meus sofrimentos também aumentavam por causa do sentimento opressivo de injustiça e ingratidão que essas dores lembravam. Meus juramentos diários pediam vingança, uma vingança absoluta e mortal, porque só então eu poderia compensar os ultrajes e o tormento que havia sofrido.

"Depois de algumas semanas, minha ferida se curou e continuei minha jornada. Nem o brilho do sol nem a brisa suave da primavera eram capazes de facilitar os trabalhos que eu tinha de suportar; toda alegria era apenas uma zombaria para mim, que insultava meu estado de desolação e me fazia sentir mais dolorosamente que não havia sido feito para a felicidade.

"Mas meus sofrimentos estavam chegando ao fim e, dois meses depois, cheguei aos arredores de Genebra.

"Era quase noite quando cheguei e me retirei para um lugar escondido nos campos que a cercavam, para pensar em como chegar até você. Estava abatido pelo cansaço e pela fome e me sentia muito infeliz para apreciar a doce brisa do entardecer ou a vista do sol se pondo por trás das imponentes montanhas do Jura.

"Naquele momento, um sono leve me aliviava da dor do pensamento, mas ele foi perturbado pela aproximação de um menino lindo, que entrou no meu esconderijo correndo com a alegria lúdica da infância. De repente, quando olhei para ele, uma ideia passou pela minha cabeça de que essa pequena criatura certamente não teria preconceitos e que havia vivido muito pouco tempo para se imbuir do horror à deformidade. Então, se eu pudesse contatá-lo e educá-lo como meu parceiro e amigo, não me encontraria tão sozinho neste mundo cheio de gente.

"Tomado por esse impulso, agarrei o garoto quando ele passou e o puxei para mim. Assim que viu minha figura, ele colocou as mãos na frente dos olhos e deu um grito agudo. Afastei as mãos dele do rosto à força e disse:

"— Garoto, o que você está fazendo? Eu não quero machucar você; escute.

"Ele lutou ferozmente.

"— Solte-me! — ele gritou. —Monstro! Monstro horrível! Você quer me devorar e me destruir em mil pedaços! Você é um ogro! Deixe-me, ou eu vou contar para o meu pai!

"— Garoto, você nunca mais verá seu pai. Você virá comigo.

"— Monstro assustador! Solte-me, solte-me! Meu pai é magistrado. É o sr. Frankenstein, e ele vai punir você! Não se atreva a me tocar!

"— Frankenstein! Então você pertence ao meu inimigo, aquele por quem jurei eterna vingança. E você será minha primeira vítima.

"O garoto ainda lutava e me insultava com gritos que só conseguiam trazer desespero ao meu coração. Peguei-o pela garganta para tentar mantê-lo quieto, e um instante depois ele estava morto aos meus pés.

"Eu olhava para a minha vítima, e uma alegria e triunfo infernais tomaram meu coração. Eu aplaudi e exclamei:

"— Eu também posso semear desolação. Meu inimigo não é invencível; esta morte o mergulhará em desespero e milhares e milhares de infortúnios o atormentarão e o destruirão.

"Quando fixei meus olhos no garoto, vi algo brilhando em seu peito. Eu peguei. Era o retrato de uma mulher bonita. Apesar de minha maldade, esse retrato me acalmou e atraiu minha atenção. Por um breve momento, observei com deleite os olhos escuros, com cílios profundos e os lábios adoráveis, mas imediatamente a raiva me invadiu de novo: lembrei que me privaram para sempre dos prazeres que criaturas belas assim podiam me proporcionar; e que aquela cujo rosto eu contemplava, se olhasse para mim, mudaria aquele ar de bondade divina por um gesto de horror e aversão.

"Você está surpreso que esses pensamentos tenham me levado ao ódio? A mim, me surpreende que, naquele momento, em lugar de perder-me em lamentações e agonia, não tenha dado vazão a meus impulsos de investir contra toda a humanidade e perecido na tentativa de aniquilá-la.

"Ainda impressionado por esses sentimentos, deixei o local onde havia cometido o assassinato e procurei um esconderijo mais remoto. Entrei em um celeiro que parecia estar vazio. Havia uma mulher dormindo na palha. Ela era jovem, certamente não tão bonita quanto a do retrato que eu tinha, mas com uma aparência agradável e na adorável flor da juventude e da saúde. E eu pensei: ali estava um daqueles sorrisos que são distribuídos a todos, exceto a mim. Debrucei-me sobre ela e murmurei:

"— Acorde, fada, seu amado chegou. Aquele que daria a própria vida para conseguir um olhar de afeto dos seus olhos. Amada minha, acorde!

"Ela se moveu. Um frêmito de terror correu por dentro do meu corpo. E se ela de fato acordasse e me visse, amaldiçoasse e me denunciasse como assassino? Certamente, essa seria sua reação se seus olhos escuros se abrissem e se deparassem comigo. Pensar nisso era loucura. Isso instigou o espírito maligno dentro de mim. Não era eu quem deveria sofrer, mas ela. O assassinato que eu cometera, porque fui para sempre privado de tudo que ela poderia me dar, ela teria de reparar. A origem do crime recairá sobre ela. Seja seu o castigo! Graças às lições de Félix e às leis sanguinárias dos homens, aprendi a fazer o mal. Aproximei-me dela e coloquei o retrato em segurança em um dos bolsos de seu vestido. Ela se remexeu mais uma vez e eu fugi.

"Durante alguns dias, fiquei andando pelo local onde esses eventos haviam ocorrido, às vezes desejando ver você, e às vezes decidido a deixar o mundo e suas misérias para sempre. Depois de um tempo, fui para essas montanhas e viajei por todas aquelas enormes cavernas, consumido por uma paixão ardente que só você pode acalmar. E não podemos dizer adeus até que você me prometa cumprir meus pedidos. Estou sozinho e muito infeliz. Nenhum homem vai querer minha companhia, mas alguém tão deformado e horrível quanto eu não me rejeitaria. Minha companheira deve ser da mesma espécie e ter os mesmos defeitos. Esse é o ser que você deve criar para mim."

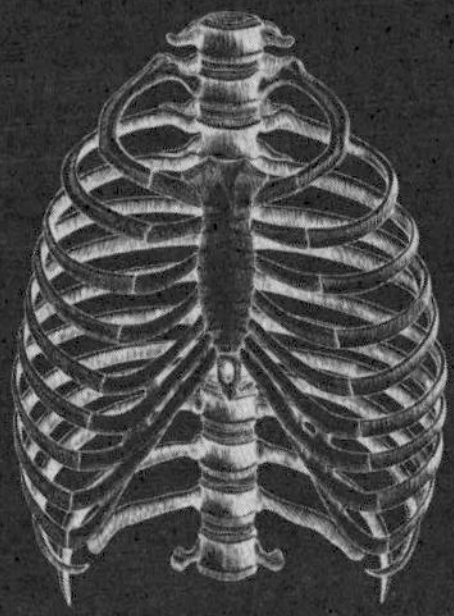

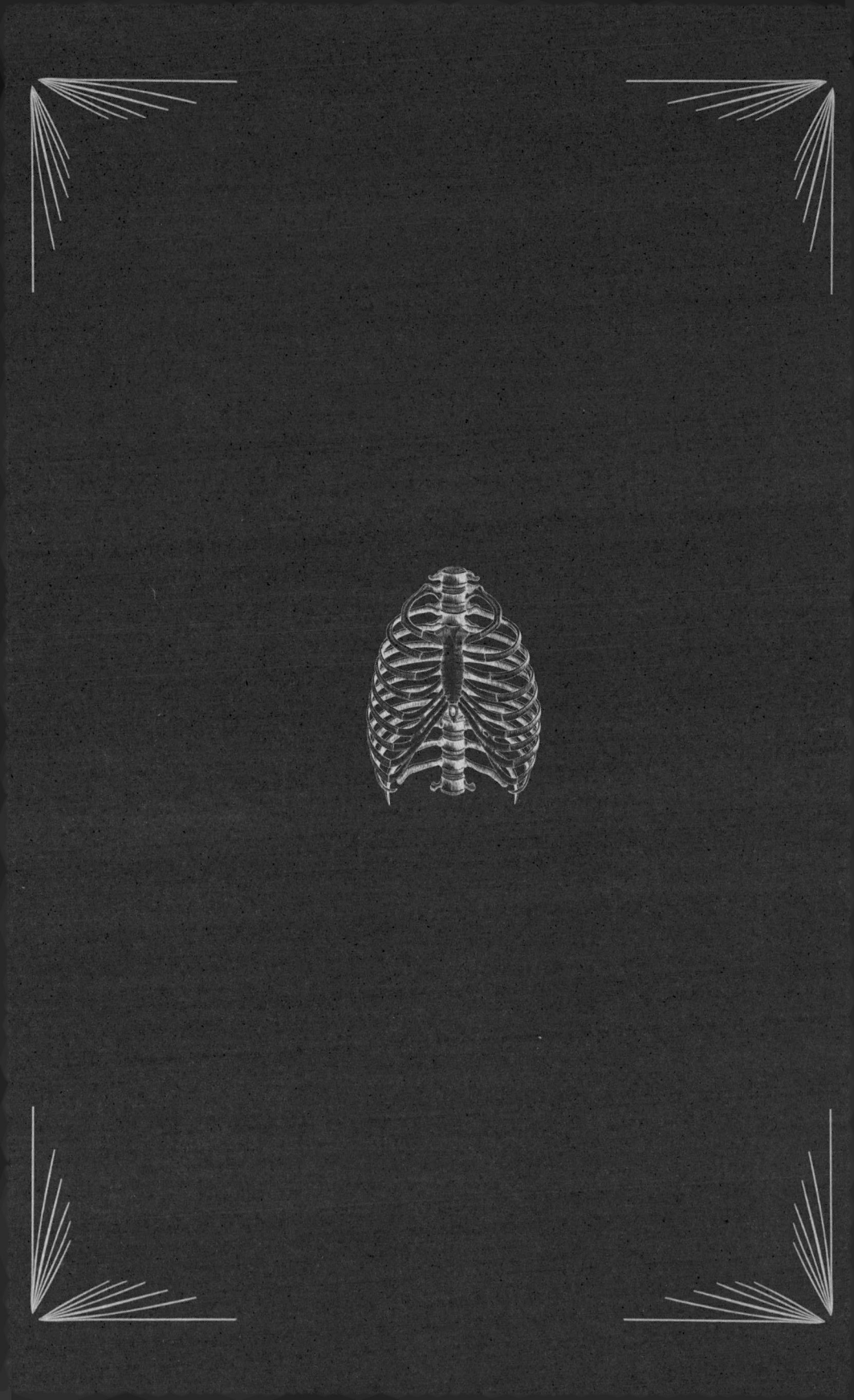

Capítulo 17

A criatura terminou de falar e olhou para mim, esperando por uma resposta. Mas eu estava perplexo e desnorteado e não consegui ordenar minhas ideias o suficiente para entender o significado de sua proposta. Ele acrescentou:

— Você deve criar uma companheira para mim, uma mulher com quem eu possa viver, que me entenda e que eu possa entender, para existir. Só você pode fazê-lo, e eu exijo isso de você como direito que você não pode me negar.

A última parte de sua história tinha reacendido em mim a cólera que amortecera quando ele narrava sua vida pacífica entre os camponeses e, a essas palavras, não pude mais reprimir a ira que me abrasava.

— Claro que me recuso! — eu respondi. — E nenhuma tortura no mundo me fará consentir. Você pode me tornar o homem mais miserável da Terra, mas nunca me tornará vil aos meus próprios olhos. Então devo criar outro ser como você, para que sua maldita aliança destrua o mundo? Afaste-se de mim! Eu já lhe dei a resposta. Você pode me torturar, mas eu nunca vou consentir.

— Você está errado — a criatura respondeu —; e, em vez de ameaçá-lo, estou disposto a argumentar com você. Eu sou mau porque sou miserável. Eu não sou desprezado e odiado por toda a humanidade? Você, meu criador, me partiria em mil pedaços e apreciaria esse triunfo. Lembre-se disso, e me diga por que devo ter pena de um homem que não tem piedade de mim. Se você me jogasse em uma daquelas rachaduras no gelo e destruísse meu corpo, o trabalho de suas próprias mãos, você nem chamaria isso de assassinato. Devo respeitar um homem que me condena? Seria melhor se morássemos juntos e colaborássemos gentilmente, e, em vez de prejudicar, derramaria sobre ele todos os benefícios imagináveis, com lágrimas de gratidão por sua aceitação. Mas isso não pode ser. As emoções humanas são barreiras intransponíveis à nossa aliança. Mas não me submeterei como escravo abjeto. Eu vingarei meus sofrimentos; se eu não puder inspirar amor, causarei terror; e principalmente a você, meu inimigo supremo, por você ser meu criador, juro ódio eterno. Tenha cuidado. Eu me esforçarei para destruí-lo, e não terminarei minha tarefa até que seu coração seja desolado e você amaldiçoe o fato de ter nascido.

Uma raiva mortal animava seu rosto quando ele disse isso; seu rosto se contraiu em caretas horríveis demais para um ser humano tolerar; mas imediatamente ele se acalmou e continuou.

— Eu estava tentando argumentar. Essa obsessão me prejudica, porque você não entende que apenas você é a única causa desse excesso. Se alguém fosse gentil comigo, eu retornaria essa bondade dobrada centenas e mais centenas de vezes. Por causa de tal criatura, eu seria capaz de fazer as pazes com toda a humanidade. Mas agora estou fantasiando sobre sonhos de felicidade que não podem ser realizados. O que eu peço é razoável e justo. Só exijo uma criatura de outro sexo, mas tão assustadora quanto eu. É um pequeno conforto, mas é tudo o que posso receber e será o suficiente para mim. É verdade que seremos monstros e estaremos separados do mundo, mas é exatamente por isso que nos sentiremos mais unidos um ao outro. Não seremos felizes, mas não faremos mal a ninguém e não sofreremos o infortúnio que agora sinto. Oh, meu criador! Faça-me feliz! Permita-me sentir gratidão a você por esse único ato de bondade. Deixe-me provar que sou capaz de inspirar a compreensão de outra criatura. Não me negue meu pedido.

Eu fiquei comovido. Eu tremi quando pensei nas possíveis consequências de aceitar, mas pensei que havia justiça em seu argumento. Sua história e os sentimentos que ele agora expressava mostravam que ele era uma criatura de emoções delicadas; e eu, como seu criador, não deveria lhe dar toda a felicidade que eu tinha o poder de lhe conceder? Ele sentiu a mudança nos meus sentimentos e continuou.

— Se você consentir, nem você nem qualquer criatura humana nos verá novamente. Eu irei para as vastas selvas da América do Sul.

Minha comida não é como a dos homens. Eu não mato um cordeiro ou uma criança para saciar meu apetite. Bolotas e frutas silvestres me fornecem nutrição suficiente. Minha parceira será da mesma natureza que eu e ficará contente com o mesmo. Faremos nossa cama com folhas secas; o sol nos iluminará como a todos os homens e amadurecerá nossa comida. O quadro que apresento a você é gentil e humano, e você deve sentir que só pode recusar usando uma tirania e crueldade caprichosas. Embora você tenha sido cruel comigo, vejo compaixão em seus olhos. Permita-me aproveitar esse momento favorável e convencê-lo a me prometer o que desejo ardentemente.

— Você propõe — respondi — que irá partir dos lugares onde os homens moram e que irá morar nas selvas, onde os animais do campo serão sua única companhia. Como você será capaz de manter essa promessa de exílio, você que tanto deseja o amor e a compreensão do Homem? Você voltaria e procuraria novamente a compaixão deles, e se confrontaria novamente com o desprezo; suas paixões malignas se renovariam, e então você teria uma parceira que o ajudaria a satisfazer seus desejos de destruição. Eu não posso aceitar. Pare de tentar me convencer, pois não posso consentir.

— Quão inconstantes são seus sentimentos! Há um momento você pareceu emocionado com meus pedidos. Por que você se endurece novamente com minhas queixas? Juro-lhe pela terra que habito e por você que me criou que, com a companheira que me conceder, me afastarei da presença dos homens e viverei, se necessário, nos lugares mais selvagens. Minhas más paixões desaparecerão, porque terei encontrado simpatia. Minha vida se passará pacificamente, e no momento da morte não amaldiçoarei meu criador.

Suas palavras tiveram um efeito estranho sobre mim. Senti pena dele e, por um momento, senti vontade de confortá-lo; mas quando olhei para ele, quando vi aquela massa imunda que se mexia e falava, meu coração se enojou e meus sentimentos foram transformados em horror e ódio. Eu tentei reprimir essas emoções. Pensei que, embora não pudesse apreciá-lo, não tinha o direito de negar a ele a pequena porção de felicidade que estava em minhas mãos poder oferecer.

— Você jura — eu disse — não fazer mal a ninguém, mas já não demonstrou seu mal implacável? Eu não deveria desconfiar de você? Isso não é uma armadilha para ampliar o alcance da sua vingança?

— Como? Eu não devo ser menosprezado, e exijo uma resposta. Se eu não tiver relacionamentos ou afetos, me entregarei ao ódio e ao mal. O amor de outro ser destruirá a razão dos meus crimes e me tornarei algo de cuja existência ninguém saberá. Meus males são filhos de uma solidão forçada que eu odeio, e minhas virtudes necessariamente florescerão quando eu receber a companhia de um igual. Sentiria o afeto de um ser vivo e me tornaria um elo na cadeia de seres e eventos dos quais agora estou excluído.

Parei um pouco para refletir sobre tudo o que ele dissera e refletir sobre os argumentos que ele usara. Pensei nas virtudes promissoras que havia demonstrado no início de sua existência; e na subsequente ruína de todos aqueles sentimentos amáveis, por causa do desprezo e medo que seus protetores haviam manifestado em relação a ele. Nos meus cálculos, não esqueci sua força ou suas ameaças: uma criatura que poderia viver nas cavernas glaciais das geleiras e se esconder de seus perseguidores nas margens de falésias inacessíveis era um ser que possuía faculdades impossíveis de lidar. Depois de uma longa pausa para refletir, concluí que a justiça devida a ele e aos meus semelhantes me forçava a aceitar seu pedido. Então, voltando-me para ele, eu disse:

— Concordo com o seu pedido se você jurar solenemente que sairá da Europa e de qualquer outro lugar onde haja seres humanos, assim que eu colocar em suas mãos a fêmea que o acompanhará em seu exílio.

— Eu juro — ele gritou — pelo sol e pelos céus azuis do Paraíso e pelo fogo do amor que arde em meu coração que, se você conceder meu pedido, enquanto eu existir, você nunca mais me verá! Vá então para sua casa e comece o trabalho. Observarei seus avanços com ansiedade incontrolável e, não tema, pois quando tudo estiver pronto, eu aparecerei.

E dizendo isso, ele rapidamente se afastou, talvez com medo de que eu mudasse de ideia. Eu o vi descer a montanha com uma velocidade maior do que a do voo de uma águia e rapidamente o perdi de vista entre as ondulações do mar de gelo.

A história dele havia tomado o dia todo, e o sol já estava na linha do horizonte quando ele saiu. Eu sabia que deveria começar a descer imediatamente para o vale, porque muito em breve seria envolvido em completa escuridão. Mas meu coração estava pesado e eu me movia lentamente. O esforço de percorrer os pequenos caminhos da montanha e fixar meus pés com firmeza à medida que avançava me exauria, absorto como estava pelas emoções que os eventos daquele dia haviam despertado em mim. Já estava muito escuro quando cheguei a um local de descanso que fica na metade do caminho e me sentei ao lado da fonte. As estrelas brilhavam de tempos em tempos, enquanto as nuvens passavam na frente delas. Os pinheiros escuros se erguiam na minha frente e, em todo lugar, aqui e ali, as árvores quebradas jaziam no chão. Era uma paisagem de maravilhosa solenidade que acendeu pensamentos estranhos dentro de mim. Chorei amargamente e, torcendo as mãos com dor, exclamei: "Ah, estrelas, nuvens e vento! Vocês todos zombam de mim! Se vocês realmente têm piedade de mim, esmaguem meus sentimentos e minha memória! Tornem-me um nada. E se não, afastem-se e me deixem no escuro!".

Esses eram pensamentos selvagens e miseráveis; mas não posso descrever como o cintilar eterno das estrelas pesava sobre mim, e como eu ouvia cada rajada de vento, como se fosse um siroco opaco e feio a caminho de me consumir.

Já era madrugada quando cheguei à vila de Chamounix. Sem qualquer pausa para descanso, regressei imediatamente a Genebra. Mesmo em meu próprio coração, não posso expressar tantas emoções, elas pesaram sobre mim com peso de uma montanha e isso destruiu minha angústia abaixo delas. Assim voltei para casa, junto de minha família. Meu aspecto cansado e em desalinho alarmou a todos, mas deixei sem resposta as perguntas ansiosas com que me assaltaram. Não me sentia com o direito de reivindicar a solidariedade dos meus, e mesmo sua companhia me parecia uma dádiva que eu não merecia. Contudo, amava-os ao extremo e, para salvá-los, resolvi me dedicar à minha abominável tarefa. A perspectiva de tal ocupação relegava a um plano secundário todos os aspectos da vida ao meu redor, como um sonho, e toda a realidade se concentrava naquele pensamento.

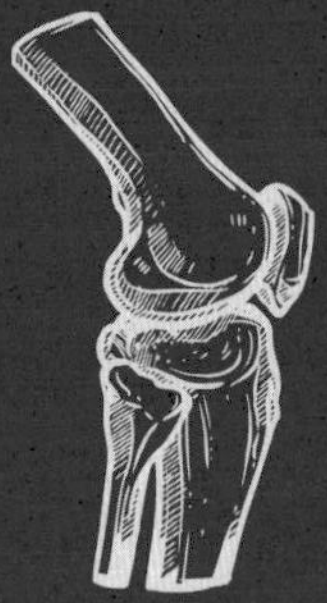

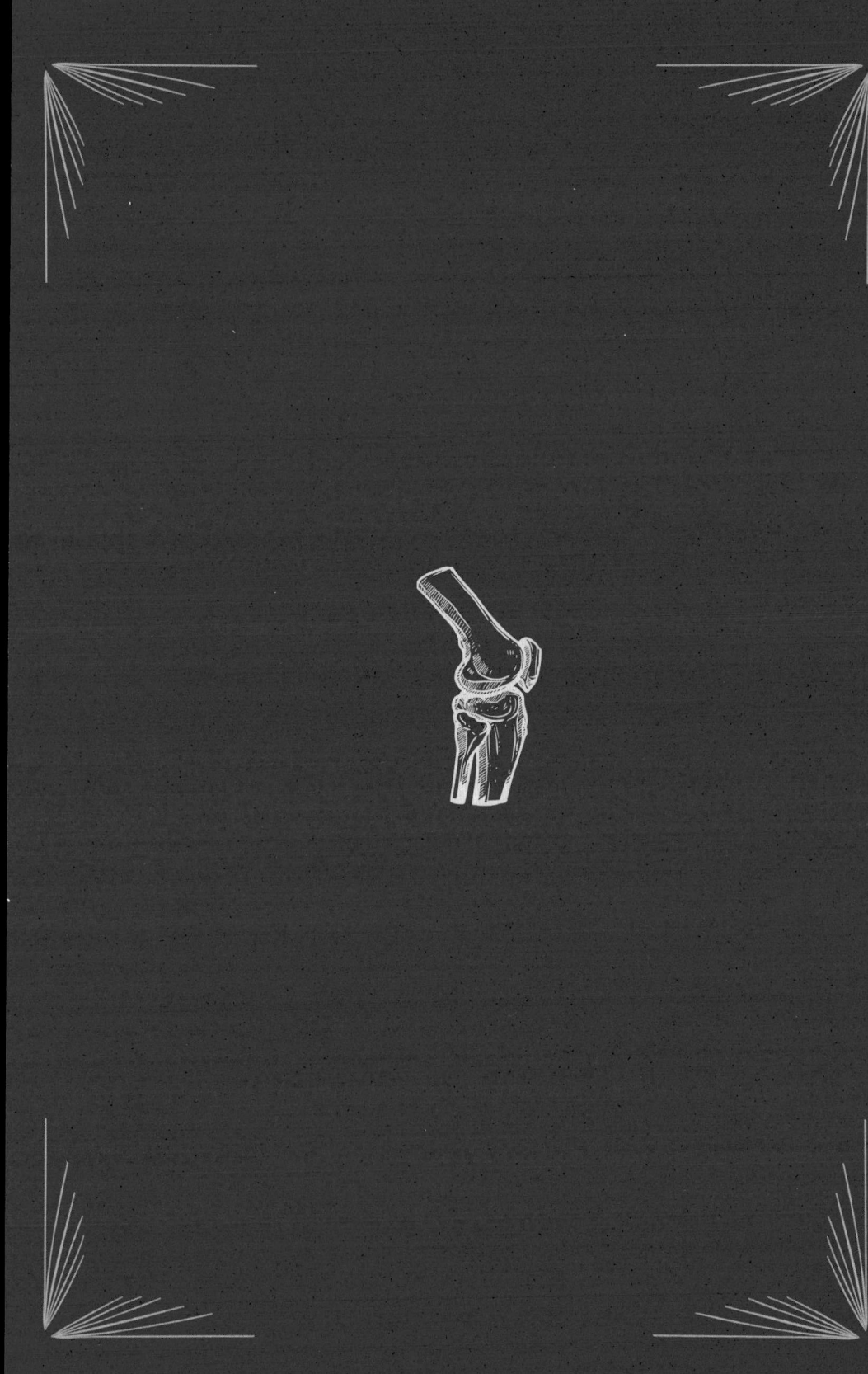

Capítulo 18

Dia após dia, semana após semana de meu regresso a Genebra se passaram, e não tinha coragem suficiente para começar a trabalhar. Eu tinha medo da vingança do demônio se o decepcionasse, no entanto, não conseguia superar o meu nojo pela tarefa que me fora atribuída. Também descobri que era incapaz de compor uma mulher sem dedicar muitos meses a estudos e testes trabalhosos. Ouvi dizer que um filósofo inglês havia feito algumas descobertas, cujo conhecimento seria muito útil para o meu sucesso, e às vezes planejava pedir permissão a meu pai para visitar a Inglaterra com essa intenção, mas me apegava a qualquer desculpa para adiá-la e evitava dar o primeiro passo em um empreendimento cuja necessidade imediata começava a parecer menos necessária para mim. Algo de fato havia mudado em mim. Minha saúde, que até então havia sofrido, havia melhorado bastante; e, quando a lembrança da minha infeliz promessa não impedia, me sentia bastante animado. Meu pai observava essa mudança com prazer e procurava constantemente o melhor método para erradicar os restos de melancolia que ocasionalmente voltavam e me atacavam com sua escuridão feroz, ofuscando a chegada do amanhecer. Naqueles momentos, eu me refugiava na mais absoluta solidão: passava dias inteiros no lago, sozinho, em um pequeno barco, olhando as nuvens e ouvindo o murmúrio das ondas, em silêncio e com total indiferença. Mas o ar fresco e o sol brilhante muitas vezes conseguiam restaurar minha compostura em certa medida; e quando voltava, respondia às saudações dos meus amigos com um sorriso mais disposto e um espírito mais afetuoso.

Foi depois de voltar de uma dessas excursões que meu pai me chamou em um canto e me abordou da seguinte maneira:

— Meu querido filho, estou muito feliz em ver que você voltou aos seus antigos prazeres e parece ser novamente o que sempre foi. No entanto, você ainda está triste e evitando nossa sociedade. Por um tempo, fiquei completamente perdido e não conseguia nem imaginar qual seria a causa disso. Mas ontem tive uma ideia e, se for bem fundamentada, peço que me confirme. Reservas sobre tal ponto seria não apenas inútil, mas atrairia miséria tripla sobre todos nós.

Tremi visivelmente quando a introdução terminou e meu pai continuou:

— Confesso, meu filho, que sempre considerei ansiosamente o casamento com sua prima Elizabeth o fundamento da felicidade de nossa família e da minha velhice. Vocês se conhecem desde muito jovens; vocês estudaram juntos e pareceu, por seus gostos e disposições, que foram feitos um para o outro. Mas, às vezes, nós homens somos cegos, e o que eu pensei que poderia ser o melhor para canalizar meu plano pode tê-lo arruinado completamente. Talvez você olhe para ela apenas como uma irmã, sem ter nenhum desejo em fazê-la sua esposa. Além disso, você certamente encontrou outro alguém por quem está apaixonado; e, considerando que você comprometeu sua honra no futuro casamento com Elizabeth, esse sentimento pode causar a dor aguda que você parece sentir.

— Querido pai, acalme-se. Amo minha prima de todo coração e sinceramente não conheci nenhuma mulher que me inspire, como Elizabeth, a mais profunda admiração e carinho. Minhas esperanças e perspectivas futuras se baseiam inteiramente na expectativa de nossa união.

— Meu querido Victor, a confirmação de seus sentimentos sobre este assunto me dá uma alegria maior do que qualquer outra coisa tem sido capaz de me proporcionar há muito tempo. Se é isso que você sente, ficaremos felizes com certeza, não importa o quanto as circunstâncias atuais possam causar alguma tristeza em nós. Mas é essa tristeza que tomou conta de seu espírito com tanta força que eu gostaria de dissipar. Diga-me, então, se você tem alguma objeção a uma celebração formal imediata do seu casamento. Ficamos muito infelizes e os eventos recentes tiraram a tranquilidade familiar de que meus anos e minhas dores precisam. Você é jovem. No entanto, tendo uma fortuna notável, não acredito que um casamento precoce possa interferir em qualquer projeto futuro que você tenha planejado. De qualquer forma, não acredite que eu queira impor sua felicidade ou que um atraso de sua parte me causaria alguma preocupação séria. Interprete minhas palavras com simplicidade e responda-me, imploro, com confiança e sinceridade.

Ouvi meu pai em silêncio e por alguns instantes fiquei sem resposta. Rapidamente, uma avalanche de pensamentos passou pela minha cabeça e tentei chegar a uma conclusão. Meu Deus! A ideia de um casamento imediato com Elizabeth me aterrorizou e me assustou. Eu estava preso a uma promessa solene que ainda não havia cumprido e que não ousava quebrar. E se o fizesse, quantos sofrimentos insuspeitos poderiam recair sobre mim e minha amada família! Eu poderia celebrar um banquete com aquele peso mortal pendurado no meu pescoço e prendendo-me ao chão? Eu tinha que cumprir meu compromisso e deixar o monstro partir com sua parceira antes que pudesse me dar ao luxo de um casamento do qual eu esperava obter paz.

Eu lembrei também da necessidade urgente que eu tinha de viajar para a Inglaterra ou estabelecer uma longa correspondência com os filósofos daquele país, cujo conhecimento e descobertas eram indispensáveis para mim em meu atual compromisso. Essa última maneira de obter informações precisas era demorada e insatisfatória; além disso, não haveria de ser na própria casa paterna, no convívio daqueles a quem amava, que iria realizar minha repugnante tarefa, e tinha uma aversão insuperável a essa ideia. Sabia que uma infinidade de acidentes poderia ocorrer, o pior dos quais seria o risco da revelação de uma história que iria encher de horror todos os que se relacionavam comigo. Nem ignorava que estaria constantemente sujeito à perda do domínio próprio e de toda a capacidade de esconder as sensações angustiantes que sentiria durante a realização de minha ocupação sobrenatural. Para dedicar-me à minha ocupação, eu deveria me ausentar de tudo que amo. Uma vez iniciada a obra, não demoraria a dá-la por concluída, e poderia então voltar à minha família e retornar ao caminho da paz e da felicidade. Eu poderia cumprir minha promessa e o monstro poderia partir; ou talvez (minha querida imaginação) pudesse haver um acidente que o destruiria e acabaria com minha escravidão para sempre.

Esses sentimentos ditaram a resposta que dei ao meu pai. Expressei meu desejo de visitar a Inglaterra, mas, escondendo as verdadeiras razões para esse pedido, disfarcei minhas intenções com a máscara de um suposto desejo que não despertou nenhuma suspeita enquanto o esboçava com uma formalidade que induzia meu pai a ceder facilmente a ele. Depois de meu longo período de melancolia, que em certos momentos se assemelhava à loucura, ele mostrou-se feliz ao perceber que eu poderia sentir prazer com a perspectiva dessa viagem, e ele esperava que a mudança de ambiente e as distrações pudessem contribuir para que eu voltasse plenamente à minha antiga natureza.

A duração de minha viagem foi deixada a meu critério. Alguns meses, no máximo um ano, era o período em vista. Uma bem-intencionada precaução que meu pai adotou foi assegurar-me a companhia de alguém. Sem me comunicar com antecedência, ele, de comum acordo com Elizabeth, arranjara para que Clerval fosse encontrar-me em Estrasburgo. Isso contrariava o isolamento que eu planejara para realizar minha tarefa; todavia, no início da viagem, a presença do meu amigo não podia constituir um empecilho, e assim me regozijei com a ideia de que assim pouparia muitas horas de reflexão solitária e enlouquecedora. Ademais, Henry poderia ser um obstáculo à intromissão de meu inimigo. Se eu estivesse sozinho, ele não poderia impor-me às vezes sua presença para lembrar-me do compromisso assumido ou acompanhar a progressão da minha obra?

Eu estava, pois, de partida para a Inglaterra, e ficou combinado que meu casamento com Elizabeth se realizaria imediatamente após o meu regresso. A idade de meu pai tornava inconveniente a demora. Para mim, havia uma recompensa que prometi a mim mesmo pelo trabalho detestável; o compromisso com Elizabeth, livre de minha maldita sujeição, seria a recompensa de todos os meus sofrimentos, a libertação de meus trabalhos abjetos, o esquecimento de um passado de horror e de amarguras.

Depois fiz os preparativos para a viagem, mas um sentimento tomou conta de mim que me encheu de medo e angústia. Durante minha ausência, eu teria de deixar meus parentes sem saber da existência de um inimigo e desprotegido de seus ataques, porque talvez ele ficasse furioso ao ver que eu havia partido. Mas ele prometeu me seguir aonde quer que eu fosse: ele não viria para a Inglaterra atrás de mim? Essa suposição era obviamente aterrorizante, mas tranquilizadora, já que isso significava que minha família estaria segura. Fiquei amargurado com a ideia de que o oposto poderia acontecer. Mas durante todo o tempo em que fui escravo da minha criatura, apenas me deixei guiar pelos impulsos de cada momento; e meus sentimentos naquela época me garantiam com a certeza de que aquele demônio me seguiria e que minha família seria deixada longe do perigo de suas maquinações.

Era final de agosto quando saí de Genebra. Minha viagem foi sugestão minha e, portanto, satisfez também à Elizabeth. Mas ela temia que novas investidas do infortúnio e da dor pudessem abater-se sobre mim, longe dela. Foram seus cuidados que influíram para que eu tivesse a companhia de Clerval. Não obstante, como o homem é cego para mil pequenas particularidades que chamam a atenção diligente de uma mulher. Ela ansiava por pedir-me que não tardasse em voltar, mas as emoções conflitantes fizeram-na perder a voz, e ela se despediu de mim num silêncio cheio de lágrimas.

Entrei na carruagem que me levaria dali, sem saber exatamente para onde estava indo e sem me importar com o que estava acontecendo ao meu redor. Só me lembro, e pensei nisso com a angústia mais amarga, de que pedi para embalarem meus instrumentos químicos para levar comigo. Oprimido por todas aquelas visões terríveis, passei por muitas paisagens maravilhosas e majestosas, mas meus olhos estavam fixos no vazio e não viam nada. Eu só conseguia pensar no propósito da minha viagem e no trabalho que faria enquanto ela durasse.

Depois de alguns dias passados em uma apatia indolente, durante os quais viajei muitos quilômetros, cheguei a Estrasburgo, onde fiquei dois dias esperando Clerval. Ele finalmente chegou; Meu Deus! Que contraste enorme entre nós! Ele estava sempre atento a tudo, ficava alegre ao ver a beleza do pôr do sol e ainda mais feliz quando via o amanhecer e um novo dia começar. Ele me mostrava a mudança de cores da paisagem e os tons do céu.

— É assim que se vive! — ele exclamava. — Como amo viver! Mas você, meu caro Frankenstein, por que está triste e pesaroso?

Na verdade, eu estava muito ocupado com meus pensamentos sombrios, e nem vi a estrela da tarde aparecer, nem o nascer do sol dourado refletido no Reno. E você, meu amigo, certamente se divertiria muito mais com o diário de Clerval, que observava a paisagem com um olhar sentimental e alegre, do que ouvindo minhas reflexões. Eu, um pobre coitado, preso a uma maldição que fechava todos os caminhos para a alegria.

Tínhamos concordado em descer o rio Reno de barco, de Estrasburgo a Roterdã, onde poderíamos pegar um navio para Londres. Durante essa viagem, passamos por pequenas ilhas com salgueiros e visitamos algumas belas cidades. Passamos um dia em Mannheim e, cinco dias após nossa partida de Estrasburgo, chegamos a Mainz. O percurso do Reno, a partir de Mainz, é muito mais pitoresco. O rio desce rapidamente e serpenteia entre colinas, não muito altas, mas íngremes e com belas formas. Vimos muitos castelos em ruínas no alto de penhascos, cercados por florestas escuras, altas e inacessíveis. Esta parte do Reno, na verdade, apresenta uma paisagem singularmente diversa. A certa altura, pode-se observar escarpados montes, castelos em ruínas espreitando de enormes penhascos, com o Reno escuro correndo ao fundo. E de repente, ao redor de um promontório, as vinhas florescem às margens verdes e suaves de um rio cheio de meandros e surgem cidades populosas para ocupar o cenário.

Estávamos viajando na época da colheita das uvas e ouvíamos os cânticos dos trabalhadores enquanto avançávamos rio abaixo. Mesmo eu, com o espírito abatido e a mente continuamente perturbada por sentimentos sombrios, podia desfrutar disso. Deitei-me na barcaça e, enquanto olhava para o céu azul sem nuvens, fiquei inebriado com uma paz que há muito tempo eu desconhecia. E se esses eram meus sentimentos, como descrever os de Henry? Parecia que ele havia se mudado para o país das fadas e desfrutado de uma felicidade que os homens raramente desfrutam.

— Vi as paisagens mais bonitas do meu país — disse ele. — Estive nos lagos de Lucerna e Uri, onde as montanhas nevadas caem quase verticalmente sobre a água, lançando sombras escuras e impenetráveis que as tornariam sombrias e tristes, não fosse pelas ilhotas verdes que acalmam a vista com sua aparência alegre. Eu vi esse lago agitado pela tempestade, quando o vento rasga redemoinhos de água e mostra como deve ser uma tromba-d'água no oceano aberto, e vi as ondas quebrarem furiosamente na base das montanhas, onde o padre e seus seguidores foram enterrados por uma avalanche e onde se diz que suas vozes agonizantes ainda são ouvidas no meio da nevasca noturna. Vi as montanhas de La Valais e do Pays de Vaud, mas esta região, Victor, me dá mais prazer do que todas essas maravilhas. As montanhas da Suíça são mais majestosas e extraordinárias, mas nas margens deste rio divino existem encantos como nunca vi. Olhe para aquele castelo pendurado naquele penhasco; e aquele também, na ilha, quase escondido entre a folhagem daquelas árvores adoráveis; e agora, olhe para aquele grupo de trabalhadores que retornam de suas vinhas; e aquela vila, meio escondida na ravina da montanha. Ah, certamente o espírito que habita e protege este lugar tem uma alma mais piedosa com os homens do que aqueles que se escondem nas geleiras ou vivem nos picos inacessíveis das montanhas da nossa terra!

Clerval! Querido amigo! Mesmo agora me enche de ternura recordar suas palavras e me alegra render-lhe a homenagem que tanto merece! Ele era um ser formado "na própria poesia da natureza". Ao entusiasmo de sua imaginação casava-se a profunda sensibilidade do seu coração. Sua alma ardia em afetos, e sua amizade era daquela natureza encantadora e devotada, que a muitos parece só poder ser encontrada na imaginação. Mas não bastavam as simpatias humanas para satisfazer sua mente ansiosa. O cenário da natureza aberta, que outros consideram apenas uma festa para os olhos, era para ele objeto de um amor ardente.

> "A catarata sonora
> O assombrava como uma paixão: a rocha alta,
> A montanha, e a floresta profunda e sombria,
> Suas cores e formas eram então para ele
> Um apetite; um sentimento e um amor,
> Isso não precisava de um encanto mais remoto,
> Por pensamento fornecido, ou qualquer interesse
> Não emprestado do olho."[17]

E onde vive ele agora? Estaria perdido para sempre esse ser tão belo e gentil? Terá perecido sua mente tão fértil de ideias, imagens suntuosas, criadora de um mundo transcendental e poético que tinha na própria vida de seu criador a razão de sua existência? Agora só existe na minha memória? Não, definitivamente não. Sua forma, tão radiante de beleza, pode ter-se diluído, mas seu espírito sublime ainda vive na lembrança e consola este seu infeliz amigo.

Perdoe-me este devaneio de tristeza, estas palavras sem efeito, que têm apenas o sentido de uma singela homenagem à dignidade de Henry, mas também me aliviam o coração num desabafo da nostalgia que me traz sua lembrança. Permita-me que prossiga em meu relato.

De Colônia, descemos às planícies da Holanda e decidimos continuar a viagem em intervalos, porque o vento era contrário e a corrente do rio era lenta demais para arrastar o navio.

A essa altura, nossa jornada perdeu o interesse paisagístico, e em poucos dias chegávamos a Roterdã, de onde prosseguimos caminho, por mar, para a Inglaterra. Era uma manhã clara dos últimos dias de setembro, quando vi pela primeira vez os penhascos brancos da

---

17. Willian Wordsworth (1770-1850), *Tintern Abbey*, versos 76-83. (N. E.)

Grã-Bretanha. As margens do Tâmisa nos apresentava uma nova paisagem; eram planas, mas férteis, e quase todas as cidades tinham uma história curiosa. Vimos o forte de Tilbury e nos lembramos da marinha espanhola; Gravesend, Woolwich, Greenwich, lugares dos quais eu já tinha ouvido falar no meu país.

No final, vimos os muitos pináculos de Londres, com a Catedral de Saint Paul erguendo-se acima de todos, e a Torre, famosa na história da Inglaterra.

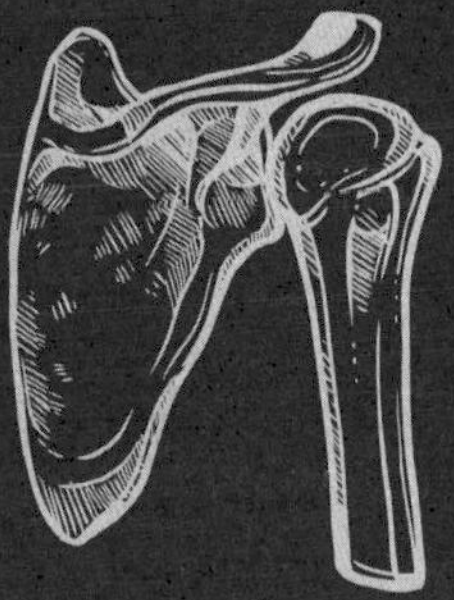

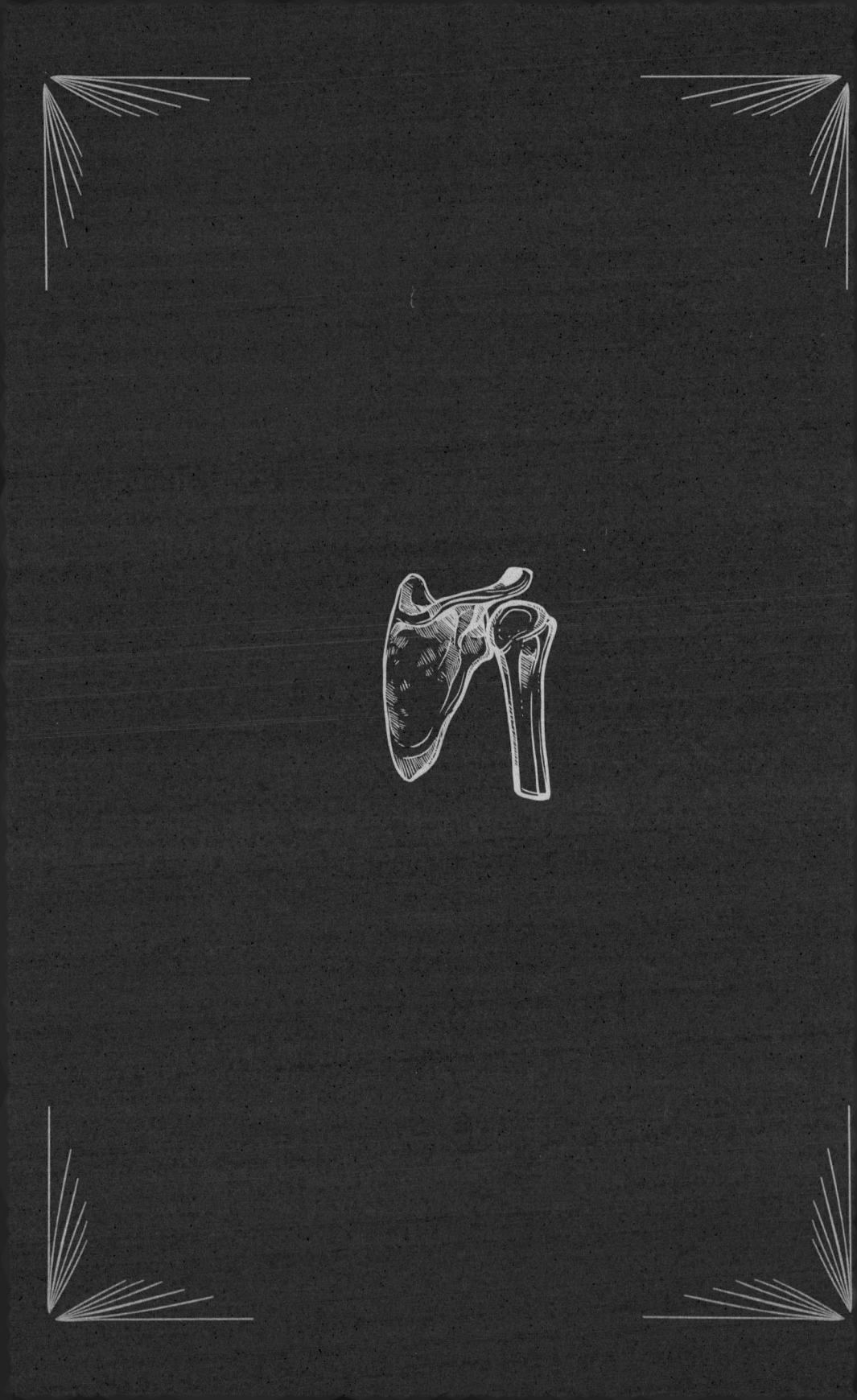

Capítulo 19

Londres era o nosso ponto de parada no momento. Decidimos ficar alguns meses naquela cidade famosa e maravilhosa. Clerval queria conhecer homens de gênio e talento que estavam prosperando naqueles anos, mas para mim isso era uma questão secundária. Eu estava preocupado principalmente com os meios de obter as informações necessárias para cumprir minha promessa e rapidamente despachei algumas cartas de apresentação que levava comigo, endereçadas aos mais ilustres filósofos da natureza.

Se essa viagem tivesse ocorrido durante meus dias de estudo e felicidade, teria me proporcionado um prazer indescritível. Mas uma maldição havia caído sobre minha vida, e eu só visitei essas pessoas para reunir as informações que elas poderiam me oferecer sobre o assunto no qual eu estava tão profundamente interessado. O relacionamento com outras pessoas era odioso para mim; quando estava sozinho, podia deixar minha imaginação voar para onde mais me agradava. A voz de Henry me tranquilizava, e eu podia então me enganar com uma paz transitória. Mas os rostos curiosos, gentis e alegres despertavam um desespero no meu coração. Eu via uma parede intransponível entre mim e meus colegas. Essa barreira estava selada com o sangue de William e Justine, e pensar nesses eventos enchia minha alma de angústia.

No entanto, em Clerval eu via a imagem do que eu havia sido um dia. Ele era curioso e estava ansioso para adquirir novas experiências e conhecimentos. As diferenças de costumes que ele observava eram para ele uma fonte infinita de observação e entretenimento. Além disso, ele queria realizar um desejo que alimentava há muito tempo. Ele queria visitar a Índia, na crença de que, apoiado nos conhecimentos das várias línguas daquele país que assimilara, e nos conceitos que aprendera sobre sua formação histórica, poderia colher observações aplicáveis ao desenvolvimento da sociedade europeia. A Inglaterra lhe parecia o ponto de partida ideal para a execução desse plano. Ele estava sempre ocupado, e a única coisa que nublava sua felicidade era minha tristeza e meu rosto pesaroso. Tentei esconder isso o máximo possível, pois não deveria tirar os prazeres naturais de uma pessoa que, longe de preocupações ou lembranças amargas, estava entrando nos novos horizontes que a vida lhe oferecia. Recusava-me muitas vezes a acompanhá-lo, alegando outros compromissos, para poder ficar sozinho. Nessa época, eu também começava a reunir os materiais necessários para minha nova criação, e isso era para mim como tortura, como gotas de água caindo continuamente sobre minha cabeça. Todo pensamento que eu dedicava a isso me causava imensa angústia, e cada palavra que eu dizia sobre isso fazia meus lábios tremerem e meu coração bater forte.

Depois de alguns meses em Londres, recebemos uma carta de uma pessoa que morava na Escócia, que nos havia visitado em Genebra no passado. Ele mencionava as belezas de seu país natal e nos perguntava se isso não tinha charme suficiente para nos induzir a prolongar nossa jornada até o norte, para Perth, onde ele morava. Clerval, empolgado, queria aceitar o convite; e eu, apesar de odiar qualquer relacionamento com outras pessoas, queria ver montanhas e torrentes novamente e todas as obras maravilhosas que a natureza tem em seus cantos favoritos. Chegamos à Inglaterra no início de outubro e já estávamos em fevereiro. Então decidimos fazer nossa viagem para o norte no final do mês seguinte. Naquela jornada, não tínhamos a intenção de seguir a estrada real de Edimburgo, mas de visitar os lagos Windsor, Oxford, Matlock e Cumberland, para que chegássemos ao ponto final dessa viagem no final de julho. Arrumei meus instrumentos químicos e os materiais que havia coletado e decidi concluir o trabalho em algum canto remoto, nos campos altos do norte da Escócia.

Saímos de Londres em 27 de março e ficamos alguns dias em Windsor, onde passeamos por suas belas florestas. Para nós, homens da montanha, essa paisagem era completamente nova; para nós tudo era uma novidade: os majestosos carvalhos, a abundância de caça e os rebanhos de adoráveis veados.

De lá, seguimos para Oxford. Quando entramos na cidade, nossos espíritos foram tomados pelas lembranças dos eventos que ocorreram ali quase um século e meio antes. Foi lá que Carlos I reuniu suas forças; aquela cidade tinha sido fiel a ele quando a nação inteira o abandonara para se juntar à causa do parlamento e da liberdade. A memória daquele rei infeliz e de seus companheiros, o afável Falkland e o insolente Goring, sua rainha e seu filho, emprestava um interesse peculiar a todos os recantos da cidade, onde supostamente eles podiam ter habitado. O espírito daqueles tempos heroicos parecia ter encontrado nessa cidade a sua morada, e nos comprazíamos em seguir suas pegadas. Além de todo o estímulo à imaginação, o aspecto da cidade, por si só, oferecia beleza suficiente para nossa admiração. A solene e secular arquitetura das universidades; as ruas amplas, e o formoso Ísis,[18] que corre ao lado dela, atravessando prados de um verde intenso, toma corpo e alarga-se, refletindo em suas águas caudalosas o conjunto majestoso de torres e cúpulas incrustrado entre árvores centenárias.

Era um cenário repousante, porém o prazer que me transmitia era entrecortado pela amarga lembrança do passado e a antecipação do futuro. Eu fora feito para a felicidade singela e sem arrebatamentos. Durante os dias de minha infância, o descontentamento jamais havia perturbado meu espírito, e qualquer contrariedade eventual era prontamente amenizada pela visão das belezas naturais e das coisas belas e perenes produzidas pelo homem. Eu era uma árvore abatida pelo raio. Mas queria sobreviver para sobrepor-me à minha própria imagem que em breve deixaria de ser: um ser mesquinho perante a humanidade, digno de comiseração e intolerável a mim mesmo.

Passamos um período considerável em Oxford, vagando pelas redondezas, tentando identificar as épocas e os acontecimentos marcantes da história inglesa. Essas nossas pequenas viagens de decobertas eram muitas vezes prolongadas pelos objetos que se apresentavam. Visitamos o túmulo do ilustre Hampden e o campo onde tombara o

---

18. Como é chamado o rio Tâmisa, no trecho localizado em Oxford. (N. E.)

herói. Em alguns momentos meu espírito se libertava de seus temores para contemplar as ideias divinas de liberdade e autossacrifício das quais essas visões eram o monumento e as lembranças. Tentei sacudir meus grilhões e olhar ao redor com um espírito livre e elevado, mas o ferro da infelicidade penetrara em meu ser miserável, e logo eu voltava a ficar desesperançado.

Deixamos Oxford com tristeza e rumamos para Matlock, que seria nosso próximo lugar de descanso. A região nas redondezas dessa vila lembrava em grande parte a paisagem da Suíça; mas tudo estava em uma escala menor, e as colinas verdes careciam da coroa dos distantes Alpes brancos, que sempre aparecem acima das montanhas cobertas de pinheiros em nosso país. Visitamos a maravilhosa caverna e os pequenos museus de história natural, onde as amostras são organizadas da mesma maneira que aparecem nas coleções de Servox e Chamounix. Esse nome me fez tremer quando Henry o pronunciou, e corri para deixar Matlock, onde tudo parecia tão relacionado ao nosso país.

De Derby, ainda viajando para o norte, passamos dois meses em Cumberland e Westmorland. Naquele lugar, eu quase podia me imaginar nas montanhas suíças. Os pequenos campos de neve que ainda persistiam na face norte das montanhas, os lagos e o barulho das torrentes pedregosas eram paisagens familiares e amadas. Lá também conhecemos pessoas que quase me fizeram acreditar que eu era feliz. A alegria de Clerval era consideravelmente maior que a minha; sua mente crescia quando ele estava na companhia de homens talentosos, e ele descobriu em si uma capacidade e emoções superiores àquelas que ele suspeitaria ter quando encontrava pessoas menos inteligentes.

— Eu poderia passar minha vida aqui — ele me disse —, e entre essas montanhas dificilmente sentiria falta da Suíça e do Reno.

Mas ele descobriu que a vida de um viajante, entre seus encantos, também esconde muitas tristezas. Seus sentimentos estão sempre em tensão; e, quando começa a se acostumar, descobre que precisa sair em busca de algo novo que mais uma vez exija sua atenção e que também deve abandonar por outras novidades.

Mal tínhamos ido ver os muitos lagos de Cumberland e Westmorland e tínhamos começado a gostar de alguns de seus habitantes quando tivemos de nos despedir deles para continuar nossa viagem, porque a data do encontro com nosso amigo escocês já estava muito próxima. Da minha parte, não me arrependi. Negligenciei minha promessa por algum tempo e temia as consequências se o monstro ficasse furioso. Talvez ele ficasse na Suíça e desencadeasse sua vingança contra meus parentes; essa ideia me assombrava e me atormentava em todos aqueles momentos que, em outras circunstâncias, poderiam ter me dado descanso e paz. Eu estava esperando as cartas com impaciência febril: se elas atrasassem, me sentia desanimado e dominado por mil medos; e quando elas chegavam, e via o endereço de retorno de Elizabeth ou meu pai, quase não ousava lê-las, por medo de confirmar esses infortúnios. Outras vezes, pensava que o ser diabólico me seguia e poderia me lembrar da promessa matando meu parceiro. Quando esses pensamentos me atormentavam, não deixava Henry por um momento e o seguia como uma sombra para protegê-lo da fúria imaginária daquele assassino. Eu me sentia como se tivesse cometido um crime enorme, cujos arrependimentos não me deixavam viver. Eu era inocente, mas a realidade era que eu lançara sobre mim uma maldição horrível, tão mortal quanto a de um crime.

Visitei Edimburgo com olhar e espírito lânguidos, embora a cidade pudesse ter cativado o interesse do ser mais miserável. Clerval não gostou tanto quanto de Oxford, porque preferia a antiguidade da última cidade. Mas a beleza e a regularidade da nova cidade de Edimburgo o surpreenderam com alegria e admiração; seu castelo romântico e seus arredores também eram os mais bonitos do mundo: o Trono de Arthur, o Poço de São Bernardo e as colinas Pentland. Mas eu estava impaciente para chegar ao destino final da viagem.

Uma semana depois, saímos de Edimburgo, passamos por Coupar, St. Andrews e seguimos pelas margens do Tay até Perth, onde nosso amigo estava esperando por nós. Mas não estava com disposição para rir e conversar com estranhos, nem compartilhar seus sentimentos ou ideias com o bom humor esperado de um hóspede. Então, eu disse a Clerval que queria fazer uma viagem sozinho pela Escócia.

— Aproveite — eu disse —, vamos nos encontrar novamente aqui. Estarei fora um mês ou dois, mas não se preocupe comigo, eu imploro.

Deixe-me em paz e solidão só por um tempo, e quando eu voltar, espero trazer um coração aliviado e mais de acordo com o seu humor.

Henry queria me dissuadir, mas, vendo-me tão convencido, parou de insistir. Ele me pediu para escrever com frequência.

— Preferiria acompanhá-lo em suas excursões solitárias — disse ele —, em vez de ficar com esses escoceses, que eu não conheço. Mas vá, meu caro amigo, e volte para que eu possa me sentir em casa novamente, o que é impossível para mim se você não estiver aqui.

Depois de me despedir do meu amigo, decidi visitar alguns lugares remotos da Escócia e terminar meu trabalho sozinho. Não duvidei que o monstro estivesse me seguindo e aparecesse diante de mim quando eu terminasse, a fim de tomar sua companheira.

Com essa decisão, cruzei as terras altas do norte e escolhi a mais remota das Ilhas Órcades para terminar meu trabalho. Era um local muito apropriado para essa tarefa, porque não passava de uma rocha, cujas margens eram falésias constantemente açoitadas pelas ondas. A terra era desolada e mal fornecia capim para algumas vacas famintas e um pouco de farinha de aveia para os habitantes, que não eram mais que cinco pessoas, cujos corpos emaciados e esqueléticos mostravam seu triste destino. Legumes e pão, quando tais luxos podiam ser permitidos, e até água fresca, vinham do continente, a cerca de oito quilômetros de distância.

Em toda a ilha havia apenas três cabanas miseráveis, e uma delas estava vazia quando cheguei. Eu a aluguei. Ela não tinha mais que dois quartos e ambos mostravam toda a escassez da mais miserável penúria. O telhado havia cedido, as paredes não estavam rebocadas e a porta dançava pelas dobradiças. Pedi que a consertassem um pouco, coloquei alguns móveis e me acomodei ali, um fato que certamente teria causado alguma surpresa se todos os sentidos dos camponeses não estivessem entorpecidos pela necessidade e extrema pobreza. De qualquer forma, eu poderia viver ali sem que ninguém me observasse ou me incomodasse, e eles mal me agradeceram pela comida e pelas roupas que lhes dei, pois o sofrimento enfraquece até as emoções mais primitivas dos homens.

Naquele retiro, dedicava minha manhã ao trabalho, mas à tarde, quando o tempo me permitia, caminhava pela praia pedregosa à beira-mar, para contemplar as ondas que rugiam e quebravam aos meus pés. Era uma paisagem monótona, mas que sempre mudava. Eu pensei na Suíça. Era tão diferente daquele lugar desolado e assustador. Suas colinas são cobertas de vinhedos e suas fazendas pontilham os vales aqui e ali. Seus belos lagos refletem um céu azul e delicado, e quando os ventos açoitam suas águas, o tumulto mais parece a brincadeira de uma criança travessa comparada aos rugidos aterradores do imenso oceano.

Dessa forma, distribuí meu tempo quando cheguei; mas à medida que progredia em meu trabalho, ele se tornava mais horrível e detestável a cada dia para mim. Às vezes, eu nem tinha coragem de entrar no laboratório por vários dias e, em outras ocasiões, ficava trancado dia e noite com a única ideia de terminar de uma vez. Na verdade, eu estava imerso em uma tarefa repugnante. Durante meu primeiro experimento, uma espécie de frenesi de entusiasmo me cegou ao horror do trabalho que estava realizando. Minha mente estava absorta intensamente nos resultados do meu trabalho e meus olhos permaneciam fechados à natureza horrível de minhas ações. Mas agora eu estava fazendo isso a sangue frio, e meu coração muitas vezes ficava doente pelo que minhas mãos estavam fazendo.

Nessa situação, entregue ao trabalho mais detestável, em uma solidão onde nada poderia chamar minha atenção, além do que estava em minhas mãos, meus nervos começaram a ressentir-se. Eu estava sempre inquieto e nervoso. A cada passo, eu tinha medo de encontrar aquele ser que me assediava. Às vezes eu ficava parado com os olhos fixos no chão, com medo de levantá-los e me deparar com a criatura de que tinha pavor. Eu tinha medo de me afastar dos meus semelhantes e que, quando estivesse sozinho, ele viesse para exigir sua parceira.

Enquanto isso, eu trabalhava, e meu trabalho já estava consideravelmente avançado. Eu desejava ansiosamente encerrá-lo, no entanto, a libertação daquela maldição que eu estava sofrendo era uma alegria na qual nunca ousei confiar completamente, mas que se misturava com obscuros presságios que deixavam meu coração apertado.

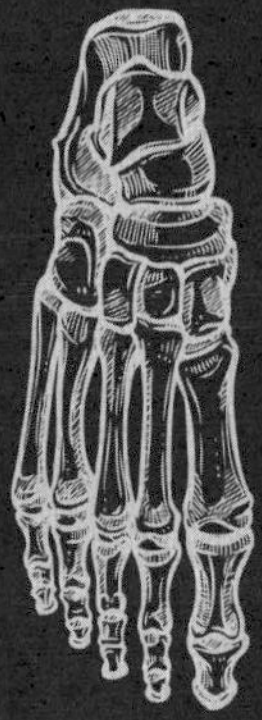

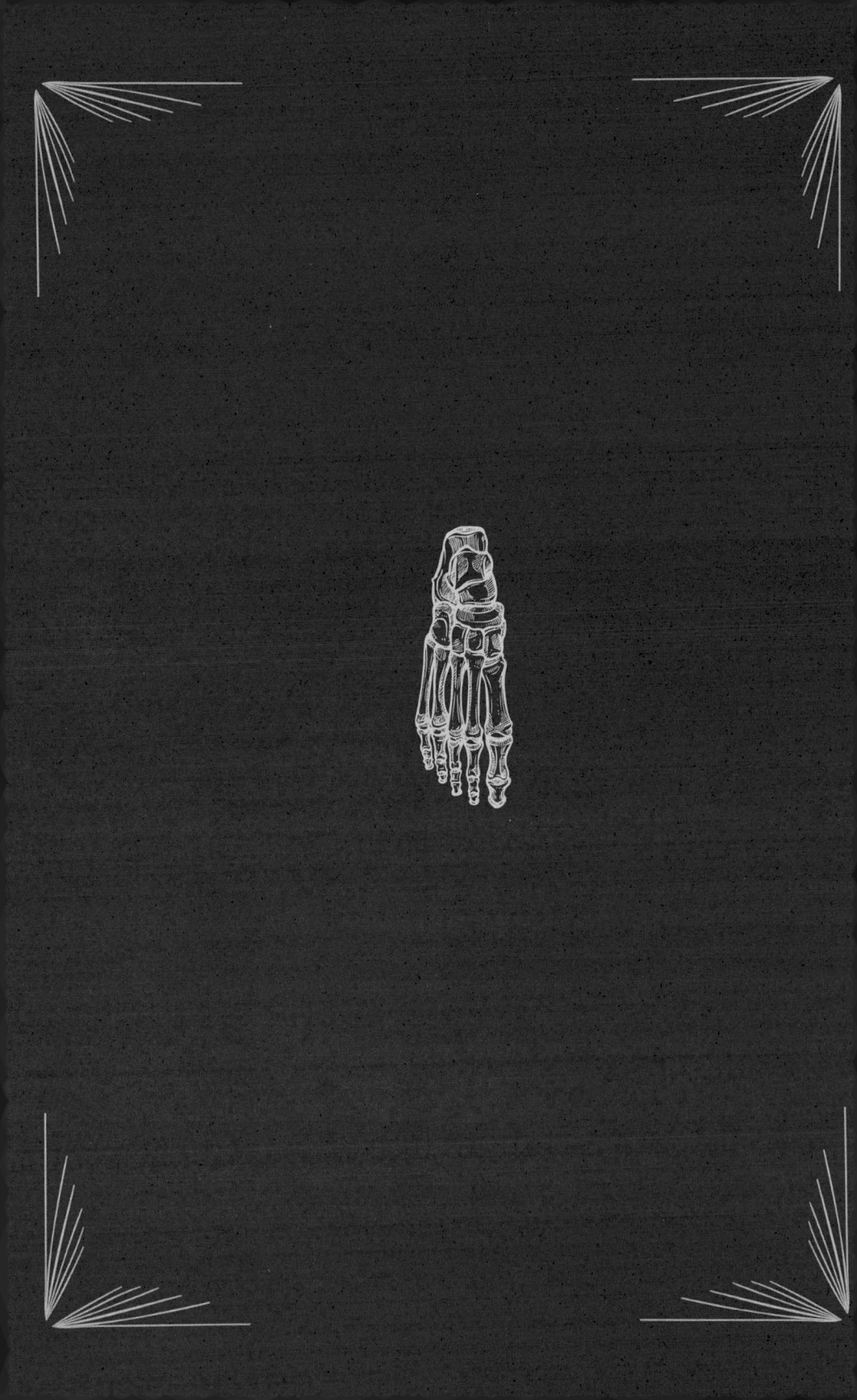

Capítulo 20

Uma tarde, eu estava sentado em meu laboratório; o sol já havia se posto e a lua começava a surgir no mar. Eu não tinha luz suficiente para trabalhar, e fiquei lá sem fazer nada, me perguntando se deveria deixar o trabalho por aquela noite ou me dedicar incessantemente para apressar seu término. Enquanto estava lá, a concatenação de ideias me levou a considerar as consequências do que estava fazendo. Três anos antes, eu havia sido engajado da mesma maneira e criei um monstro cuja violência inconcebível havia destruído meu coração e o inundado para sempre com os mais amargos arrependimentos. E agora eu estava prestes a criar outro ser cuja disposição eu também não conhecia completamente. Essa criatura poderia ser dez mil vezes mais perversa que seu companheiro e poderia se deliciar com assassinatos e vilania. Ele havia jurado que se afastaria dos homens e se esconderia nos desertos, mas ela não; e ela, que provavelmente se tornaria um animal racional e pensante, poderia se recusar a cumprir um pacto feito antes de sua criação. Eles podem até se odiar. Será que a criatura que já vivia e detestava sua própria deformidade não sentiria ainda mais ódio quando se visse refletida diante de seus olhos na forma de uma mulher? Ela também poderia dar as costas a ele por não ter a beleza do homem normal. Ela poderia se afastar dele, e assim ele estaria sozinho novamente, e ficaria louco com a nova provocação de ser desprezado por alguém de sua própria espécie.

Mesmo que eles realmente deixassem a Europa e fossem morar nos desertos do novo mundo, poderia ser que um dos motivos do desejo do monstro por um relacionamento fosse a procriação, e, assim, uma raça de demônios cuja figura e mente mergulhariam o homem no terror se espalharia pela Terra. Eu tinha algum direito, apenas para meu próprio benefício, de infligir essa maldição às gerações futuras? Eu tinha sido convencido pelo sofisma do ser que eu havia criado. Ele tinha me convencido com suas ameaças malignas; mas agora, pela primeira vez, o horror da minha promessa era claramente apresentado a mim. Um calafrio percorreu-me quando pensei que os séculos futuros me amaldiçoariam como se fosse uma praga, e eles diriam que, por egoísmo, não hesitei em comprar minha própria paz de espírito a um preço que talvez comprometesse a sobrevivência da espécie humana.

Tremi e meu coração congelou quando olhei para cima e vi o demônio perto da janela, iluminado pela luz da lua. Um sorriso fantasmagórico torceu seus lábios quando ele olhou para onde eu estava sentado, cumprindo a tarefa que ele havia me pedido. Sim, ele me seguiu em minhas viagens. Ele havia se embrenhado na floresta, se escondido nas cavernas ou se refugiado nos vastos pântanos desertos. E agora vinha ver meus avanços e exigir o cumprimento de minha promessa.

Quando olhei para ele, seu rosto parecia expressar o mal e a traição mais inconcebíveis. Pensei com uma sensação de loucura em minha promessa de criar outro ser como ele e, tremendo de raiva, fiz em pedaços a coisa em que estava trabalhando. O monstro me viu destruir a criatura sobre a qual havia fundado a felicidade de sua existência futura e, com um grito de desespero e vingança diabólica, se afastou.

Saí da sala e, fechando a porta, jurei de todo o coração nunca mais realizar essas obras; e então, com passos trêmulos, fui para o meu quarto. Estava só. Não havia ninguém perto de mim para dissipar a tristeza e me confortar diante daqueles terríveis pesadelos.

Várias horas se passaram e eu fiquei na janela, olhando o mar. Ele estava quase imóvel, porque os ventos tinham se acalmado e toda a natureza descansava sob o olhar da lua silenciosa. Apenas alguns barcos de pesca salpicavam a água, e aqui e ali uma brisa doce trazia os ecos das vozes dos pescadores que chamavam uns aos outros. Senti o silêncio, embora mal estivesse ciente de sua incrível profundidade, até que de repente o barulho de remos perto da costa chegou aos meus ouvidos, e uma pessoa pulou em terra perto de minha casa.

Alguns minutos depois, ouvi o rangido da minha porta, como se alguém estivesse tentando abri-la muito lentamente. Eu tremia da cabeça aos pés. Tive a sensação de quem poderia ser e pensei em despertar qualquer um dos agricultores que morasse em uma casa não muito longe da minha; mas fui dominado pela sensação de impotência, tantas vezes sentida em pesadelos, quando se tenta em vão fugir do perigo iminente e acha-se impossível se mover.

Então ouvi o som de passos no corredor, a porta se abriu e a criatura que eu tanto temia apareceu. Fechando a porta, ele se aproximou de mim e disse com uma voz embargada:

— Você destruiu o trabalho que começou. O que é que você pretende? Você se atreve a quebrar sua promessa? Sofri calamidades e misérias. Deixei a Suíça com você. Eu me arrastei pelas margens do Reno, entre suas pequenas ilhotas e o topo de suas colinas. Vivi por muitos meses nos pântanos da Inglaterra e nas florestas solitárias da Escócia. Suportei um cansaço que você não pode imaginar, e frio, e fome. E você se atreve a destruir minhas esperanças?

— Afaste-se de mim! Eu quebro minha promessa! Nunca vou criar outro ser como você, tão deformado quanto criminoso!

— Escravo, tentei argumentar com você uma vez, mas você se mostrou indigno da minha condescendência. Lembre-se de que eu tenho poder; você pensa que está infeliz, mas posso deixá-lo tão infeliz que até a luz do dia lhe será odiosa. Você é meu criador, mas eu sou seu senhor. Obedeça!

— O momento da minha fraqueza passou e o tempo do seu poder terminou. Suas ameaças não podem me forçar a cometer um ato de maldade, mas confirmam minha decisão de não criar um parceiro no crime para você. Ou devo, a sangue frio, lançar outro demônio no mundo, cujo único prazer é semear a morte e a destruição? Vá embora! Não mudarei de ideia e suas palavras só aumentarão minha fúria!

O monstro viu a determinação no meu rosto e cerrou os dentes no desamparo de sua raiva.

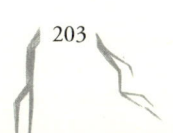

— Todo homem tem sua esposa e todo animal tem um parceiro, e só eu terei de ficar sozinho? — ele gritou. — Eu tinha sentimentos de amor, e tudo o que eles me devolveram foi o ódio e o desprezo. Homem! Você pode me odiar, mas tenha cuidado! Suas horas se passarão entre o terror e a dor, e muito em breve o raio o atingirá, levando sua felicidade para sempre. Ou você acha que viverá feliz enquanto eu me arrasto em meu sofrimento insuportável? Você pode me negar todos os meus desejos, mas a vingança permanecerá. A vingança, mais vital que a luz ou a comida! E eu posso morrer, mas antes disso, você, meu tirano e meu carrasco, você amaldiçoará o sol que verá sua miséria. Tenha cuidado, porque não tenho medo e, portanto, sou poderoso! Estarei assistindo, com a astúcia de uma cobra, para morder você e inocular o veneno. Homem, você vai se arrepender dos danos que infligir!

— Diabo maldito! Cale a boca e não envenene o ar com suas ameaças malignas! Eu já lhe disse qual é a minha decisão e não sou covarde para me assustar por algumas palavras! Deixe-me! Está decidido!

— Muito bem. Irei. Mas lembre-se: estarei com você em sua noite de núpcias!

Fui na direção dele e gritei:

— Miserável! Antes de assinar minha sentença de morte, verifique se está a salvo!

Eu o teria agarrado, mas ele se esquivou e saiu de casa abruptamente. Alguns momentos depois, eu o vi entrar em um barco e atravessar as águas com a rapidez de um raio e logo se perder no meio das ondas.

Tudo ficou em silêncio de novo, mas suas palavras ecoavam nos meus ouvidos. Eu ardia com desejos furiosos de perseguir o assassino da minha tranquilidade e afundá-lo no oceano. Andava para cima e para baixo no meu quarto, nervoso e chocado, enquanto minha imaginação conjurava diante de mim milhares de imagens que só conseguiram me atormentar e ferir. Por que não o persegui e lutei até a morte com ele? Pelo contrário, permiti que ele escapasse, e ele dirigiu seus passos em direção ao continente. Um arrepio percorreu meu corpo quando imaginei quem poderia ser a próxima vítima sacrificada por sua vingança insaciável. E então pensei nas palavras dele: "Estarei com você na sua noite de núpcias!". Então, esse era o prazo para o cumprimento do meu destino. Naquele momento, eu morreria e, finalmente, aquele monstro poderia satisfazer e aplacar seu mal. Essa perspectiva não me causou medo. No entanto, quando pensei em minha amada Elizabeth, em suas lágrimas e em sua infinita tristeza quando visse que seu amante havia sido tomado dela com tanta crueldade, as lágrimas, as primeiras que derramei em muitos meses, inundaram meus olhos, e decidi não sucumbir ao meu inimigo sem antes enfrentá-lo em uma batalha feroz.

A noite passou e o sol nasceu no oceano; meus sentimentos ficaram mais calmos, se é que isso pode ser chamado de calma, quando a violência da raiva afunda nas profundezas do desespero. Saí de casa, cenário horrível da contenda da noite anterior, e caminhei pela praia à beira-mar, que quase considerava uma barreira insuperável entre mim e meus semelhantes. Além disso, o desejo de que tal fato se realizasse passou pela minha mente; eu gostaria de poder passar minha vida naquela rocha estéril; desencorajador, é verdade, mas pelo menos viveria alheio a qualquer golpe do infortúnio. Se eu voltasse, seria para ser sacrificado ou para ver aqueles que eu mais amava morrerem sob o domínio de um demônio que eu havia criado.

Vaguei pela ilha como uma alma penada, longe de tudo o que amava, e amargava essa separação. Ao meio-dia, quando o sol já estava alto, deitei na grama e um sono profundo me dominou. Eu estava acordado desde a noite anterior, e meus nervos estavam agitados e meus olhos estavam inflamados com a vigília e a dor. O sonho em que mergulhei me fez bem; e quando acordei, senti como se pertencesse novamente à espécie humana e comecei a refletir mais serenamente sobre o que havia acontecido. No entanto, as palavras daquele ser diabólico continuavam ressoando em meus ouvidos, como uma sentença de morte; essas palavras pareciam um sonho, embora claras e convincentes como realidade.

O sol já estava muito baixo, e eu ainda estava sentado na praia, saciando meu apetite, que se tornara voraz, com um biscoito de aveia, quando vi que um barco de pesca tocava a terra perto de onde eu estava, e um dos homens me trouxe um pacote. Ele continha cartas de

Genebra e uma de Clerval, pedindo que eu me juntasse a ele. Ele dizia que estava perdendo tempo inutilmente onde estava, que as cartas dos amigos que fizera em Londres pediam que ele voltasse para concluir as negociações que haviam firmado para sua empreitada na Índia. Ele não podia mais retardar sua partida; mas como sua viagem mais longa poderia acontecer, ainda mais cedo do que ele pensava, depois da viagem a Londres, ele me pedia que estivesse em sua companhia o máximo de tempo que pudesse. Ele me pediu, portanto, que deixasse minha ilha solitária e o encontrasse em Perth, para que pudéssemos prosseguir juntos para o sul. Em certa medida, essa carta me fez retornar à vida e decidi deixar minha ilha ao fim de dois dias.

Porém, antes de partir, havia uma tarefa que eu tinha de realizar e que me dava calafrios ao refletir: eu tinha de embalar meus instrumentos químicos e, com esse propósito, entrar na sala que fora o cenário do meu odioso trabalho e manipular os utensílios, quando a simples visão deles me deixava doente. No dia seguinte, ao amanhecer, reuni coragem suficiente e abri a porta do laboratório. Os restos da criatura inacabada que eu havia destruído estavam espalhados pelo chão, e eu quase sentia como se tivesse destruído a carne viva de um ser humano. Parei por um momento para me recuperar e, em seguida, entrei na sala. Com as mãos trêmulas, tirei os aparelhos da sala, mas achei que não deveria deixar lá os restos do meu trabalho, porque isso despertaria o horror e a suspeita dos camponeses. Consequentemente, coloquei tudo em uma cesta, ao lado de uma boa quantidade de pedras, e deixei-as de lado, decidido a jogá-la no mar naquela mesma noite. Enquanto isso, voltei à praia e limpei e arrumei meus instrumentos químicos.

Nada poderia ser mais absoluto do que a mudança que ocorreu em meus sentimentos desde a noite em que o demônio apareceu. Antes, eu pensava em minha promessa com um desespero sombrio, como algo a ser cumprido, quaisquer que fossem as consequências. Mas agora sentia como se uma venda tivesse sido tirada de meus olhos e, pela primeira vez, eu pudesse ver claramente. A ideia de voltar ao trabalho não me ocorreu nem por um momento. A ameaça que ouvira pesava nos meus pensamentos, mas não achei que pudesse fazer algo para tirar isso da minha cabeça. Eu decidira conscientemente que criar outro ser diabólico como o que eu já havia feito seria um ato do egoísmo mais vil e atroz, e expulsei qualquer pensamento da minha mente que pudesse me levar a uma conclusão diferente.

Entre duas e três da manhã, a lua levantou-se e, colocando a cesta dentro de um pequeno veleiro, naveguei para cerca de seis quilômetros mar adentro. O lugar estava absolutamente solitário. Apenas alguns barcos estavam voltando para a terra, mas tentei me afastar deles. Eu me sentia como se fosse cometer algum crime horrível e, com ansiedade trêmula, evitei qualquer encontro com meus semelhantes. Então, a lua, que até então estava clara, foi subitamente coberta por uma nuvem espessa, e aproveitei o momento de escuridão para jogar a cesta no mar. Ouvi o barulho de bolhas enquanto ela afundava e depois me afastei daquele lugar. O céu estava nublado, mas o ar estava puro, embora congelado pela brisa do nordeste que estava subindo. Mas ela me revivia e me impregnava de sensações tão agradáveis que decidi prolongar minha permanência na água e, firmando o leme em uma posição reta, deitei-me no fundo do barco. As nuvens escondiam a lua, tudo estava escuro, e eu só podia ouvir o som da quilha do barco cortando as ondas. Esse som me embalou, e logo depois adormeci.

Não sei quanto tempo fiquei nessa situação, mas quando acordei, descobri que o sol já estava muito alto. O vento era forte e as ondas constantemente ameaçavam a segurança do meu pequeno barco. Descobri que o vento nordeste deveria ter me afastado muito da costa em que embarcara. Tentei mudar o curso, mas imediatamente soube que, se tentasse novamente, o barco se encheria de água no mesmo momento. Em tal situação, minha única solução era navegar a favor do vento. Confesso que me senti um pouco assustado. Eu não tinha bússola e não conhecia muito bem a geografia daquela parte do mundo, então o sol pouco poderia me ajudar. O vento poderia me arrastar para o Atlântico aberto e iria sentir todas as dificuldades da fome ou ser engolido pelas águas insondáveis que rugiam e subiam ameaçadoramente ao meu redor. Eu já estava no barco por muitas horas e estava começando a sentir o tormento de uma sede ardente, um prelúdio para um sofrimento maior.

Olhei para os céus, que estavam cobertos de nuvens que voavam com o vento para logo serem substituídas por outras. Eu olhava para o mar. Seria o meu túmulo.

— Diabo! — exclamei. — Seu desejo foi realizado!

Pensei em Elizabeth, em meu pai e Clerval, todos deixados para trás, e com quem o monstro poderia satisfazer suas paixões sanguinárias e implacáveis. Essa ideia me fez mergulhar em um devaneio tão desesperado e aterrorizante que, mesmo agora, quando o mundo está prestes a se encerrar para mim para sempre, tremo ao me lembrar dele.

Assim se passaram algumas horas. Mas pouco a pouco, quando o sol já estava descendo em direção ao horizonte, o vento se transformou em uma brisa leve, e o mar se livrou das grandes ondas; mas isso deu lugar a um forte balanço. Eu me sentia enjoado e mal conseguia segurar o leme, quando de repente vi uma parte do continente ao sul.

Quase exausto, como estava, pelo cansaço e pelo suspense que suportei por horas, essa repentina esperança de vida tomou conta de meu coração como uma alegria calorosa e meus olhos derramaram lágrimas abundantes.

Quão mutáveis são nossos sentimentos e quão estranho é esse apego obstinado que temos à vida, mesmo quando estamos sofrendo terrivelmente! Preparei outra vela com parte da minha roupa e tentei rumar para terra firme com ansiedade. A costa parecia rochosa, mas quando me aproximei, vi claramente sinais de plantações. Vi alguns barcos perto da costa e de repente fui transportado novamente para perto da civilização humana. Caminhei ansiosamente pelas margens da terra e descobri com alegria um pináculo, que vi subir ao longe, depois de uma pequena colina. Como eu estava em um estado de extrema fraqueza depois de tanto esforço, decidi ir diretamente para a cidade, porque seria o lugar onde eu poderia obter comida mais facilmente. Felizmente, eu tinha dinheiro. Ao contornar a colina, descobri uma cidade pequena e um porto em que entrei, com o coração transbordando de alegria pela minha salvação inesperada.

Enquanto estava ocupado amarrando o barco e abaixando as velas, várias pessoas se reuniram no local. Eles pareciam muito surpresos com a minha aparição, mas em vez de oferecer sua ajuda, eles sussurravam e faziam gestos que, em qualquer outro momento, poderiam ter produzido em mim uma leve sensação de alarme. Mas, nessas circunstâncias, simplesmente observei que eles falavam inglês e, portanto, falei com eles:

— Meus amigos — eu disse —, vocês fariam a gentileza de me dizer como se chama esta cidade e onde estou?

— Você saberá em breve — respondeu um homem bruscamente. — Você pode ter chegado a um lugar do qual não vai gostar muito no final. Mas você não será consultado sobre onde deseja se alojar, garanto.

Fiquei extraordinariamente surpreso ao receber uma resposta tão desagradável de um estranho, e também fiquei perplexo ao ver os rostos franzidos e zangados das pessoas que o acompanhavam.

— Por que essa resposta tão áspera? — eu respondi. — Obviamente, não é costume dos ingleses receber estrangeiros de maneira tão hostil.

— Não sei quais são os costumes dos ingleses — disse o homem —, mas o costume dos irlandeses é odiar criminosos.

Enquanto esse estranho diálogo acontecia, percebi que o número de pessoas reunidas aumentava rapidamente. Seus rostos expressavam uma mistura de curiosidade e raiva que me incomodou e me assustou um pouco. Perguntei qual era o caminho para a pousada, mas ninguém me respondeu. Então eu dei um passo à frente, e um murmúrio se levantou entre as pessoas enquanto elas me seguiam e me cercavam, e então um homem desagradável, dando um passo à frente, deu um tapinha no meu ombro e disse:

— Venha, senhor, você terá de vir comigo até a casa do sr. Kirwin para dar algumas explicações.

— Quem é o sr. Kirwin? E por que eu tenho que dar explicações? Não é um país livre?

— Claro, senhor, livre o suficiente para pessoas honestas. O sr. Kirwin é o magistrado, e você deve explicar a morte de um cavalheiro que apareceu assassinado aqui ontem à noite.

Essa resposta me surpreendeu, mas eu imediatamente me recuperei. Eu era inocente e poderia facilmente provar isso. Então, segui aquele homem em silêncio e fui levado a uma das melhores casas da cidade. Eu estava prestes a sucumbir ao cansaço e à fome, mas, cercado por uma multidão, pensei que seria melhor reunir todas as minhas forças, para que minha fraqueza física não fosse tomada como prova de meu medo ou culpa. Mal podia eu imaginar a calamidade que alguns momentos depois se derramaria sobre mim, afogando em horror e desespero todo medo de ignomínia e morte.

Devo parar por aqui, porque preciso de todas as minhas forças para trazer à minha memória as imagens horríveis dos eventos que vou contar em detalhes.

Capítulo 21

Eles imediatamente me levaram à presença do magistrado, um homem velho e benevolente, de gestos calmos e maneiras amigáveis. Contudo, ele me observou cuidadosamente com alguma severidade; e então, dirigindo-se às pessoas que me levaram até lá, perguntou quem se apresentava como testemunha nessa ocasião.

Cerca de meia dúzia de homens avançaram; e quando o magistrado apontou para um, ele disse que passara a noite inteira pescando com seu filho e cunhado, Daniel Nugent, e então, por volta das dez horas da noite, eles observaram um forte aumento do vento do norte surgindo, e que, portanto, zarparam para o porto. Era uma noite muito escura, porque não havia lua; eles não atracaram no porto, mas, como era de costume, em uma enseada que ficava a cerca de três quilômetros abaixo. Ele avançou carregando parte do equipamento de pesca e seus companheiros o seguiram a certa distância. Enquanto caminhava na areia, tropeçou em alguma coisa e caiu no chão. Seus companheiros foram ajudá-lo e, à luz das lanternas, descobriram que ele havia caído sobre o corpo de um homem que, segundo todas as aparências, estava morto. A primeira suposição foi de que era o corpo de alguém que tinha se afogado e sido trazido para a praia pelas ondas. Mas depois de examiná-lo, descobriram que as roupas não estavam molhadas e que o corpo ainda nem estava frio. Eles o levaram imediatamente para a casa de uma velha que morava perto do local e tentaram, em vão, restaurar sua vida. Ele parecia ser um jovem bonito, com cerca de vinte e cinco anos. Aparentemente, ele fora estrangulado, porque não havia sinais de nenhuma outra violência, exceto a marca escura dos dedos em seu pescoço.

A primeira parte dessa declaração não me interessava, mas quando a marca dos dedos foi mencionada, lembrei-me do assassinato de meu irmão e fiquei muito nervoso. Comecei a tremer e minha visão ficou embaçada, o que me forçou a me apoiar em uma cadeira para me sustentar. O magistrado me observou com um olhar penetrante e, é claro, teve uma impressão desfavorável do meu comportamento.

O filho confirmou a história do pai. Mas, quando perguntaram a Daniel Nugent, ele jurou com certeza que, pouco antes de seu parceiro cair, ele viu um barco com um homem sozinho, a uma curta distância da costa; e, pelo que pode ver à luz das estrelas, era o mesmo barco em que eu chegara em terra.

Uma mulher declarou que morava perto da praia e que estava na porta de sua casa aguardando a volta dos pescadores, cerca de uma hora antes de saber da descoberta do corpo, quando viu um barco, com um homem sozinho, afastando-se da parte da costa onde o corpo fora encontrado posteriormente.

Outra mulher confirmou a história dos pescadores, que levaram o corpo para sua casa. O corpo não estava frio, e eles o colocaram em uma cama e o massagearam, e Daniel foi à cidade buscar o farmacêutico, mas o jovem já estava sem vida.

Outros homens foram questionados sobre a minha chegada e todos concordaram que, com o forte vento norte que havia aumentado durante a noite, era muito provável que eu tivesse ficado à deriva por muitas horas e, por fim, teria sido forçado a voltar ao mesmo ponto de onde havia saído. Além disso, eles apontaram que parecia que eu havia trazido o corpo de outro lugar; e era muito provável que, como eu aparentemente não conhecia a costa, poderia ter entrado no porto sem saber a distância da cidade de --- até o local onde havia deixado o corpo.

O sr. Kirwin, ao ouvir essa declaração, ordenou que eu fosse levado para a sala onde haviam depositado o corpo provisoriamente, para que pudesse ver que efeito a visão dele me causaria. Provavelmente, o grande nervosismo que demonstrei quando descreveram como o assassinato foi cometido foi a razão pela qual essa ideia surgiu. Então, o magistrado e algumas outras pessoas me levaram à pousada. Não pude deixar de me surpreender com as estranhas coincidências ocorridas naquela noite aleatória; mas, sabendo que, no momento em que o corpo fora encontrado, eu conversava com várias pessoas na ilha onde morava, estava perfeitamente calmo sobre as consequências do caso.

Entrei na sala onde estava o corpo e eles me levaram ao caixão. Como descrever o que eu senti ao contemplá-lo? Ainda me sinto tomado de horror e nem consigo pensar sobre aquele momento terrível sem sentir calafrios e uma angústia horrível. O exame, a presença do magistrado e das testemunhas parecia um sonho em minha mente quando vi o corpo sem vida de Henry Clerval deitado diante de mim. Ofeguei, e, jogando-me sobre o corpo, exclamei:

— Meu querido Henry! Minhas maquinações criminosas tiraram também sua vida? Já destruí a vida de duas pessoas. Outras vítimas aguardam seu destino. Mas você, Clerval, meu amigo, meu bom amigo.

Meu corpo não podia mais suportar o sofrimento agonizante que eu estava sofrendo e fui retirado da sala em horríveis convulsões.

A febre veio depois. Por dois meses eu estive à beira da morte. Meus delírios, como soube mais tarde, eram assustadores. Acusei-me de ser o assassino de William, Justine e Clerval. Às vezes, pedia aos meus cuidadores que me ajudassem a destruir o ser maligno que me atormentava; e, em outras ocasiões, sentia os dedos do monstro agarrarem-se à minha garganta e gritava de angústia e terror. Felizmente, como falava na minha língua nativa, apenas o sr. Kirwin podia me entender. Mas meus gestos e meus gritos de amargura foram suficientes para aterrorizar as outras testemunhas.

Por que eu não morria, então? Era mais miserável do que qualquer homem jamais fora. E por que não mergulhei no descanso e no esquecimento? No auge da vida, a morte arrebata muitas crianças, as únicas esperanças de seus pais, que as adoram. Quantas namoradas e jovens amantes estiveram em um dia cheios de saúde e esperança e no seguinte foram vítimas dos vermes e da podridão do túmulo! De que matéria eu era feito para resistir a tantos golpes que, como o constante girar de uma roda, renovavam continuamente minha tortura?

Mas eu estava fadado a viver e, dois meses depois, me vi acordando de um sonho, em uma prisão, deitado em uma cama miserável e cercado por carcereiros, fechaduras, cadeados e todo o aparato miserável de uma masmorra. Lembro-me de que era uma manhã quando acordei daquele estado. Eu havia esquecido os detalhes do que acontecera e sentia como se um grande infortúnio tivesse se abatido sobre mim. Mas quando olhei em volta e vi as janelas gradeadas e a estreiteza da cela onde eu estava, tudo o que havia sucedido passou pela minha memória e eu chorei amargamente.

Aqueles gemidos acordaram uma velha que estava dormindo em uma cadeira ao meu lado. Ela era uma enfermeira contratada, esposa de um dos carcereiros, e sua aparência refletia todas aquelas más qualidades que frequentemente caracterizam esse tipo de pessoa. Seu rosto era duro e implacável, como o de pessoas acostumadas a contemplar a dor sem demonstrar nenhuma piedade. Sua voz expressava absoluta indiferença. Ele falou comigo em inglês e, em suas palavras, pude reconhecer a voz que ouvira durante minha doença.

— Está melhor agora, senhor? — disse ela.

Respondi no mesmo idioma, com uma voz fraca:

— Acho que sim. Mas se tudo isso for verdade, se não estiver realmente sonhando, lamento ainda estar vivo para continuar sentindo esse sofrimento e esse horror.

— Com relação a isso — respondeu a velha —, se você faz referência ao cavalheiro que matou, acho que seria melhor se você estivesse morto, porque me parece que isso vai acabar muito mal. No entanto, não é da minha conta. Fui enviada para cuidar de você e curá-lo. Eu cumpro meu dever e tenho a consciência limpa. Seria bom se todos fizessem o mesmo.

Virei as costas com repulsa daquela mulher que podia falar daquela maneira absolutamente insensível a uma pessoa que acabara de ser salva, tendo estado à beira da morte. Mas me senti fraco e incapaz de pensar em tudo o que tinha acontecido. Todas as cenas da minha vida pareciam um sonho. Às vezes duvidava e pensava que talvez tudo isso não fosse verdade, porque os fatos nunca adquiriram em minha mente toda a força da realidade.

À medida que as imagens que flutuavam diante de mim tornavam-se mais nítidas, minha febre aumentou. A escuridão me envolvia. Eu não tinha ninguém por perto para me confortar com a suave voz do afeto. Nenhuma mão querida para me confortar. O médico veio e me receitou alguns remédios, e a velha os preparou para mim; mas era possível ver claramente a indiferença absoluta do primeiro e a expressão de crueldade parecia estar firmemente impressa no gesto da segunda. Quem poderia estar interessado no destino de um assassino, a não ser o carrasco que ia ganhar seus honorários?

Esses foram meus primeiros pensamentos, mas logo soube que o sr. Kirwin havia demonstrado uma grande bondade. Ele havia ordenado que preparassem para mim a melhor cela da prisão (de fato, era miserável, mas era a melhor), e foi ele quem procurou o médico e a enfermeira. É verdade que ele quase não veio me ver, porque, embora desejasse ardentemente aliviar os sofrimentos de qualquer ser humano, não desejava testemunhar as agonias e os horríveis delírios de um assassino. Dessa forma, ele vinha algumas vezes para verificar se eu não estava sendo negligenciado, mas suas visitas eram curtas e muito ocasionais.

Um dia, enquanto me recuperava aos poucos, estava sentado em uma cadeira, com meus olhos semiabertos e minhas bochechas lívidas como as de um homem morto. Estava tomado pela tristeza e pela dor, e muitas vezes pensava que seria melhor procurar a morte em vez de esperar lá, trancado miseravelmente, apenas para ser libertado em um mundo cheio de infortúnios. Em uma ocasião, pensei se não deveria me declarar culpado e sofrer o castigo da lei; menos inocente que a pobre Justine eu tinha sido. Tais eram meus pensamentos, quando a porta da cela se abriu e o sr. Kirwin entrou. Seu rosto mostrava compreensão e bondade, ele aproximou uma cadeira da minha e se dirigiu a mim em francês:

— Receio que este lugar seja muito chocante para você. Posso fazer algo para que se sinta melhor?

— Obrigado, mas nada mais importa. Não há nada no mundo que possa me fazer sentir melhor.

— Eu sei que a compreensão de um estranho não é muito útil para uma pessoa como você, abatido por uma tragédia tão estranha. Mas espero que saia em breve deste lugar infeliz, porque, sem dúvida, você pode encontrar facilmente evidências para libertá-lo das acusações criminais contra você.

— Essa é a última coisa que me preocupa. Por causa de uma sucessão de eventos estranhos, eu me tornei o mais miserável dos mortais. Perseguido e atormentado como sou e como fui, pode a morte me causar algum dano?

— De fato, nada pode ser mais desagradável e triste do que as estranhas circunstâncias que o cercaram ultimamente. Por um acaso surpreendente, você foi jogado para nossas praias, conhecidas por sua hospitalidade. Foi imediatamente preso e acusado de assassinato. A primeira coisa que foi apresentada aos seus olhos foi o corpo de seu amigo assassinado daquela maneira atroz e que algum malfeitor colocou em seu caminho.

Quando o sr. Kirwin disse isso, apesar da agitação que sofri com o retrospecto da história de meus sofrimentos, também fiquei muito surpreso com o conhecimento que ele parecia ter sobre mim. Imagino que meu rosto não tenha deixado de mostrar certo espanto, porque o sr. Kirwin se apressou em dizer:

— Logo depois de você ter caído doente, pensei em examinar suas roupas e papéis para descobrir alguma pista que me permitisse enviar a seus parentes um bilhete explicando seu infortúnio e sua doença. Encontrei várias cartas, entre outras, uma que, por seu título, entendi imediatamente que seria de seu pai. Escrevi imediatamente para Genebra. Faz quase dois meses que enviei a carta. Mas você está doente, ainda está tremendo. Você parece não poder tolerar nenhuma emoção.

— Este suspense é mil vezes pior do que o mais horrível acontecimento: diga-me qual foi a nova cena de morte representada e de quem devo lamentar agora o assassinato?

— Sua família está perfeitamente bem — disse Kirwin gentilmente —, e alguém, alguém que o ama veio visitá-lo.

Não sei que associação de ideias ocorreu em minha mente, mas instantaneamente me ocorreu que o monstro tinha vindo zombar do meu infortúnio e rir de mim pela morte de Clerval, como uma nova maneira de instigar-me a satisfazer seus diabólicos desejos. Cobri meus olhos com as mãos e gritei de agonia.

— Oh, leve-o daqui! Não posso vê-lo! Pelo amor de Deus, não o deixe entrar!

O sr. Kirwin olhou para mim com um semblante preocupado. Ele não pôde deixar de pensar que minha exclamação era uma confirmação da minha culpa e disse em um tom bastante severo:

— Eu acreditava, jovem, que a presença de seu pai seria bem-vinda, em vez de produzir uma aversão tão violenta.

— Meu pai! — eu disse, enquanto cada característica e cada músculo do meu corpo passava de angústia para alegria. — Meu pai realmente veio? Meu bom pai, quanta gentileza! Mas onde está ele? Por que não se apressou em vir?

A mudança no meu comportamento surpreendeu e agradou o magistrado; talvez ele pensasse que minha exclamação anterior era uma recaída momentânea no delírio. E então, imediatamente, ele voltou à sua antiga benevolência. Ele se levantou e saiu da cela com a enfermeira e, um instante depois, meu pai entrou.

Naquele momento, nada poderia me agradar tanto quanto a presença de meu pai. Estendi a mão a ele e exclamei:

— Então você está bem? E Elizabeth? E Ernest?

Meu pai me acalmou, certificando-me de que todos estavam bem e insistiu nesses tópicos agradáveis ao meu coração para elevar meu ânimo abatido. Mas ele logo sentiu que uma prisão não poderia ser a morada da felicidade.

— Em que lugar você está, meu filho! — ele disse, olhando sombriamente para as janelas gradeadas e a aparência miserável da cela. — Você viajou em busca da felicidade, mas a fatalidade parece persegui-lo. E o pobre Clerval...

O nome do meu infeliz amigo assassinado me causou uma agitação grande demais para minha fraqueza. Eu comecei a chorar.

— Meu Deus! Sim, meu pai — respondi. — Um destino terrível paira sobre mim e, aparentemente, devo viver para cumpri-lo; caso contrário, eu teria morrido no caixão de Henry.

Não nos foi permitido conversar por muito tempo, pois o estado precário de minha saúde exigia tomar todas as precauções necessárias para garantir minha paz de espírito. O sr. Kirwin entrou e insistiu que minhas forças não deveriam ser esgotadas por muitas emoções.

Mas a presença de meu pai era para mim como a de um anjo bom, e pouco a pouco recuperei minha saúde.

Quando a doença me deixou, fui invadido por uma melancolia sombria e obscura que nada poderia dissipar. Eu sempre tinha a imagem fantasmagórica de Clerval assassinado diante de mim. Em mais de uma ocasião, o nervosismo a que essas lembranças me levavam fez meus amigos temerem que eu pudesse sofrer uma recaída perigosa. Meu Deus! Por que eles insistiram em manter uma vida tão miserável e detestável? Certamente era para que eu pudesse cumprir meu destino, do qual já estou tão perto. Em breve, oh, muito em breve, a morte silenciará essas batidas do meu coração e me libertará desse pesado fardo de angústia que me mergulha no lodo; e, quando a sentença de justiça for executada, também poderei descansar. Naquela época, a presença da morte ainda estava distante para mim, embora o desejo de morrer estivesse sempre presente em meus pensamentos. Muitas vezes, eu ficava horas sem me mexer e sem falar, desejando que uma enorme catástrofe pudesse me enterrar e, em tal destruição, também arrastasse a causa dos meus infortúnios.

As sessões judiciais da região estavam se aproximando. Eu já estava na prisão há três meses e, apesar de ainda estar fraco e em perigo permanente de recaída, fui obrigado a viajar quase 160 quilômetros até a capital do condado, onde ficava o tribunal. O sr. Kirwin se encarregou pessoalmente de reunir todas as testemunhas com muito cuidado e de organizar minha defesa. Eles me evitaram a vergonha de aparecer publicamente como criminoso, já que o caso não foi apresentado ao tribunal que decide a pena de morte. O júri rejeitou a acusação porque ficou provado que eu estava nas Ilhas Órcades na hora em que o corpo de meu amigo foi descoberto. E apenas quinze dias após minha transferência, fui libertado da prisão.

Meu pai ficou muito emocionado ao ver que eu fora absolvido das acusações humilhantes de assassinato e ao ver que mais uma vez eu podia respirar o ar fresco e voltar ao meu país natal. Não compartilhei desses sentimentos, porque para mim as paredes de uma masmorra ou as de um palácio eram igualmente odiosas. O cálice da vida fora envenenado para sempre; e embora o sol brilhasse sobre mim como brilhava sobre aqueles que tinham um coração feliz, eu não via mais do que uma escuridão densa e aterrorizante ao meu redor que nenhuma luz podia penetrar, exceto o brilho de dois olhos fixos em mim. Às vezes eram os olhos alegres de Henry, definhando na morte, com as pupilas negras quase cobertas pelas pálpebras e pelos cílios longos que os cercavam. Em outras ocasiões, eram os olhos turvos e lacrimejantes do monstro, como eu o vi pela primeira vez em meus aposentos de Ingolstadt.

Meu pai tentou despertar sentimentos de carinho em mim. Ele falou de Genebra, para onde retornaríamos em breve, de Elizabeth e de Ernest. Mas suas palavras só conseguiam me arrancar suspiros profundos. Às vezes, na realidade, eu queria ser feliz, e pensava em minha amada prima com prazer melancólico ou, com uma devoradora *maladie du pays*[19] em retornar ao lago azul, às águas revoltas do Reno, que me era tão querido desde meus primeiros anos. Mas o estado usual de minhas emoções era a apatia, na qual a prisão era igual a um palácio na paisagem mais bonita que a natureza pode pintar. E esse estado era frequentemente interrompido por ataques de angústia e desespero. Naqueles momentos, muitas vezes tentava pôr um fim à existência que detestava, e isso tornava necessárias constante atenção e vigilância para me impedir de cometer algum ato horrível de violência.

No entanto, um dever permanecia para mim, cuja lembrança finalmente triunfou sobre meu desespero egoísta. Era necessário que eu voltasse sem demora para Genebra para vigiar a vida daqueles que tanto amava e esperar pelo assassino, pois, se a sorte me levasse ao local de seu esconderijo, ou se ele ousasse novamente me torturar com sua presença, eu poderia pôr um fim à existência daquela figura monstruosa que eu havia criado com a zombaria de uma alma ainda mais monstruosa. Meu pai ainda desejava adiar nossa partida, com medo de que eu não pudesse suportar a fadiga de uma viagem, pois eu estava destruído, a sombra de um ser humano. Minha força se perdera. Eu era um mero esqueleto, e a febre se abatia noite e dia sobre meu corpo dilacerado.

---

19. "Saudades de casa", em francês. (N. E.)

Ainda assim, como pedia que deixássemos a Irlanda com tanta inquietação e impaciência, meu pai achou melhor ceder. Pegamos nossa passagem a bordo de uma embarcação com destino a Havre-de-Grace e navegamos com um vento favorável da costa irlandesa. Era meia-noite, eu fiquei no convés olhando as estrelas e ouvindo o murmúrio das ondas. Agradeci a presença daquela escuridão que tirava a Irlanda da minha vista, e meu pulso batia com alegria febril quando pensei que logo veria Genebra novamente. O passado me parecia um pesadelo terrível. No entanto, o navio em que eu estava, o vento soprando das costas odiosas da Irlanda e o mar que me cercava eram provas de que, certamente, eu não havia sofrido nenhum delírio e que Clerval, meu amigo e meu querido companheiro, morrera, vítima de minhas ações e do monstro que eu havia criado. Lembrei-me de toda a minha vida: a felicidade pacífica quando vivia com minha família em Genebra, a morte de minha mãe e minha partida para Ingolstadt. Lembrei-me com um calafrio do entusiasmo louco que me levara à criação do meu odioso inimigo e me lembrei da noite em que ele recebeu vida. Não consegui seguir o fio do meu raciocínio. Milhares de emoções me dominaram e chorei amargamente.

Desde que me recuperei da febre, adquiri o hábito de tomar uma pequena quantidade de láudano todas as noites, porque só graças a essa droga conseguia descansar o suficiente para continuar vivendo. Angustiado com a lembrança dos meus infortúnios, tomei uma dose dupla e logo adormeci profundamente. Mas, meu Deus, o sonho falhou em me libertar da memória e da dor. Meus sonhos foram preenchidos com mil coisas que me aterrorizavam. Perto do amanhecer, fui tomado por uma espécie de pesadelo. Sentia o aperto daquele demônio agarrado à minha garganta e não conseguia me livrar dele. Gritos e choros ecoavam em meus ouvidos. Meu pai, que sempre me observava, percebendo minha inquietação, despertou-me. As ondas ardentes batiam ao redor e sobre nós pesava um céu de chumbo. Mas não havia demônio. Uma sensação de segurança, uma sensação de que uma trégua havia sido estabelecida entre a hora presente e o futuro inexorável e desastroso me ofereceu uma espécie de calmo esquecimento, do qual a mente humana é, por sua estrutura, peculiarmente suscetível.

Capítulo 22

A viagem chegou ao fim. Desembarcamos e seguimos para Paris. Logo percebi que abusara bastante das minhas forças e que era preciso descansar antes de continuar a jornada. Meu pai desdobrava-se em cuidados e atenções, mas ele não conhecia a origem de meus sofrimentos e procurava soluções erradas para minha doença incurável. Desejava que eu buscasse distração em contatos sociais, e eu abominava o convívio humano. Não! Não abominava! Eram meus irmãos, meus semelhantes, e era de minha natureza amar e desejar o bem tanto pelos mais repulsivos entre eles como pelas criaturas de natureza angelical e divina. Mas sentia que não tinha o direito de conviver em seu meio. Eu desencadeara contra eles a fúria de um inimigo que se comprazia em derramar-lhes o sangue e ouvir seus gemidos. Como eles iriam, todos e cada um, execrar-me, se soubessem de minha obra demoníaca e dos crimes a que eu dera origem!

Meu pai cedeu finalmente à minha vontade de evitar contato social, seus desejos e todos os seus esforços estavam destinados a acabar com meu desespero. Às vezes, ele pensava que me sentia profundamente envergonhado por ter sido forçado a responder a uma acusação de assassinato e tentava me mostrar a futilidade do orgulho.

— Ah, meu pai! — disse-lhe. — Quão pouco você me conhece! Os seres humanos, seus sentimentos e suas paixões, ficariam realmente envergonhados se um miserável como eu pudesse sentir orgulho. Justine, a pobre e infeliz Justine, era tão inocente quanto eu, e foi acusada do mesmo e morreu por isso. E eu fui o culpado por tudo; eu a matei. William, Justine e Henry, todos os três morreram por minha causa.

Meu pai costumava me ouvir fazer a mesma declaração durante minha prisão. Quando eu me acusava dessa maneira, às vezes ele parecia querer que eu desse uma explicação; e em outras ocasiões, provavelmente considerava que isso fosse uma consequência do meu delírio, e que durante a minha doença alguma ideia desse tipo havia sido registrada em minha imaginação, e que essa lembrança ainda permanecia viva em minha convalescença. Evitei dar uma explicação e me mantive em silêncio permanente sobre a criatura que eu criara. Tive a sensação de que eles pensariam que eu havia enlouquecido, e isso acorrentaria minha língua para sempre. Além disso, não consegui revelar o segredo que encheria o meu ouvinte de consternação, causando nele medo e horror. Restava a mim, portanto, abrir mão da minha sede impaciente por simpatia e permanecer em silêncio quando na realidade eu daria um mundo por poder confessar esse segredo fatal. Ainda assim, palavras como essas de que me lembrei iriam explodir incontrolavelmente de mim. Eu não poderia oferecer nenhuma explicação a eles, mas sua verdade em parte aliviou o fardo de minha misteriosa desgraça.

Em uma dessas ocasiões, meu pai me disse com uma expressão de surpresa indizível:

— Que obstinação é essa, Victor? Querido filho, peço-lhe que não diga essas coisas absurdas novamente.

— Não estou louco! — exclamei com veemência. — O sol e os céus que assistiram meus atos podem atestar que eu falo a verdade! Eu fui o assassino daquelas vítimas absolutamente inocentes. E elas morreram pelas minhas maquinações! Mil vezes eu teria derramado meu próprio sangue, gota a gota, para salvar suas vidas. Mas eu não podia, pai, eu não podia sacrificar toda a raça humana.

A conclusão dessa conversa convenceu meu pai de que eu estava perturbado e na mesma hora ele mudou o assunto da conversa para tentar alterar o curso dos meus pensamentos. Ele queria, na medida do possível, apagar de minha memória as cenas que aconteceram na Irlanda e nunca mais aludiu a elas, nem me permitia falar sobre meus infortúnios.

Com o passar do tempo, eu me acalmei; a dor ainda estava no meu coração, mas não voltei a falar daquela maneira incoerente sobre meus crimes. Era suficiente para mim ter consciência deles. Com uma repressão insuportável, dominei a voz imperiosa do infortúnio, que às vezes eu queria mostrar ao mundo inteiro, e meu comportamento se tornou mais calmo e mais controlado desde minha excursão ao mar de gelo.

Poucos dias antes de deixarmos Paris a caminho da Suíça, recebi a seguinte carta de Elizabeth:

Meu caro amigo,

Fiquei muito feliz em receber uma carta do meu tio de Paris. Você não está mais a uma distância tão grande e tenho esperança de vê-lo em menos de quinze dias. Meu pobre primo! Quanto você deve ter sofrido! Acho que vou encontrá-lo ainda mais doente do que quando você saiu de Genebra. Tivemos um inverno terrível; torturada como tenho sido pela ansiosa expectativa, mas, embora a felicidade não brilhe em nossos olhos há muitos meses, espero ver calma em seu semblante e verificar se seu coração não está completamente privado de paz e tranquilidade.

Receio, no entanto, que os mesmos sentimentos que o deixaram tão infeliz um ano atrás persistam e até tenham aumentado com o tempo. Eu não gostaria de incomodá-lo agora, quando tantas desventuras o oprimem, mas uma conversa que tive com meu tio antes da partida dele me obriga a lhe dar uma explicação necessária antes de nos encontrarmos.

"Uma explicação?", você provavelmente dirá a si mesmo. "O que Elizabeth pode ter para me explicar?" Se você realmente pensa assim, minhas perguntas já foram respondidas e minhas dúvidas já foram resolvidas. Mas estamos muito longe, e é possível que você tema e, no entanto, agradeça a essa explicação; e, levando em conta a possibili-

dade de que seja esse o caso, não ouso adiar mais o que, durante sua ausência, queria lhe contar com muita frequência, mas nunca tive coragem suficiente para começar.

Você sabe bem, Victor, que meus tios sempre pensaram em nossa união, desde a infância. Então nos disseram quando éramos jovens e nos ensinaram a considerar esse futuro como um evento que, sem dúvida, aconteceria. Éramos companheiros de brincadeira afetuosos durante a infância e, acredito, bons e sinceros amigos quando crescemos. Mas, da mesma maneira que um irmão e uma irmã têm um relacionamento afetuoso sem desejar uma união mais íntima, esse também não pode ser o nosso caso? Diga-me, querido Victor. Responda-me, e peço, pela nossa felicidade mútua, apenas a verdade: você ama outra?

Você viajou. Você passou vários anos de sua vida em Ingolstadt; e confesso a você, meu amigo, que quando o vi tão triste no outono passado, fugindo do contato com as pessoas e procurando apenas a solidão, não pude deixar de supor que talvez você tenha se arrependido do nosso compromisso e que se sentiu obrigado, pela honra, a cumprir a vontade de seus pais, mesmo que ela se opusesse aos seus verdadeiros desejos. Mas esse é um falso raciocínio. Confesso a você, meu primo, que te amo e que nos devaneios mais aéreos que tive do meu futuro, você foi meu fiel amigo e meu companheiro. Mas desejo apenas a sua felicidade, e também a minha, quando lhe digo que nosso casamento me tornaria uma pessoa absolutamente infeliz, a menos que fosse o resultado dos ditames de sua própria decisão livre. Mesmo agora, eu choro quando penso que, assolado pelos mais cruéis infortúnios, você pode estragar, com sua palavra de honra, todas as esperanças de amor e felicidade, que são as únicas que podem fazer você voltar a ser o que era. Eu, que sinto um amor tão desinteressado por você, poderia estar aumentando seu infortúnio mil vezes se me tornasse um obstáculo para seus desejos. Ah, Victor, você pode ter certeza de que sua prima e parceira sente um amor verdadeiro demais para fazê-lo infeliz com essa suposição. Seja feliz, meu amigo. E se você atender ao meu único pedido, pode ter certeza de que nada no mundo poderá perturbar minha paz de espírito.

Não deixe que esta carta o incomode. Não responda amanhã, ou no dia seguinte, ou mesmo até você chegar, se isso lhe causar alguma dor. Meu tio me dará notícias sobre sua saúde; e se eu vir um sorriso em seus lábios quando nos encontrarmos, seja por esta carta ou por qualquer outra coisa minha, não precisarei de mais nada para ser feliz.

Elizabeth Lavenza

Genebra, 18 de maio de 17...

Essa carta reviveu em minha memória o que eu já havia esquecido, a ameaça do diabo: "Estarei com você na sua noite de núpcias.". Essa foi minha sentença, e naquela noite esse demônio usaria todos os truques para destruir-me e levar embora esse resquício de felicidade que prometia, pelo menos em parte, confortar meus sofrimentos. Naquela noite, decidira consumar seus crimes com a minha morte. Muito bem, que assim seja! Então, certamente, uma luta até a morte aconteceria na qual, se ele saísse vitorioso, eu descansaria em paz e seu poder sobre mim terminaria. Se eu vencesse, seria um homem livre. Céus! Que liberdade? Aquela que o camponês desfruta quando sua família é abatida diante de seus olhos, sua cabana é incendiada, suas terras devastadas e ele se torna um homem perdido, sem-teto, sem dinheiro e sozinho, mas livre. Essa seria minha liberdade, exceto que em minha Elizabeth eu teria pelo menos um tesouro, meu Deus, que compensaria os horrores do remorso e da culpa que me assombrariam até a morte!

Doce e querida Elizabeth! Li e reli sua carta, e alguns sentimentos de ternura invadiram meu coração e ousaram sussurrar sonhos paradisíacos de amor e alegria. Mas eu já havia mordido a maçã, e o braço do anjo já estava me mostrando que eu deveria esquecer qualquer esperança. Mas eu daria minha vida para fazê-la feliz. Se o monstro cumprisse sua ameaça, a morte era inevitável. No entanto, pensei novamente que talvez meu casamento precipitasse meu destino. De fato, minha morte poderia chegar alguns meses antes, mas se meu perseguidor suspeitasse que eu havia adiado meu casamento por causa de suas ameaças, certamente encontraria outros meios, e talvez mais terríveis, de executar sua vingança. Ele jurou que estaria comigo na minha noite de núpcias. No entanto, essa ameaça não o forçou a ficar quieto até que esse momento chegasse. Como se quisesse me provar que ainda não havia saciado sua sede de sangue, ele havia assassinado Clerval imediatamente depois de fazer suas ameaças. Concluí, portanto, que, se meu casamento imediato com minha prima servisse para trazer felicidade a ela ou a meu pai, eu não deveria postergar as ameaças do meu adversário contra a minha vida nem por uma hora.

Nesse clima, escrevi para Elizabeth. Minha carta era calma e carinhosa.

> *Receio, minha amada garota, que haja pouca felicidade reservada neste mundo para nós. No entanto, tudo o que pode me alegrar reside em você. Afaste-se de seus medos infundados. Somente a você consagrei minha vida e meus desejos de felicidade. Eu tenho um segredo, Elizabeth, um segredo terrível. Quando você souber do que se trata, ficará horrorizada e seu sangue vai congelar; e então, em vez de se surpreender pelas minhas desventuras, você simplesmente ficará surpresa por eu ainda estar vivo. Vou revelar essa história de sofrimento e terror no dia seguinte ao nosso casamento, porque, querida prima, deve haver confiança absoluta entre nós. Mas até lá, eu imploro, não mencione ou faça qualquer alusão a esse assunto. Peço-lhe de todo o coração e sei que você me concederá.*

Cerca de uma semana após a chegada da carta de Elizabeth, retornamos a Genebra. A doce menina me acolheu com amor; no entanto, havia lágrimas em seus olhos quando viu meu corpo danificado e meu rosto febril. Eu também percebi uma mudança nela. Ela estava mais magra e havia perdido grande parte daquela alegria maravilhosa que me encantava. Mas sua doçura e seu olhar gentil de compaixão tornavam-na a mulher mais apropriada para um ser condenado e infeliz como eu.

A tranquilidade que eu desfrutava naquele momento não durou muito. As memórias me enlouqueciam. E quando pensava no que havia acontecido, uma verdadeira loucura tomava conta de mim. Às vezes, eu ficava furioso e explodia em ataques de raiva, e às vezes eu desmaiava e me sentia deprimido. Não falava nem olhava para ninguém, mas permanecia imóvel, dominado pela quantidade de infortúnio que pairava sobre mim.

Só Elizabeth tinha o poder de me tirar desses poços de desânimo. Sua voz doce me acalmava quando eu estava furioso, e me inspirava com sentimentos humanos quando caía em apatia. Ela chorava comigo e por mim. Quando recuperava a razão, ela me recompunha docemente e tentava instigar resignação. Ah, sim, é necessário que os infelizes se resignem, mas para os culpados não há paz. A angústia dos arrependimentos envenena esse prazer que às vezes é encontrado quando alguém se entrega aos excessos da dor.

Logo após minha chegada, meu pai falou sobre meu casamento imediato com minha prima. Fiquei calado.

— Então, você está apaixonado por outra mulher?

— De jeito nenhum! Amo Elizabeth e penso em nosso futuro casamento com muito prazer. Marque a data e naquele dia eu consagrarei minha vida e minha morte à felicidade de minha prima.

— Meu querido Victor, não fale assim. Sérias desgraças caíram sobre nós, mas tudo o que precisamos fazer é permanecer juntos com o que nos resta, e o amor que sentimos por aqueles que perdemos deve agora ser dado àqueles que ainda vivem. Nossa família é pequena, mas vai estar ligada por laços compartilhados de afeto e fatalidade. E quando a passagem do tempo mitigar seu desespero, novas e amadas preocupações nascerão para substituir aquelas de quem fomos tão cruelmente privados.

Tais foram os conselhos de meu pai, mas as lembranças da ameaça me assombraram novamente. E não pode surpreender ninguém que, onipotente como a criatura diabólica havia se mostrado em seus crimes sanguinários, eu o considerasse quase invencível; e que, quando ele pronunciara as palavras "estarei com você na sua noite de núpcias", eu considerasse que esse destino ameaçador era inevitável. Mas a morte não era uma desgraça para mim se comparada à perda de Elizabeth; e assim, com um gesto sorridente e até alegre, concordei com meu pai que a cerimônia deveria ocorrer, se minha prima consentisse, depois de dez dias. E assim selei meu destino, ou assim acreditava.

Deus poderoso! Se por um momento eu tivesse imaginado quais seriam as intenções diabólicas do meu inimigo infernal, teria preferido deixar meu país para sempre e vaguear como um desprezível deserdado pelo mundo, em vez de consentir naquele casamento infeliz. Mas, como se tivesse poderes mágicos, o monstro havia escondido suas verdadeiras intenções de mim; e quando pensei que estava apenas preparando minha própria morte, só consegui precipitar a de uma vítima que eu amava muito mais.

Conforme a data do nosso casamento se aproximava, talvez por covardia ou mau pressentimento, eu me sentia cada vez mais desanimado. Mas escondia meus sentimentos sob o disfarce de uma felicidade que colocava sorrisos de contentamento no rosto de meu pai, embora eu mal pudesse enganar o olhar mais atento e perspicaz de Elizabeth. Ela esperava por nossa futura união com calma alegria, embora não sem medo, devido a infortúnios passados, e temia que o que agora parecia uma felicidade certa e tangível pudesse repentinamente desaparecer em um sonho etéreo, e não deixar rastro, a não ser uma amargura profunda e eterna.

Os preparativos foram feitos para o evento. Recebemos os visitantes, que nos parabenizaram, e tudo parecia adornado com as galas mais lisonjeiras. Na medida do possível, escondia a ansiedade que me consumia no fundo do coração e aceitava com aparente sinceridade tudo o que meu pai propunha, embora tudo isso pudesse servir apenas de decoração para a minha tragédia. Graças à sua mediação, uma parte da herança de Elizabeth foi restituída a ela pelo governo austríaco. Cabia-lhe uma pequena propriedade às margens do lago de Como. Ficou resolvido que, logo após a cerimônia, seguiríamos para Villa Lavenza, onde passaríamos nossos primeiros dias de felicidade junto ao formoso lago.

Enquanto isso, tomei todas as precauções para me defender, caso a criatura quisesse me atacar. Eu sempre carregava armas e uma adaga, e estava sempre alerta para evitar emboscadas, e assim consegui desfrutar de um pouco de paz de espírito. E, na realidade, à medida que a data se aproximava, a ameaça começou a parecer uma loucura que não valia a pena considerar, pois provavelmente não seria capaz de perturbar minha tranquilidade, enquanto a felicidade que eu esperava do meu casamento estava adquirindo, pouco a pouco, uma aparência de verdadeira realidade, e eu ouvia falar do dia fixado como um evento que nenhum incidente pudesse impedir.

Elizabeth parecia feliz com a mudança que via em mim e como passou de um riso forçado à alegria serena. Mas no dia em que meus desejos e destino deveriam ser cumpridos, ela estava melancólica; um mau pressentimento a dominou, e talvez ela também tenha pensado no terrível segredo que prometi revelar no dia seguinte. Meu pai, por outro lado, estava cheio de felicidade e, com a agitação dos preparativos, só via na melancolia de sua sobrinha a modesta timidez de uma noiva.

Depois de celebrada a cerimônia, uma grande festa aconteceu na casa de meu pai. Mas foi combinado que Elizabeth e eu deveríamos passar a tarde e a noite em Evian, e que seguiríamos viagem na manhã seguinte. Era um lindo dia e, como o vento estava favorável; todos sorriam em nosso embarque nupcial.

Esses foram os últimos momentos da minha vida durante os quais desfrutei do sentimento de felicidade. Nós estávamos navegando muito rápido. O sol estava quente, mas estávamos protegidos por uma espécie de toldo, enquanto desfrutávamos da beleza da paisagem: às vezes nos virávamos para um extremo do lago, onde víamos o monte Salêve, as encantadoras margens de Montalègre e, ao longe, erguendo-se acima de tudo, o magnífico Mont Blanc e todo o grupo de montanhas nevadas que tentavam alcançá-lo. Em outras ocasiões, na margem oposta, vimos o majestoso Jura, desafiando com suas encostas escuras a ambição daqueles que desejavam deixar seu país natal e se mostrando uma barreira intransponível para o conquistador que queria invadi-lo.

Peguei a mão de Elizabeth.

— Você está triste. Ah, meu amor, se você soubesse o que eu sofri e o que eu ainda tenho que suportar, você tentaria me deixar provar da tranquilidade e da ausência de desespero e permitiria que eu aproveitasse esse dia único!

— Seja feliz, meu querido Victor — respondeu Elizabeth. — Espero que não haja nada que o preocupe; e você pode ter certeza de que meu coração está feliz, mesmo que não veja uma vívida alegria estampada no meu rosto. Algo me diz para não depositar muita esperança nas perspectivas que se abrem diante de nós, mas não quero ouvir essas vozes sinistras. Veja com que rapidez navegamos e como as nuvens, que às vezes escurecem e às vezes se elevam acima da cúpula do Mont Blanc, tornam esta paisagem maravilhosa ainda mais bonita. Observe também os inúmeros peixes que nadam nessas águas claras, onde você pode ver claramente todas as pedras que estão no fundo. Que dia lindo! Quão feliz e serena parece toda a natureza!

Foi assim que Elizabeth tentou distrair seus pensamentos e os meus de qualquer reflexão sobre assuntos melancólicos. Mas seu humor era muito inconstante. A alegria brilhava por um breve momento em seu olhar, mas a felicidade constantemente dava lugar à tristeza e ao devaneio.

No céu, o sol estava se pondo. Passamos pelo rio Drance e observamos seu curso através dos abismos das montanhas e dos desfiladeiros das colinas mais baixas. Os Alpes, aqui, estão muito perto do lago, e estávamos nos aproximando do grupo de montanhas que formam seu extremo leste. A agulha de Evian cortava brilhantemente as florestas que a circundavam e as cordilheiras e montanhas em que estava suspensa.

O vento, que até aquele momento nos levava com uma velocidade incrível, se transformou em uma brisa agradável ao pôr do sol. O ar mal conseguia ondular a água e produzia um movimento adorável nas árvores. Quando nos aproximamos da costa, um delicioso perfume de flores e feno flutuava no ar. O sol se punha atrás do horizonte quando tocamos a margem e quando pisei na praia, senti que as preocupações e os medos renasciam em mim, e que logo eles me arrebatariam e me marcariam para sempre.

Capítulo 23

Eram oito horas quando desembarcamos; andamos por uma curta distância ao longo da costa, apreciando as mudanças de luzes, e depois nos retiramos para a pousada, onde contemplamos a paisagem encantadora de águas, montanhas e florestas que se escondiam na escuridão e, no entanto, ainda mostravam seus contornos escuros.

O vento, que quase desapareceu no sul, agora subia com grande violência do oeste; a lua alcançara seu apogeu no céu e começava a descer; as nuvens varriam o céu à sua frente mais rapidamente do que o voo do abutre e encobriam sua luz, enquanto o lago refletia a paisagem congestionada dos céus e fica mais agitado ainda com as ondas inquietas que começavam a se agitar. De repente, começou uma violenta tempestade.

Fiquei calmo o dia todo, mas assim que a noite começou a obscurecer os perfis das coisas, uma miríade de medos tomou conta da minha mente. Eu estava ansioso e alerta, enquanto com a mão direita segurava uma arma que estava escondida no meu peito. Todo barulho me aterrorizava, mas decidi que daria minha vida tranquilamente e não evitaria o confronto que tinha até que minha própria vida, ou a de meu adversário, fosse extinta.

Elizabeth, tímida e com medo, observava em silêncio minha inquietação em alguns momentos, mas havia algo em meus olhos que a deixava aterrorizada. E, tremendo, ela disse:

— Por que você está nervoso, meu caro Victor? Do que tem medo?

— Tenha calma, meu amor! — respondi. — Mais esta noite apenas, e depois tudo terá passado. As próximas horas serão terríveis.

Passei uma hora naquele estado de nervosismo e, de repente, pensei como seria horrível para minha esposa testemunhar o combate que imaginei que ocorreria de um momento para o outro. Então implorei veementemente que ela se retirasse para dormir, determinado a não me juntar a ela até que soubesse alguma coisa sobre meu inimigo.

Elizabeth me deixou, e eu continuei andando pelos corredores da casa por algum tempo, inspecionando todos os cantos que pudessem servir de esconderijo para o meu inimigo. Mas não vi sinal dele e começava a considerar a possibilidade de que algum acontecimento feliz tivesse acontecido e impedido a execução de sua ameaça, quando de repente ouvi um grito estridente e assustador. Vinha do quarto em que Elizabeth estava. Quando ouvi o grito, entendi tudo. Meus braços caíram e o movimento de todos os músculos e de todas as fibras do meu corpo cessou. Eu podia sentir o sangue gotejando pelas minhas veias e formigando nas extremidades dos meus membros. Esse estado não durou mais que um instante. Ouvi um segundo grito e corri apressadamente para o quarto.

Meu Deus! Por que não morri então? Por que estou aqui para descrever a destruição dos meus anseios de esperança e a morte da melhor criatura do mundo? Lá estava ela, sem vida e inerte, atravessada na cama com a cabeça pendurada, o rosto pálido e deformado, meio coberto pelos cabelos. Não importa para onde eu olhe, sempre vejo a mesma imagem: seus braços sem vida e seu corpo morto jogado pelo assassino sobre o caixão nupcial. Como eu poderia contemplar tal cena e continuar vivendo? Meu Deus! A vida é teimosa e apega-se mais onde é mais odiosa. Então, eu sei que perdi a consciência e desmaiei.

Quando me recuperei, me encontrei cercado pelas pessoas da estalagem. Seus rostos claramente expressavam um terror anelante, mas o horror dos outros parecia apenas uma pequena farsa, uma sombra dos sentimentos que me dominavam. Escapei deles e entrei no quarto onde o corpo de Elizabeth jazia, meu amor, minha esposa. Apenas momentos antes estava viva, minha querida, minha preciosa. Eles a tinham mudado da posição em que eu a havia encontrado; e agora, deitada com a cabeça sobre um braço e com um lenço cobrindo o rosto e o pescoço, eu poderia ter pensado que estava dormindo. Corri até ela e a abracei loucamente, mas a frieza mortal de seu corpo me lembrou que o que eu estava segurando em meus braços havia deixado de ser a Elizabeth que eu amava e adorava. A marca das garras assassinas daquele demônio ainda permanecia em seu pescoço, e a respiração não saía mais de seus lábios.

Enquanto eu ainda a tinha em meus braços, na agonia do desespero, ocorreu-me olhar para cima. O quarto estava quase escuro, e senti uma espécie de terror e de pânico quando vi como a pálida luz da lua iluminava a sala. As persianas estavam abertas e, com uma sensação de horror que não pode ser descrita, vi pela janela aberta aquela figura odiosa e repugnante. Havia um sorriso zombeteiro no rosto do monstro. Ele parecia rir de mim, enquanto, com o dedo diabólico, apontava para o corpo da minha esposa. Corri em direção à janela e, tirando a arma do meu peito, atirei. Mas ele conseguiu desviar, fugiu de um salto e, correndo à velocidade do raio, atirou-se no lago.

Ao ouvir a arma estourar, muitas pessoas correram para a sala. Indiquei onde ele havia desaparecido e o perseguimos com barcos e redes, mas tudo foi em vão. Depois de várias horas procurando por ele, retornamos sem esperança. A maioria dos que me acompanhavam acreditava que a criatura havia sido apenas o resultado da minha imaginação. Depois de retornar à terra, eles começaram a vasculhar o campo e formaram-se grupos que se dispersaram em diferentes direções pelas florestas e vinhedos.

Tentei acompanhá-los, indo até uma curta distância da casa, mas minha mente girava, meus passos pareciam os de um homem bêbado e eu estava exausto. Um véu obnubilava meus olhos e minha pele ardia com o calor da febre. Naquele estado, eu fui levado de volta ao hotel e colocado em uma cama, sem consciência do que havia acontecido, e meus olhos vagavam pelo quarto como se estivessem procurando por algo que eu havia perdido.

Depois de algum tempo me levantei, como que por instinto, e me arrastei até o quarto onde jazia o corpo da minha amada. Havia mulheres chorando ao redor dela. Eu me debrucei sobre ele e juntei minhas lágrimas tristes às delas, mas meu pensamento vagava por vários assuntos, refletindo confuso sobre meus infortúnios e sua causa e fui envolvido por uma nuvem de estupefação e horror. A morte de William, a execução de Justine, o assassinato de Clerval e, agora, a de minha esposa. Naquele momento, eu nem sabia se a família que ainda me restava estaria a salvo do mal daquela criatura. Meu pai poderia estar se debatendo naquele momento sob a garra assassina, e Ernest poderia estar morto a seus pés. Essas ideias me fizeram sentir calafrios e me trouxeram de volta à realidade. Levantei-me imediatamente e decidi voltar a Genebra o mais rápido possível.

Não havia cavalos de que eu pudesse dispor e tive de voltar pelo lago. Mas o vento era desfavorável e a chuva caía torrencialmente. De qualquer forma, não havia amanhecido e eu provavelmente poderia chegar em casa ao entardecer. Contratei alguns homens para remar e tomei eu mesmo um remo, porque o exercício físico sempre produzia em mim algum alívio dos sofrimentos emocionais. Mas a dor excruciante que sentia agora e a terrível agitação que sofri tornaram impossível qualquer esforço. Soltei o remo e, segurando minha cabeça nas mãos, deixei fluir todas as ideias sinistras que queriam me agredir. Se olhava para cima, via paisagens que me eram familiares nos meus tempos felizes e que eu contemplara apenas um dia antes, na companhia daquela que agora era apenas uma sombra e uma memória. As lágrimas inundavam meus olhos. A chuva parou por um momento e vi como os peixes brincavam nas águas, exatamente como os vira poucas horas antes, quando Elizabeth os observava. Nada é tão doloroso para a mente humana quanto uma mudança violenta e repentina. O sol poderia brilhar, ou as nuvens poderiam cobrir o céu, mas nada seria como no dia anterior. Um ser diabólico havia arrancado de mim toda a esperança de felicidade futura com um só golpe. Nenhuma criatura jamais fora tão infeliz quanto eu, pois esses eventos horríveis eram absolutamente únicos na história da humanidade.

Mas por que eu deveria recriar os eventos que se seguiram a essa tragédia insuportável? Minha história foi uma história de horror. Eu já cheguei ao clímax; e o que posso dizer a partir de agora pode ser entediante, agora que narrei como aqueles a quem amei foram tirados de mim um após o outro, e fui afundado na mais profunda desolação.

Estou muito cansado e só consigo descrever em poucas palavras o que resta da minha terrível história.

Cheguei a Genebra. Meu pai e Ernest ainda estavam vivos, mas o primeiro não conseguiu suportar as dolorosas notícias que eu trazia. Eu vejo isso agora. Ele era um velho venerável e maravilhoso! Seu olhar se perdeu no vazio, porque ele havia perdido a pessoa que era sua razão de viver e sua alegria: sua Elizabeth, que era mais que uma filha para ele, a quem ele havia dado todo o amor de um homem que, no crepúsculo de sua vida, e tendo poucos entes queridos, se apega com mais fervor aos que ainda lhe restam. Amaldiçoado, amaldiçoado seja o diabo que derramou dor em seus cabelos grisalhos e o condenou a terminar seus dias atolado em tristeza. Ele não conseguiu viver cercado pelos medos que se acumularam ao seu redor. Sofreu um derrame, não conseguia se levantar da cama e, alguns dias depois, morreu nos meus braços.

O que aconteceu comigo então? Não sei. Eu era incapaz de sentir qualquer coisa, e as únicas coisas que eu podia ver eram grilhões e escuridão. Na verdade, às vezes sonhava que andava com os amigos da juventude por prados cheios de flores e vales encantadores, mas acordava e me via em uma masmorra. Então a melancolia me invadiu, mas aos poucos comecei a formar uma ideia mais clara dos meus infortúnios e da minha situação, e então fui liberto de lá. Pois eles me davam por louco e por muitos meses, como soube depois, havia ocupado uma cela solitária.

Mas a liberdade, no entanto, teria sido uma concessão inútil para mim se, ao mesmo tempo em que acordei para a razão, não tivesse acordado também para a vingança. Enquanto a lembrança de meus infortúnios passados me afligia, comecei a pensar na causa deles: o monstro que eu havia criado, o demônio miserável que eu jogara no mundo para minha própria destruição. Uma fúria louca me invadia quando pensava nele, e eu desejava e implorava ardentemente poder agarrá-lo para que eu pudesse cravar meu rancor feroz e indelével sobre sua maldita cabeça.

Certamente, meu ódio não pôde ser reduzido por muito tempo a um desejo inútil. Comecei a pensar sobre qual poderia ser o melhor meio de caçá-lo; e para esse fim, cerca de um mês após minha libertação, fui a um juiz criminal na cidade e lhe disse que tinha uma acusação a fazer, que conhecia o assassino de minha família e pedi a ele que exercesse toda a sua autoridade para prender o assassino. O magistrado me ouviu com atenção e bondade.

— Você pode ter certeza, senhor — disse ele. — De minha parte, não pouparei esforços, para descobrir o vilão.

— Obrigado — respondi. — Ouça, então, o depoimento que vou fazer. Na verdade, é uma história tão estranha que eu temo que o senhor não acreditaria em mim se não fosse porque há algo na verdade que, mesmo que seja incrível, sempre convence de sua realidade. A história é muito bem trançada para confundi-la com um sonho, e não tenho motivos para mentir.

Meus gestos, enquanto dizia isso, eram veementes, mas calmos. Eu tinha tomado a decisão íntima de perseguir meu inimigo até a morte; e esse propósito aplacou minha angústia e, pelo menos provisoriamente, reconciliou-me com a vida. Contei um resumo da minha história, mas com firmeza, declarando datas com precisão e sem me deixar arrastar por invenções ou exclamações.

A princípio, o magistrado pareceu absolutamente incrédulo, mas à medida que minha história avançava, ele foi ficando mais atento e interessado. Às vezes eu o via tremer de horror; outras vezes, uma surpresa absoluta, puramente crédula, ficava estampada em seu rosto. Quando terminei minha narração, eu disse:

— É esse o ser que acuso e peço que castigue com força total. Esse é seu dever como magistrado, e acredito e espero que seus sentimentos como ser humano não permitam que o senhor desista dessas funções nesta ocasião.

Esse pedido produziu uma mudança notável na aparência do meu interlocutor. Ele ouvira minha história com esse tipo de meia credulidade que é dada a histórias de espíritos e fantasmas, mas quando foi instado a agir oficialmente, toda a sua descrença retornou imediatamente. De qualquer forma, ele respondeu gentilmente:

— Eu ficaria feliz em lhe dar toda a ajuda que pudesse, mas a criatura de que você fala parece ter poderes capazes de desafiar todos os meus esforços. Quem pode perseguir um animal que pode atravessar o mar de gelo e viver em cavernas e buracos onde nenhum homem se aventuraria a entrar? Além disso, alguns meses se passaram desde que os crimes foram cometidos e ninguém pode imaginar para onde ele foi ou onde ele está agora.

— Não tenho dúvidas de que ele esteja pairando perto de onde eu moro. E se ele se refugiasse nos Alpes, eles poderiam caçá-lo como uma camurça e derrubá-lo como um animal de rapina. Mas eu sei o que você está pensando: você não dá crédito à minha história e não tem intenção de perseguir meu inimigo e puni-lo como ele merece.

Enquanto eu falava, a raiva brilhou nos meus olhos. O magistrado ficou amedrontado:

— Você está errado — ele disse. — Eu tentarei; e se estiver ao meu alcance capturar o monstro, você pode ter certeza de que ele receberá o castigo que seus crimes merecem. Mas temo que seja impossível, pelo que você mesmo descreveu sobre suas características; e, mesmo que todas as medidas relevantes sejam tomadas, você deve tentar se preparar para o desapontamento.

— Isso é impossível! Mas tudo o que eu possa dizer não vai ajudar muito. Minha vingança não importa para você. No entanto, embora admita que seja uma obsessão, confesso que é a única paixão que devora minha alma. Minha fúria é indescritível quando penso que o assassino, a quem joguei neste mundo, ainda está vivo. Você rejeita o meu justo pedido. Eu tenho apenas um caminho, e me dedicarei, vivo ou morto, a tentar destruí-lo.

Eu tremia de nervoso ao dizer isso. Havia um frenesi no meu comportamento e algo, não duvido, dessa orgulhosa coragem que, como dizem, os mártires da Antiguidade tinham. Mas para um magistrado de Genebra, cujo pensamento lidava com questões muito diferentes da devoção e do heroísmo, essa grandeza de espírito era quase como loucura. Ele tentou me acalmar como uma babá tenta tranquilizar uma criança e culpou minha história pelos efeitos do delírio.

— Homem! — vociferei. — Como você é ignorante e orgulhoso de sua sabedoria! Cale-se! Você não sabe o que diz!

Saí correndo da casa, furioso e enlouquecido, e fui pensar em alguma outra maneira de agir.

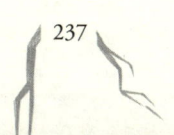

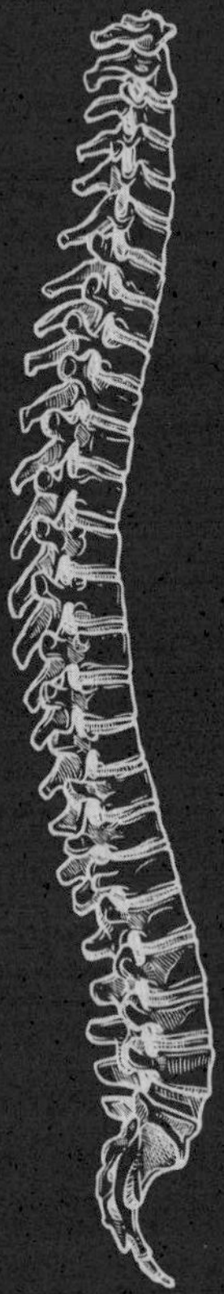

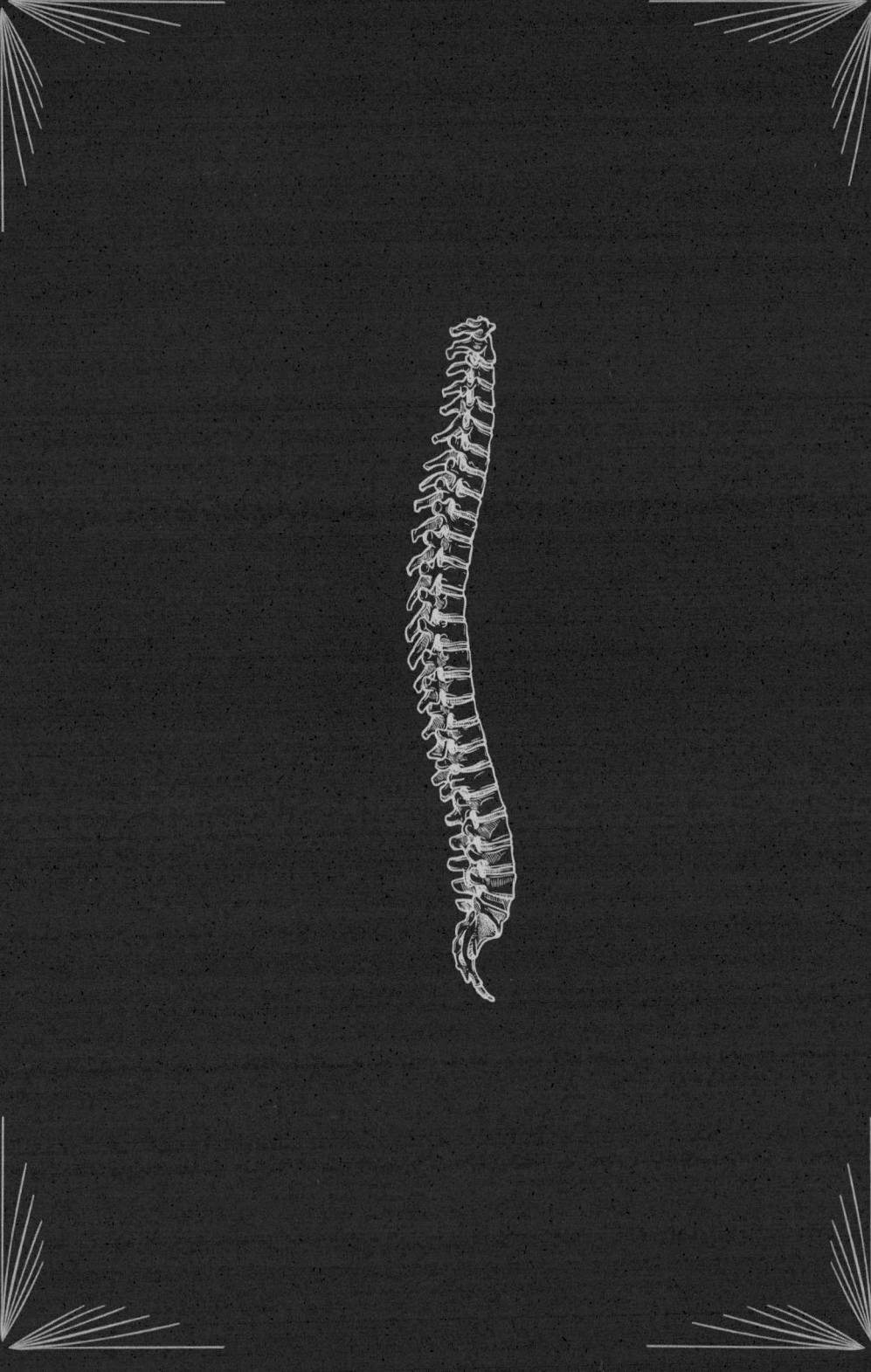

Capítulo 24

Naquela época, minha situação era tal que todos os pensamentos razoáveis tinham sido consumidos e desapareceram. Eu era arrastado pela raiva. Somente a vingança me dava força e serenidade. Ela moldava meus sentimentos e me permitia pensar friamente e ter calma em períodos em que, caso contrário, o delírio ou a morte teriam tomado conta de mim.

Minha primeira decisão foi deixar Genebra para sempre. Meu país, que tanto amei quando era feliz e amado, agora, na adversidade, tornara-se um lugar odioso. Peguei uma pequena quantia em dinheiro, juntamente com algumas joias que pertenceram à minha mãe, e parti.

E então começou minha peregrinação, que não terminaria enquanto eu não morresse. Viajei por vastas regiões da Terra e suportei todas as dificuldades que os aventureiros costumam enfrentar em desertos e outros territórios selvagens. Eu nem sei como consegui sobreviver. Muitas vezes desmoronei, com meu corpo rendido na terra, e implorei pela morte. Mas a vingança me mantinha vivo. Não ousaria morrer e deixar meu inimigo viver.

Quando saí de Genebra, meu primeiro trabalho foi obter uma pista pela qual eu pudesse seguir os passos do meu inimigo maligno. Mas meu plano não deu certo; e vaguei por muitas horas pela cidade, sem saber ao certo qual caminho seguir. Ao cair da noite, me vi na entrada do cemitério onde William, Elizabeth e meu pai descansavam. Entrei e me aproximei das lápides que marcavam suas sepulturas. Tudo estava em silêncio, exceto pelas folhas das árvores, que se agitavam suavemente com a brisa. Era quase noite fechada, e a cena teria sido tocante e solene até para um observador desinteressado. Parecia-me que os espíritos dos que haviam partido vagavam pelo ar ao meu redor e lançavam uma sombra que eu podia sentir, mas não podia ver, em torno da minha cabeça.

A profunda dor que essa cena produziu no início deu lugar imediatamente à raiva e ao desespero. Eles estavam mortos e eu ainda vivia. Seu assassino também vivia e, para destruí-lo, eu tinha de prolongar minha existência cansada. Ajoelhei-me na grama e beijei o chão, e com os lábios trêmulos exclamei:

— Pela terra sagrada em que estou ajoelhado, por essas sombras que me cercam, pela profunda e eterna dor que sinto, eu juro! E por você, ó noite, e pelos espíritos que a povoam, juro perseguir aquele ser maligno que causou esse sofrimento, até que ele ou eu pereçamos em um combate mortal! Somente para esse fim preservo minha vida. Para executar a tão esperada vingança, verei o sol novamente e pisarei na grama verde da terra, que de outra forma desapareceriam da minha vista para sempre. E eu peço que vocês, espíritos dos mortos, e vocês, arautos etéreos de vingança, me ajudem e me guiem nessa tarefa! Que aquele maldito monstro infernal beba o cálice da agonia! Que ele sinta o desespero que agora me atormenta!

Eu tinha começado meu juramento com uma solenidade e um medo reverencial que quase me garantiram que as sombras dos meus entes queridos estavam ouvindo e aprovando minha promessa. Mas a fúria tomou conta de mim quando terminei, e a raiva afogou minhas palavras.

No silêncio da noite, uma risada alta e diabólica foi a única resposta que recebi. Chegou em meus ouvidos longa e sombria; as montanhas a ecoaram, e eu senti como se o próprio inferno me cercasse, zombando e rindo de mim. Certamente naquele momento eu deveria ter sido tomado pela loucura e encerrado minha existência miserável, mas já havia prestado meu juramento e minha vida definitivamente havia sido dedicada à vingança. A risada desapareceu e, em seguida, uma voz repugnante e bem conhecida, aparentemente perto do meu ouvido, se dirigiu a mim em um sussurro audível:

— Estou feliz, pobre coitado! Você decidiu viver e estou feliz.

Eu corri para o lugar de onde a voz vinha, mas o demônio conseguiu escapar. De repente, o enorme disco lunar se iluminou e brilhou sobre sua figura fantasmagórica e deformada, enquanto ele fugia em velocidade sobre-humana.

Eu o persegui; e por muitos meses essa perseguição foi meu único objetivo. Guiado por uma pista muito leve, eu o segui pelos meandros do Reno, mas tudo foi em vão. Cheguei ao Mediterrâneo e, por uma estranha coincidência, vi o monstro subir uma noite e se esconder em um navio que navegaria em direção ao Mar Negro. Comprei uma passagem no mesmo navio, mas me escapou, não sei como.

Nas terras inexploradas da Tartária e da Rússia, embora ele ainda tenha conseguido se esquivar, eu continuei seguindo seus passos. Às vezes, os camponeses, aterrorizados com sua figura assustadora, informavam-me o caminho dele; em outras ocasiões e muitas vezes, ele próprio, que temia que se eu o perdesse de vista pudesse me desesperar e morrer, deixava alguns sinais para me guiar. A neve caiu sobre mim e vi a marca do seu tremendo pé nas planícies brancas. Mas você, que está apenas começando sua vida, e para quem as preocupações são novidade e a angústia uma desconhecida, como você poderia entender o que senti e o que ainda sinto? O frio, as necessidades e o cansaço foram os males menores que eu tive de suportar. Algum demônio me amaldiçoou e eu tenho que sofrer no meu peito um inferno eterno. No entanto, um bom espírito ainda me seguia e guiava meus passos, e quando eu mais me arrependia da minha sorte, de repente me salvava do que me pareciam dificuldades intransponíveis. Às vezes, quando meu corpo, dominado pela fome, desabava de exaustão, encontrava uma refeição restauradora no deserto, que me devolvia minhas forças e me encorajava. A comida era rude, como a que os camponeses dessas regiões costumam comer, mas eu não duvidava de que os espíritos que eu havia invocado para me ajudar a tivessem arranjado. Frequentemente, quando tudo estava seco e não havia nuvens no céu, e a sede me ressequia, as nuvens apareciam no céu e jogavam algumas gotas de chuva que me reviviam, e depois desapareciam.

Quando possível, eu seguia os cursos do rio; mas o monstro em geral os evitava, porque era naqueles lugares que as cidades do interior geralmente se estabeleciam. Em outras regiões, quase não havia seres humanos, e nessas áreas eu geralmente subsistia com os animais selvagens que cruzavam meu caminho. Eu tinha algum dinheiro e consegui a amizade dos aldeões, distribuindo-o ou oferecendo-lhes a carne de algum animal que eu caçara, que, depois de tomar uma pequena porção para mim, dava para aqueles que me forneciam utensílios de cozinha e fogo.

Era assim a minha vida, de uma maneira que realmente parecia odiosa para mim, e somente durante o sono eu me sentia um pouco melhor. Ó sono abençoado! Muitas vezes, quando me sentia mais infeliz, mergulhava no descanso e meus sonhos me acalmavam. Os espíritos que me guardavam certamente me proporcionavam aqueles momentos ou, melhor dizendo, aquelas horas de felicidade em que eu podia reunir forças para continuar minha peregrinação. Privado desses momentos de alívio, eu teria sucumbido aos meus sofrimentos. Assim, durante o dia eu era sustentado e encorajado pelas esperanças da noite, porque durante o sonho via meus entes queridos, minha esposa e meu país amado. Eu via novamente o rosto gentil do meu pai, ouvia a voz prateada de minha Elizabeth e podia ver Clerval, cheio de vida e juventude. Frequentemente, quando eu estava exausto após uma marcha exaustiva, eu me convencia de que estava sonhando e de que a noite chegaria e então eu realmente desfrutaria da companhia de meus entes queridos. Que desejo ansioso eu sentia por eles! Como tentava abraçar aquelas figuras amadas quando elas me apareciam, às vezes mesmo nas visões que tinha durante a vigília, e como me convencia de que elas ainda estavam vivas! Naqueles momentos, a vingança que ardia dentro de mim se extinguia em meu coração, e eu continuava meu caminho em busca da destruição da criatura demoníaca mais como uma tarefa que agradaria aos céus, como se fosse mais um impulso mecânico de algum poder do qual eu não tinha consciência do que por um desejo verdadeiro e ardente da minha alma.

O que sentia aquele que eu estava perseguindo? Não sei. De fato, às vezes ele deixava marcas escritas nas cascas das árvores ou gravadas na pedra, que me guiavam e instigavam minha fúria. "Meu reinado ainda não acabou", pude ler em uma dessas inscrições, "Você vive, e é por isso que o meu poder é absoluto. Siga-me! Eu vou em busca do gelo eterno do norte, onde você sentirá a dor do frio e do gelo, aos quais sou impassível. Muito perto daqui, se você não chegar tarde demais, encontrará uma lebre morta. Coma e você se recuperará. Vamos, meu inimigo! Lutaremos até a morte, mas antes que esse tempo chegue, longas horas de sofrimento e dor esperam por você."

Diabo zombeteiro! Juro vingança de novo. Prometo novamente, criatura miserável, que farei você sofrer e que vou matá-lo. Nunca abandonarei essa perseguição até que um dos dois morra. E então, com que prazer vou me juntar à minha Elizabeth e àqueles que já preparam para mim a recompensa pela minha dolorosa e terrível peregrinação.

À medida que eu avançava em minha jornada para o norte, a neve se tornava mais abundante e o frio aumentava para extremos quase impossíveis de suportar. Os camponeses trancavam-se em suas cabanas e apenas alguns mais ousados, cuja fome forçara a encontrar algo para comer, se aventuravam a sair para caçar animais. Os rios estavam cobertos de gelo e não havia como pescar nada; assim fiquei sem o principal alimento que me mantinha.

O triunfo do meu inimigo aumentava com a dificuldade do meu trabalho. Outra inscrição que ele deixou dizia o seguinte: "Prepare-se! Seus sofrimentos estão apenas começando. Cubra-se de peles e alimente-se, porque em breve começaremos uma jornada em que seus sofrimentos preencherão meu ódio eterno."

Minha coragem e perseverança foram reforçadas por essas palavras zombeteiras. Decidi não desistir do meu propósito. E invocando o céu para me ajudar, avancei com paixão irremissível e atravessei imensas regiões desertas, até que o oceano apareceu à distância e traçou a última fronteira do horizonte. Ah, como era diferente dos mares azuis do sul! Coberto de gelo, só podia ser distinguido da terra porque era mais desolado e mais acidentado. Os gregos choraram de alegria quando viram o Mediterrâneo das colinas da Ásia e comemoraram com alegria febril o fim de seus sofrimentos. Eu não chorei; mas ajoelhei-me e agradeci ao meu anjo da guarda, de todo o coração, por ele ter me guiado são e salvo até o lugar onde, apesar das ameaças do meu inimigo, esperava encontrá-lo e derrotá-lo.

Algumas semanas antes, eu havia comprado um trenó e cachorros para poder atravessar a neve com maior velocidade. Não sei se a criatura tinha o mesmo veículo, mas descobri que, assim como antes perdia uma vantagem em minha perseguição todos os dias, agora estava ganhando tão rapidamente que quando vi o oceano pela primeira vez ele estava há apenas um dia de vantagem, e eu esperava poder alcançá-lo antes que ele chegasse à praia. Assim, com renovada coragem, continuei a jornada e, dois dias depois, cheguei a uma vila miserável à beira-mar. Perguntei se eles haviam visto aquela criatura e consegui algumas informações. Eles disseram que um monstro gigantesco havia chegado lá na noite anterior, armado com um rifle e muitas armas, aterrorizando os habitantes de uma cabana solitária com sua horrível aparência. Ele havia roubado todas as provisões que tinham para o inverno e, colocando-as em um trenó atrelado a um bom número de cães treinados, partira na mesma noite, para o deleite dos moradores chocados e aterrorizados, e continuara sua jornada através do mar gelado, indo a lugar nenhum; e eles pensaram que não demoraria muito para ele morrer em uma fenda de gelo ou congelado naquelas geleiras eternas.

Quando ouvi essa informação, sofri um ataque de desespero temporário. Ele escapara; e agora eu teria de começar uma jornada perigosa e quase interminável através das montanhas de gelo que sobem no oceano, em meio a um frio que poucos seres humanos dessa parte podem suportar por um longo tempo e no qual eu, um homem nascido em um clima amigável e ensolarado, certamente não sobreviveria. No entanto, dada a ideia de que esse demônio poderia viver e sair triunfante, minha raiva e desejo de vingança retornaram como uma onda poderosa, impondo-se a qualquer outro sentimento. Depois de um breve descanso, durante o qual os espíritos dos mortos me cercaram e me incentivaram a continuar em busca de vingança, preparei-me para a viagem.

Troquei meu trenó por outro preparado para as intempéries do oceano gelado e, depois de fazer um bom estoque de provisões, deixei o continente.

Não sei quantos dias se passaram desde então, mas passei por sofrimentos que nada, exceto o sentimento eterno de uma vingança justa ardendo em meu coração, poderia me fazer suportar. Muitas vezes, imensas e íngremes montanhas de gelo me impediam a passagem, e muitas vezes ouvia os solavancos e explosões do fundo do mar quando ele se rompia, ameaçando me destruir. Entretanto mais neve caía e as estradas do mar ficavam novamente seguras.

A julgar pela quantidade de provisões que consumi, eu diria que três semanas de viagem se passaram. A demora contínua oprimia meu coração, e desânimo e dor muitas vezes arrancavam lágrimas dos meus olhos. Na realidade, o desespero quase se apossara de mim e logo eu iria mergulhar na mais completa miséria. Uma vez, depois que os pobres animais que me arrastavam com um sofrimento incrível chegaram ao topo de uma montanha de gelo e um deles, exausto pelo esforço, morreu, pude ver, angustiado, a enorme extensão de gelo que se abria diante de mim. Quando, de repente, meu olhar parou em um ponto escuro na planície sombria, afiei os olhos para descobrir o que poderia ser e soltei um grito selvagem de prazer quando vi um trenó, cães e as proporções deformadas de um ser conhecido. Ah, com que labareda de emoção a esperança ardeu novamente em meu coração! Lágrimas quentes embaçaram minha visão, mas eu rapidamente as afastei para que não me impedissem de ver aquela criatura. Todavia as lágrimas continuavam a rolar e me impediam de ver bem, até que, liberando as emoções que me oprimiam, explodi em lágrimas.

Mas não havia tempo a perder. Eu desatrelei os cães do companheiro morto, dei-lhes uma porção generosa de comida e, depois de descansar por uma hora, o que era absolutamente necessário e, no entanto, me aborreceu muito, continuei o meu caminho. O trenó ainda estava visível. Não o perdi de vista, exceto quando, por um breve momento, alguma pedra de gelo o ocultava com suas bordas afiadas. Era evidente que eu estava ganhando terreno para o propósito de minha perseguição. E quando, depois de mais dois dias de viagem, aproximadamente, eu me vi a menos de oitocentos metros de distância do meu inimigo, meu coração bateu poderosamente dentro de mim.

Mas então, quando o monstro parecia estar quase ao meu alcance, minhas esperanças desapareceram de repente, pois perdi qualquer vestígio dele, como nunca havia acontecido antes. Então eu ouvi o assoalho do mar. O rugido de seu avanço, conforme as águas rolavam e as ondas cresciam sob meus pés, tornava-se a cada momento mais sinistro e terrível. Tentei continuar, mas foi em vão. Uma nevasca se levantou, o mar rugiu e, com o violento tremor de um terremoto, a superfície gelada se partiu com uma explosão terrível e avassaladora. Logo tudo terminou: em alguns minutos, um oceano imponente se abriu entre mim e meu inimigo. E eu flutuei em um fragmento de gelo que se tornava menor a cada minuto e me preparava uma morte terrível.

Foram horas de um terror indescritível. Vários dos meus cães morreram, e eu estava prestes a sucumbir a tantas dificuldades, quando vi seu navio ancorado, o que me fez manter alguma esperança de obter alívio e poder salvar minha vida. Eu não imaginava que alguma embarcação pudesse navegar tão ao norte e fiquei verdadeiramente impressionado com essa visão. Eu rapidamente quebrei parte do meu trenó para construir remos e assim consegui, com um esforço infinito, mover meu barco de gelo em direção ao seu navio. Eu tinha decidido que, se você estivesse indo para o sul, me confiaria à piedade dos mares, em vez de abandonar meu objetivo. Eu esperava poder convencê-los a me emprestar um barco com o qual eu ainda pudesse procurar meu inimigo. Mas você estava indo para o norte. Você me colocou a bordo quando todas as minhas forças estavam esgotadas e eu estava prestes a sucumbir ao peso dos meus muitos infortúnios e me entregaria a uma morte que ainda temo, porque meu objetivo ainda não se cumpriu.

Ah! Quando será que meu espírito guardião me levará até aquele demônio e me concederá o descanso que tanto anseio? Ou devo morrer e ele viver? Se eu morrer, jure para mim, Walton, que ele não escapará, que você o procurará, cumprirá minha vingança e o matará. Mas como ouso pedir que você se encarregue da minha peregrinação, para suportar os sofrimentos que sofri? Não, eu não sou tão egoísta. No entanto, quando eu estiver morto, se ele aparecer, se os arautos da vingança o levarem para onde você está, jure que ele não viverá. Jure que ele não sairá vitorioso diante de todos os meus infortúnios e que ele não viverá para aumentar sua lista de crimes sombrios. Ele é eloquente e persuasivo, e em uma ocasião suas palavras tiveram algum poder sobre o meu coração. Mas não confie nele. Sua alma é tão infernal quanto sua aparência, apodrecida pela traição e pelo mal. Não dê ouvidos a ele. Chame pelos nomes de William, Justine, Clerval, Elizabeth, meu pai e do infeliz Victor e afunde sua espada dentro do coração dele. Estarei ao seu lado e mostrarei a você o caminho do aço.

Cartas

WALTON, em continuação

26 de agosto de 17...

Você já leu essa história estranha e assustadora, Margaret, e não sente seu sangue congelar de horror, como eu congelo nesse exato momento? Às vezes, tomado por um ataque repentino de angústia, ele não conseguia continuar sua história; em outras ocasiões, sua voz, partida e excitada, pronunciava com dificuldade as palavras repletas de angústia. Seus olhos delicados e charmosos estavam ora iluminados com indignação, ora repletos da mais dolorosa tristeza e de uma infinita miséria. Às vezes, ele conseguia dominar seus gestos e sua expressão, e contava os incidentes mais horríveis com uma voz calma, evitando qualquer vestígio de agitação. E então, de repente, explodia como um vulcão, seu rosto se transformava de repente e ele adquiria uma expressão de fúria selvagem enquanto lançava maldições sobre o monstro que o perseguia.

Sua história é coerente e ele a contou de tal maneira que parecia simplesmente a verdade. Contudo, reconheço, irmã, que as cartas de Félix e Safie, que ele me mostrou, e a aparição do monstro que vimos do navio me convenceram mais da verdade da história dele do que todas as suas declarações, por mais veementes e consistentes que fossem. Esse monstro é real, é claro, não posso duvidar. No entanto, estou um pouco confuso e me debato entre espanto e admiração. Às vezes eu tentava fazer Frankenstein me contar os detalhes de sua criação, mas nesse ponto ele era inflexível.

— Você está louco, meu amigo? — ele me dizia. — Aonde você pretende ir com sua curiosidade tola? Você também quer criar um demônio infernal para si e para o mundo? Calma, calma! Aprenda com meus infortúnios e não busque aumentar os seus.

Frankenstein descobriu que eu escrevia ou tomava notas relacionadas à sua história. Ele me pediu para vê-las, e as corrigiu e aumentou em muitos lugares, mas principalmente cuidava de dar vida e força às conversas que mantinha com seu inimigo.

— Como você preservou minha narrativa — disse ele —, eu não gostaria que a história fosse mutilada para a posteridade.

Assim, uma semana se passou, enquanto eu ouvia a história mais estranha que qualquer imaginação já criou. Meu convidado conseguiu que minhas emoções e todos os sentimentos de minha alma ficassem inebriados com sua história, um interesse que ele próprio tem encorajado com seu relato e a gentileza de seu caráter. Eu gostaria de ajudá-lo. No entanto, como posso aconselhá-lo a continuar vivendo, sendo alguém tão infeliz, sem qualquer esperança e conforto? Ah, não! A única alegria que ele poderá desfrutar virá quando ele preparar seus sentimentos perturbados para o descanso e a morte. Contudo, ele desfruta de um pouco de alegria, resultado da solidão e do delírio: ele acredita que, quando conversa com seus entes queridos em sonhos, e obtém algum conforto para esses infortúnios ou coragem para sua vingança, que eles não são criações de sua imaginação, mas os seres reais que o visitam das regiões do além. Essa fé confere alguma solenidade às suas ilusões, que são quase tão surpreendentes e emocionantes quanto a verdade.

Nossas conversas nem sempre são reduzidas a sua própria história e infortúnios. Demonstra um conhecimento notável da literatura e uma inteligência rápida e perspicaz. Sua eloquência é veemente e comovente: é claro que não consigo ouvi-lo sem lágrimas nos olhos quando ele narra um evento patético ou quando ele pretende excitar as paixões da piedade ou do amor. Que pessoa extraordinária ele deve ter sido nos seus bons tempos se, estando na miséria, é tão nobre e gentil! Ele parece reconhecer seu valor e a grandeza de sua queda.

— Quando eu era jovem — ele me disse —, sentia como se estivesse destinado a uma grande realização. Meus sentimentos eram muito intensos, mas eu tinha um julgamento tão equilibrado que me prometia triunfos notáveis. Esse sentimento de valor em relação a mim mesmo me incentivou nos momentos em que outros afundaram, porque eu considerava um crime desperdiçar em arrependimentos supérfluos aqueles talentos que poderiam ser úteis para meus semelhantes. Quando refleti sobre o trabalho que havia feito, nada menos que a criação de um animal sensível e racional, não consegui me considerar mais um entre todos os outros cientistas. Mas esse sentimento, que me encorajou no início de minha carreira, agora serve apenas para me mergulhar ainda mais na lama. Todas as minhas fantasias e esperanças deram em nada; e como aquele arcanjo que aspirava a onipotência, agora estou acorrentado no inferno eterno. Minha imaginação era viva, mas eu também tinha uma grande capacidade de estudo. E, graças à combinação de ambas as qualidades, pude conceber a ideia e executar a criação de um homem. Mesmo agora, não posso me lembrar sem emoção das ilusões quando o trabalho ainda estava incompleto: toquei o céu nos meus sonhos, às vezes exultante pela minha inteligência e às vezes orgulhoso com a ideia de suas consequências. Desde a infância, concebi as maiores esperanças e as mais altas ambições, e agora estou afundado! Ah, meu amigo! Se você me conhecesse como eu fui um dia, não me reconheceria neste estado de degradação. O desânimo raramente visitava meu coração. Parecia que um grande futuro esperava por mim, até que eu caí, para nunca mais me levantar!

Posso então perder esse ser admirável? Eu tanto desejei um amigo. Procurei alguém que pudesse me entender e me apreciar. E veja você, nesses oceanos desertos eu o encontrei, mas receio ter encontrado um amigo só para conhecer o seu valor e depois perdê-lo. Eu gostaria de reconciliá-lo com a vida, mas ele rejeita essa ideia.

— Agradeço, Walton — disse ele. — Agradeço-lhe por suas boas intenções para com um desafortunado tão miserável. Mas quando você fala sobre novos relacionamentos e novos afetos, você acredita que haja alguém que possa substituir aqueles que foram embora? Será que algum homem pode ser o que Clerval era para mim ou que alguma mulher possa tomar o lugar de Elizabeth? Mesmo que não tenha sido muito alto o grau de afetividade, os companheiros de nossa infância sempre exercem certa influência sobre nosso espírito: uma influência que dificilmente outra amizade poderá igualar. Eles conhecem nossos sentimentos de infância, que, embora possam se modificar com o tempo, nunca desaparecem por completo; e eles podem julgar nossas ações conhecendo melhor nossos motivos. Uma irmã ou um irmão nunca vai suspeitar que o outro o engane ou minta, a menos que isso tenha acontecido antes; enquanto outro amigo, embora nos aprecie muito, pode sentir, apesar de si mesmo, a pontada da suspeita. Mas eu tinha amigos, a quem amava não apenas por causa das relações de parentesco, mas por si mesmos; e, onde quer que eu esteja, a voz doce da minha Elizabeth ou as conversas com Clerval estarão sempre sussurrando em meus ouvidos. Eles estão mortos, e nessa horrível solidão apenas um sentimento pode me convencer a preservar a vida. Se eu estivesse envolvido em uma tarefa nobre ou em um projeto que fosse muito útil para meus semelhantes, poderia viver para realizá-la. Mas esse não é o meu destino. Devo perseguir e destruir o ser ao qual dei vida; então meu objetivo será cumprido e eu posso morrer.

02 de setembro

Minha querida irmã,

Escrevo para você rodeado de perigo e não sei se o destino me permitirá ver minha amada Inglaterra e os queridos amigos que aí moram novamente. Estou cercado por montanhas de gelo que impedem nosso movimento e ameaçam a todo momento esmagar o navio. Meus bravos homens, que convenci a serem meus companheiros, olham para mim pedindo ajuda, mas não tenho nada a oferecer. Há algo terrivelmente assustador em nossa situação. No entanto, minha coragem e esperança não me abandonam. Mas é terrível pensar que as vidas de todos esse homens estão em perigo por minha causa. Se morrermos, minha ideia tresloucada será a culpada.

Mas, Margaret, como estará você? Você não saberá da minha morte e esperará angustiada pelo meu retorno. Os anos se passarão e, às vezes, você cairá em desespero e ainda assim nutrirá esperanças. Oh, minha querida irmã! A dolorosa decepção de suas esperanças afetuosas agora parece mais terrível para mim do que minha própria morte. Mas você tem um marido e filhos adoráveis. E você será feliz. Que o Céu os abençoe e permita que você o seja!

Meu infeliz hóspede me observa com compreensão, tenta me dar esperança e fala como se a vida fosse algo que ele realmente amasse. Ele me lembra com que frequência esses incidentes aconteceram com outros navegadores que navegaram nos mesmos mares. Apesar de tudo, ele me encoraja com os melhores presságios. Até os marinheiros percebem a influência benéfica de sua eloquência. Quando ele fala, o desespero deles desaparece. Ele renova suas energias, e eles acabam acreditando que essas tremendas montanhas de gelo são pequenas colinas que vão desaparecer diante da vontade determinada do homem. No entanto, tudo isso é temporário, e todos os dias de esperança frustrada os enche de temor, e começo a temer que o desespero leve a um motim.

5 de setembro

Aconteceu algo tão estranho que, embora seja muito provável que essas cartas nunca cheguem até você, não posso deixar de relatar aqui.

Ainda estamos cercados por montanhas de gelo, ainda corremos o risco de ser esmagados pelo conflito entre elas. O frio é assustador e muitos dos meus infelizes camaradas já encontraram a morte em meio a esse cenário de desolação. Frankenstein está a cada dia mais doente; um fogo febril ainda brilha em seus olhos, mas ele está exausto e, se ele decide fazer algum esforço, imediatamente volta ao estupor completo.

Mencionei na minha última carta os medos que eu tinha de uma revolta. Hoje de manhã, enquanto observava o rosto pálido do meu amigo, com os olhos semicerrados e os braços pendurados sem vida, fui interrompido por meia dúzia de marinheiros que queriam que eu os recebesse na cabine. Eles entraram e o líder falou comigo. Ele me disse que ele e seus companheiros haviam sido escolhidos pelos outros marinheiros para formar uma comissão, a fim de exigir o que eu por justiça, não poderia negar a eles. Estávamos presos entre paredes de gelo e provavelmente nunca sairíamos vivos dali; mas eles temiam que, se o gelo descongelasse, o que poderia acontecer, e uma passagem se abrisse, eu fosse imprudente o bastante para continuar minha jornada e levá-los a novos perigos depois de conseguir, por sorte, escapar deste.

Então eles insistiram para que eu fizesse uma promessa solene: se o navio se libertasse, eu rumasse imediatamente para o sul.

Essa conversa me preocupou. Ainda não tinha perdido a esperança, nem pensara em voltar, se o gelo nos libertasse. No entanto, por justiça, poderia eu, mesmo que estivesse em minhas mãos, negar a eles esse pedido? Hesitei antes de responder, quando Frankenstein, que a princípio estivera calado e, na realidade, parecia que mal tinha forças para ouvir, sentou-se. Os olhos dele brilhavam e suas bochechas incharam com vigor momentâneo. Virando-se para os homens, ele disse:

— Como assim? O que vocês estão pedindo ao seu capitão? Então vocês abandonam o seu destino com essa facilidade? Vocês não disseram que esta expedição era gloriosa? E por que seria gloriosa? É claro que não seria porque a rota fosse simples e tranquila como no mar do sul, mas porque está cheia de perigos e horrores. Porque cada nova dificuldade exigiria mais de suas forças e sua coragem seria demonstrada. Porque quando a morte e o perigo os cercasse, vocês mostrariam sua coragem e a tudo venceriam. Por isso, essa era uma expedição gloriosa, por isso era uma companhia de honra. A partir daqui, todos os receberiam como benfeitores da humanidade, seus nomes seriam honrados como os de homens corajosos que enfrentaram a morte com honra e para o benefício da humanidade. E olhe para vocês agora! Ao primeiro sinal de perigo ou, se preferirem, antes do primeiro teste importante e aterrorizante da sua coragem, vocês se encolhem e preferem fugir como homens que não tiveram forças para resistir ao frio e ao perigo. Muito bem, pobres espíritos! Eles estavam com frio e voltaram para o calor de suas lareiras! Não precisávamos de tantos preparativos para

essa viagem! Vocês não precisavam ir tão longe ou arrastar seu capitão para a vergonha do fracasso, só para provar que são covardes. Ah, sejam homens, ou sejam mais do que homens! Sejam firmes aos seus compromissos e firmes como a rocha. Este gelo não é feito da mesma matéria que seus corações. Ele é fraco e não pode derrotá-los se vocês disserem que ele não os derrotará. Não voltem para suas famílias com o estigma da derrota marcado em suas testas. Voltem como heróis que lutaram e conquistaram e sem saber o que é dar as costas ao inimigo.

Ele disse isso com uma voz tão adequada aos diferentes sentimentos que expressava em sua fala, e com um olhar tão cheio de altos propósitos e heroísmo, que você pode imaginar que aqueles homens se comoveram. Eles se entreolharam e foram incapazes de responder. Eu falei. Disse a eles que se retirassem e pensassem em tudo o que havia sido dito: que não os levaria mais ao norte se eles realmente desejassem o contrário; mas que esperava que eles pensassem sobre isso e recuperassem a coragem.

Eles foram embora e eu me virei para o meu amigo, mas ele estava mergulhado em um profundo estupor e quase abandonando sua vida.

Como tudo isso terminaria, não sei. Mas prefiro morrer a voltar vergonhosamente, sem cumprir meu objetivo. No entanto, acho que esse será o meu destino. Os homens, que não sentem com fervor as ideias de glória e honra, nunca estariam dispostos a continuar a suportar as dificuldades que estavam enfrentando.

7 de setembro

A sorte está lançada. Concordei em retornar se não perecermos antes. Assim, minhas esperanças estão dominadas pela covardia e pela falta de coragem. Voltarei para casa sem descobrir nada e desapontado. É preciso mais filosofia do que conheço para suportar essa humilhação com bom ânimo.

12 de setembro

Tudo acabado. Estou voltando para a Inglaterra. Perdi a esperança de ser útil aos outros e de alcançar a fama, e perdi meu amigo. Mas tentarei descrever em detalhes esses eventos amargos, minha querida irmã. E se os ventos me levarem para a Inglaterra e até você, não estarei completamente infeliz.

No dia nove de setembro, o gelo começou a ceder e os rugidos do mar, como trovões, podiam ser ouvidos à distância, enquanto as ilhas se partiam e rachavam em todas as direções. Estávamos correndo um perigo extremo. Mas como tudo o que podíamos fazer era permanecer passivos, dediquei toda a minha atenção ao meu infeliz hóspede, cuja doença piorava a tal ponto que o prendera definitivamente à cama. O gelo estalava atrás de nós e os *icebergs* eram rapidamente arrastados para o norte. Uma brisa soprava do oeste e, no dia 11, uma passagem se abriu para o sul. Quando os marinheiros viram isso e descobriram que o retorno às suas aldeias estava praticamente garantido, começaram a gritar com uma alegria incontrolável que durou muito tempo. Frankenstein, que estava adormecido, acordou e perguntou o motivo do tumulto.

— Eles gritam porque em breve retornarão à Inglaterra — eu disse por fim.

— Então você realmente está voltando?

— Ah, Deus, sim! Não posso me opor aos pedidos deles. Não posso levá-los ao perigo se não quiserem, e devo voltar.

— Faça isso, se quiser. Mas não eu. Você pode abandonar seu objetivo, mas o meu foi atribuído a mim pelos céus, eu não me atrevo a abandoná-lo. Estou muito fraco, mas certamente os espíritos que me ajudam na minha vingança me darão força suficiente.

E ao dizer isso, ele tentou sair da cama, mas o esforço foi demais para ele. Ele caiu e perdeu a consciência.

Demorou muito tempo até que ele se recuperasse, e muitas vezes pensei que a vida o abandonara completamente. Depois de muito tempo, ele abriu os olhos, mas respirava com dificuldade e não conseguia falar. O médico deu a ele um remédio restaurador e ordenou que não o perturbássemos. Nesse meio tempo, ele me disse que certamente meu amigo não tinha muitas horas de vida.

Assim, sua sentença foi pronunciada, e eu só podia sofrer e ser paciente. Eu me sentei ao lado de sua cama, olhando para ele. Seus olhos estavam fechados, e eu pensei que ele estivesse dormindo. Mas então ele me chamou com um leve sussurro e, pedindo que eu me aproximasse, disse:

— Por Deus! As forças em que eu confiava me abandonaram. Sinto que morrerei em breve, e ele, meu inimigo e perseguidor, ainda vai estar vivo. Não acredite, Walton, que nos últimos momentos da minha existência eu ainda sinta aquele ódio feroz e aquele desejo ardente de vingança que uma vez expressei. Mas tenho o direito de desejar a morte do monstro. Durante esses últimos dias, estive examinando meu comportamento no passado, e não acho que ele seja censurável. Em um arroubo de loucura apaixonada, criei uma criatura racional e fui ligado a ela para garantir-lhe felicidade e bem-estar na medida do possível. Esse era meu dever, mas havia um dever ainda maior do que esse. Minhas obrigações com meus semelhantes eram mais fortes porque delas dependiam a felicidade ou o infortúnio de muitos outros. Assustado com essa perspectiva, recusei-me, e fiz bem em recusar, a criar uma companheira para a primeira criatura. Ele demonstrou uma maldade egoísta e sem paralelos. Destruiu meus entes queridos. Dedicou-se à destruição de seres que desfrutavam de maravilhosa sensibilidade, alegria e sabedoria. E eu não sei onde essa sede de vingança pode acabar. Por mais miserável que seja, para que ele não possa tornar os outros infelizes, ele deve morrer. A tarefa de sua destruição dependia de mim, mas eu falhei. Em uma ocasião, quando agi por egoísmo e desejo de vingança, pedi a você que completasse meu trabalho inacabado; e agora renovo meu pedido, quando sou induzido apenas pela razão e a virtude.

"No entanto, não posso pedir que você abandone seu país e seus entes queridos para realizar essa tarefa. E agora que você vai voltar para a Inglaterra, terá poucas chances de encontrá-lo. Mas deixo para você a consideração desses detalhes e a tarefa de avaliar o que você pode estimar como seus verdadeiros deveres. Minha razão e minhas ideias não são mais claras pela proximidade da morte. Não ouso pedir a você que faça o que acho certo, porque ainda posso estar perturbado pela paixão.

"Fico louco ao pensar que ele poderia continuar vivendo para ser um instrumento do mal, e ainda mais nesta hora, quando de um momento para outro aguardo minha libertação, a única hora de felicidade que desfruto há muitos anos. Já posso ver as imagens dos meus entes queridos mortos ao meu redor e quero me apressar para abraçá-los. Adeus, Walton. Busque a felicidade na tranquilidade e evite a ambição, mesmo que seja a ambição aparentemente inocente de se destacar na ciência e nas descobertas. Mas por que digo isso? Porque eu mesmo falhei em tais esperanças, mas talvez outro possa ter sucesso.

Sua voz se enfraqueceu ainda mais e, exausto por esse esforço, mergulhou no mais profundo silêncio. Cerca de meia hora depois, ele tentou falar novamente, mas não conseguiu; apertou minha mão fracamente e seus olhos se fecharam para sempre enquanto um sorriso gentil se desenhou em seus lábios.

Margaret, o que posso comentar sobre a partida prematura desse homem incrível? O que posso dizer que permitirá que você compreenda a profundidade de minha tristeza? Tudo o que eu possa dizer seria inapropriado e vulgar. Lágrimas escorrem pelo meu rosto. Minha mente está enevoada por uma nuvem de decepção. Mas já estou viajando para a Inglaterra e talvez lá encontre algum conforto.

Estou sendo interrompido. O que significam esses ruídos? É meia--noite, a brisa sopra suavemente e o vigia da ponte mal se move. Ouvi novamente aquele barulho, como uma voz humana, mas rouco e vem da cabine onde ainda estão os restos mortais de Frankenstein. Preciso me levantar e ir ver o que acontece. Boa noite, minha irmã.

Meu Deus! Você não sabe o que aconteceu! Ainda estou atordoado com a lembrança do que vi. Nem sei se terei forças para lhe contar com precisão. No entanto, tentarei, porque a história que transcrevi aqui estaria incompleta sem esse episódio final e surpreendente.

Entrei na cabine onde estavam os restos do meu infeliz hóspede. Sobre ele, se inclinava uma figura que não posso encontrar palavras para descrever. De estatura gigantesca, mas desproporcional e deformada. Como estava inclinado sobre o caixão, seu rosto estava oculto por longos fios de cabelos amassados, mas sua mão estendida parecia a das múmias, porque desconheço outra coisa que possa parecer com ele em cores e texturas. Quando ouviu um barulho e me viu entrar, interrompeu suas exclamações de dor e saltou para a janela. Eu nunca vi algo tão assustador quanto sua face, tão nojenta e tão assustadora. Fechei os olhos involuntariamente e me esforçava para lembrar qual era meu dever contra essa criatura. Eu gritei para ele ficar parado.

Ele se deteve. Olhando para mim espantado e depois se voltando para a figura sem vida de seu criador, ele pareceu esquecer minha presença, embora todos os seus movimentos e gestos parecessem movidos pela raiva mais violenta.

— Esta também é minha vítima — ele exclamou. — Com o assassinato dele termino meus crimes. A sequência miserável de seu ser está acabando! Ah, Frankenstein! Ser generoso e altruísta! Ousarei pedir que você me perdoe? Eu que irremediavelmente o matei porque matei aqueles que você mais amava. Ai de mim! Ah, ele morreu e não pode me responder!

Sua voz parecia embargada, e meu primeiro impulso, que foi obedecer ao pedido do meu amigo moribundo e acabar com seu inimigo, agora parecia tomado por uma mistura de curiosidade e compaixão. Aproximei-me dele tremendo, embora não ousasse olhá-lo: havia algo muito assustador e sobre-humano em sua horrenda feiura. Eu tentei dizer algo, mas as palavras morreram nos meus lábios. O monstro continuou a se culpar e a se repreender por loucuras e inconsistências. Por fim, decidi me dirigir a ele e, aproveitando uma pausa em suas lamentações, eu disse:

— Seu arrependimento — eu disse — não serve para nada. Se você tivesse sentido uma pontada de arrependimento antes de se vingar diabolicamente até esse extremo, Frankenstein ainda estaria vivo.

— Você está delirando? — disse o demônio. — Você acha que eu era insensível à angústia e ao remorso? Ele — acrescentou, apontando para o corpo — ele não sofreu na consumação dos fatos. Oh! Nem a milésima parte da angústia que sofri durante a vagarosa execução. Um egoísmo terrível me encorajava, enquanto meu coração sofria a angústia mais dolorosa. Você acha que os gemidos de Clerval eram música para meus ouvidos? Meu coração foi feito para o amor e a compreensão e, quando as desventuras me empurraram para o mal e o ódio, sofri tanto que você seria incapaz de imaginar.

"Quando Clerval morreu, voltei para a Suíça, de coração partido e derrotado. Eu sentia compaixão por Frankenstein, minha misericórdia se transformou em horror. Eu me odiava. Mas quando vi que ele, o autor *ao mesmo tempo de minha existência e meus tormentos indescritíveis, se atrevia a esperar a felicidade, que, enquanto empilhava infortúnios e desespero sobre mim, ele buscava sua própria alegria nos sentimentos e paixões amáveis que eram absolutamente proibidos para mim, novamente fui assaltado pela inveja impotente e indignação amarga que me encheram de uma sede insaciável de vingança. Lembrei-me da minha ameaça e decidi executá-la. Eu estava preparando para mim mesmo uma tortura mortal, eu era o escravo, não o mestre, de um impulso que eu detestava, mas não conseguia desobedecer. E quando ela morreu, não, naquele momento não me arrependi. Abandonei qualquer sentimento e subjuguei toda angústia para me revoltar no excesso do meu desespero. O mal daí em diante se tornou meu bem. Até agora, não tive escolha a não ser adaptar minha natureza para algo que eu tinha escolhido de bom grado. Decidi concluir meu plano diabólico, que se tornou uma paixão insaciável. E acabou. Aqui está minha última vítima!"*

Fiquei comovido, a princípio, com seus infortúnios, mas lembrei do que Frankenstein havia me dito sobre sua eloquência e sua capacidade de persuadir e, quando olhei novamente para os restos de meu amigo, minha indignação continuou:

— Miserável! — eu disse. — Muito bem: então você vem aqui para reclamar dos infortúnios que causou! Você joga uma tocha no meio de uma vila e, quando ela é destruída, você se senta no meio das ruínas e se arrepende de que ela tenha queimado. Maldito hipócrita! Se o homem por quem você lamentava ainda vivesse, continuaria a persegui-lo com sua sede de vingança. Não é compaixão que você sente. Só lamenta porque sua desculpa para causar o mal desapareceu!

— Não é isso; não é isso — disse a desova demoníaca — e, no entanto, essa deve ser a impressão que você tem de mim, porque esse *parece ter sido o significado de minhas ações. No entanto, não procuro um sentimento de solidariedade em minha infelicidade. Nenhuma simpatia posso encontrar. Quando procurei compaixão a princípio, só queria participar do amor ao bem e dos sentimentos de felicidade e alegria. Mas agora que a virtude nada mais é do que uma sombra para mim, e a felicidade e a alegria se tornaram desespero amargo e odioso, onde devo buscar entendimento? Não, estou contente em sofrer sozinho, embora tenha de sofrer. E quando eu morrer, aceitarei que o ódio e a censura repousem sob a minha memória. Em uma ocasião, minha imaginação se encantou com sonhos de virtude, fama e alegria. Uma vez, esperei encontrar alguém que, ignorando minha aparência externa, me agradecesse pelas excelentes qualidades que eu certamente possuía. Naquela época, estava tomado pelos altos ideais de honra e abnegação. Mas agora a maldade me afundou até converter-me em um verme bestial. Não há culpa, maldade, malignidade, miséria que possa ser comparada à minha e, quando recapitulo a lista horrenda de meus atos, mal posso acreditar que sou aquele cujos pensamentos um dia foram animados pelas visões sublimes e transcendentes do amor e da beleza. Mas é assim. O anjo caído se torna um demônio do mal. Mas ele, mesmo ele, o inimigo de Deus e do homem, tinha amigos e companheiros. Eu estou absolutamente sozinho.*

"*Você, que se intitula amigo de Frankenstein, parece saber algo sobre meus crimes e meus infortúnios. Mas, na história que ele pode ter contado sobre meus sofrimentos, ele não foi capaz de contar as horas e os meses de miséria que eu suportei enquanto minha alma ardia em fúria e desamparo. Porque quando destruí o futuro deles, não satisfiz meus próprios desejos, que eram tão ardentes e devoradores como sempre. Eu ainda queria amor e companhia, e eles sempre me desprezavam. Isso não era uma injustiça? E eu sou o único criminoso, quando toda a humanidade pecou contra mim? Por que você não odeia*

Félix, que expulsou seu amigo de sua casa com indignação? Ou por que não odeia o homem que queria matar quem salvou sua filha? Não, é claro: são seres virtuosos e imaculados, enquanto eu, o miserável e pisoteado, sou apenas um aborto que deve ser desprezado, espancado e odiado! Mesmo agora meu sangue ferve quando me lembro de tanta injustiça.

"Mas é verdade que estou infeliz. Eu destruí tudo que é belo e indefeso. Eu cacei os inocentes enquanto eles dormiam e estrangulei até a morte o pescoço daqueles que nunca me machucaram. Eu levei meu criador, o exemplo de tudo o que é digno de amor e admiração entre os homens, ao sofrimento; eu o persegui até a irremediável ruína. Lá está ele, branco e frio, na morte. Você me odeia, mas seu ódio nem pode ser comparado ao que sinto por mim mesmo. Olho para as mãos que cometeram esses atos, penso no coração que os planejou e anseio pelo momento em que essas mãos fecharão meus olhos quando a perturbação não assombrar mais meus pensamentos.

"Não tema: não voltarei a fazer mal. Meu dever está quase completo. Nem a sua morte nem a de qualquer homem é necessária para consumar minha existência e alcançar o que deve ser feito, apenas a minha será. E não pense que tardarei a realizar o sacrifício. Eu abandonarei seu navio; e, no iceberg que me trouxe aqui, procurarei o extremo mais ao norte do mundo que o globo possa ter. Eu mesmo erguerei minha pira funerária e me consumirei em cinzas, para que meus restos mortais não possam sugerir a qualquer desgraçado curioso e ingênuo que ele possa ser capaz de criar outro como eu. Morrerei. Não sentirei mais a angústia que me consome, nem serei vítima de sentimentos insatisfeitos e eternos. Quem me criou morreu e quando eu morrer a própria memória de nós dois morrerá para sempre.

Não vou mais ver o sol, nem as estrelas, nem sentirei o vento no meu rosto. Luz, sentimentos e razão morrerão. E então eu vou encontrar a minha felicidade. Alguns anos atrás, quando as imagens do mundo se mostraram para mim pela primeira vez, quando eu senti o calor feliz do verão e ouvi o murmúrio das folhas e o gorjeio dos pássaros, e aquilo era tudo para mim, eu teria lamentado morrer; mas agora a morte é o meu único consolo. Empequenecido no crime e corroído pelos mais amargos arrependimentos, onde posso encontrar descanso, exceto na morte?

"Adeus. Estou indo, você será o último homem a quem estes olhos contemplarão. E adeus, Frankenstein! Se na morte ainda lhe restar algum desejo de vingança, ficaria mais satisfeito se eu continuasse a viver do que com a minha morte. Mas isso não vai acontecer. Você queria a minha destruição absoluta para que eu não pudesse causar maior sofrimento aos outros, e, de uma forma desconhecida por mim, você não cessou de pensar e sentir, você não desejou uma vingança maior do que aquela que estou sofrendo. Embora você estivesse destroçado, minha agonia é maior que a sua, pois a picada amarga do remorso não cessará de atormentar minhas feridas até que a morte as feche para sempre.

"Mas em breve", gritou ele, com entusiasmo triste e solene, "morrerei e o que agora sinto não será mais sentido. Logo, esses pensamentos, essas feridas dolorosas, não existirão mais. Eu levantarei triunfante minha pira funerária, e as chamas consumirão meu corpo. A luz dessa conflagração vai desaparecer; minhas cinzas serão varridas para o mar pelos ventos. Meu espírito vai dormir em paz, ou se pensar, certamente não pensará assim. Adeus!"

Depois de dizer isso, ele saltou pela janela da cabine e caiu em um bloco de gelo que estava ao lado do navio. As ondas o afastaram da embarcação e logo ele se perdeu na escuridão e na distância.

Fim

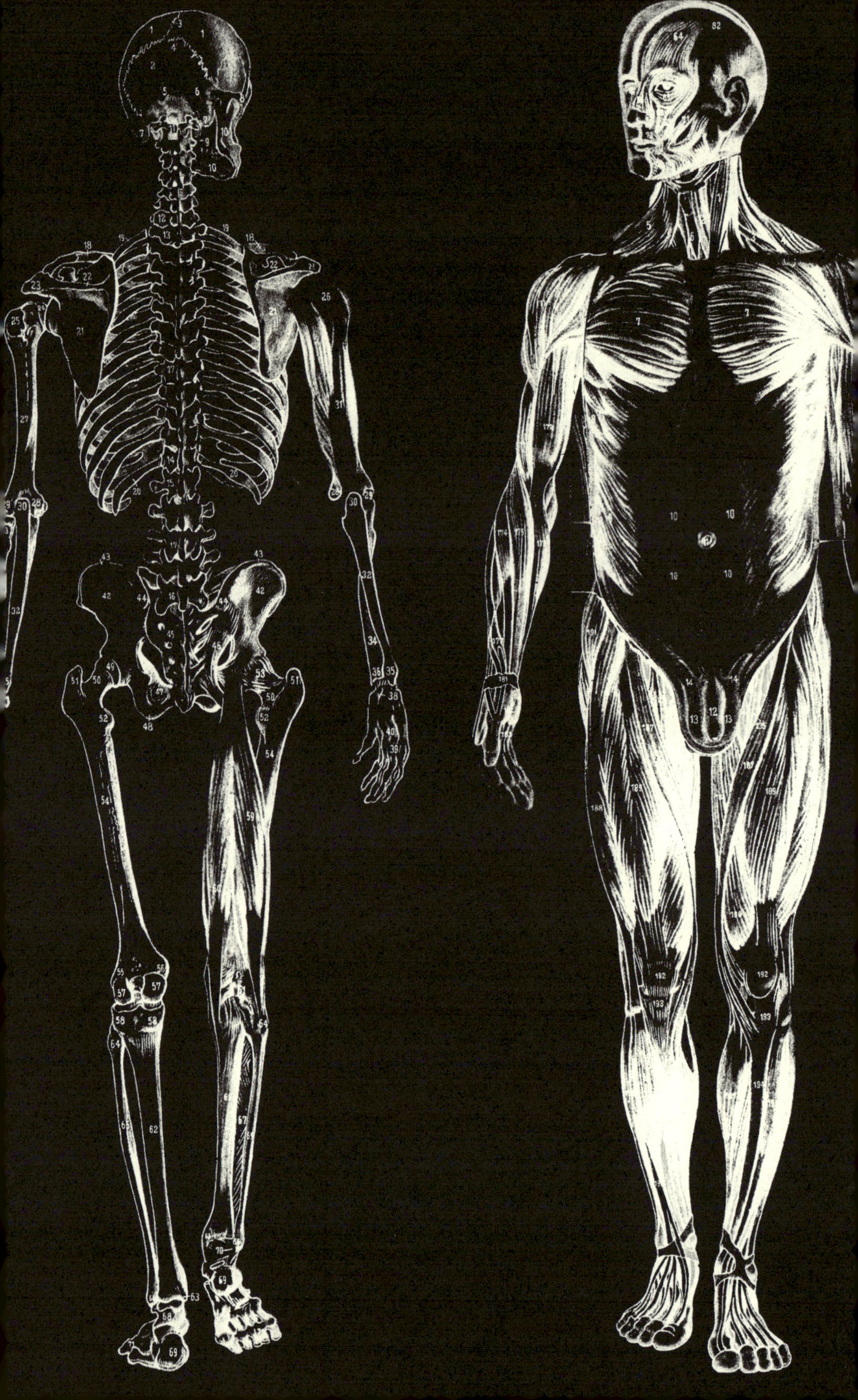

A anatomia do monstro

EMBORA A CULTURA POPULAR tenha associado o nome Frankenstein à criatura, na verdade, esta não é nomeada por Mary Shelley. Referida muitas vezes como "desgraçado", "demônio", "monstro" e "criatura", é somente após o lançamento da série cinematográfica *Frankenstein*, pela Universal Studios na década de 1930, que o público passou a nomear a criatura assim. Se o homem, por natureza, nomeia tudo aquilo o que vê, e com isso confere às coisas o *status* de "ser" e "existir", como imaginar algo que não tem nome? Afinal, como é a criatura?

É descrita como uma forma estranha e disforme, sendo apenas uma coleção de coisas díspares costuradas em uma nova "coisa". A informação mais precisa que temos é que ele mede cerca de 2,5 metros de altura e é proporcionalmente grande. Isso significa que o braço de um ser humano não seria suficiente para compor o braço da criatura, seria necessário unir várias partes, de vários corpos. A criatura não é, portanto, algo ressuscitado, mas algo novo. Ainda que haja inúmeras ilustrações, são meras interpretações, já que o próprio Victor afirma que jamais seria possível descrevê-la.

> *"Oh! Nenhum mortal aguentaria o horror daquele semblante. Uma múmia a qual se devolvesse o movimento não seria tão horripilante quanto aquela criatura. Eu havia olhado para ele antes de terminado. Ele era repulsivo então, mas quando os músculos e os ligamentos adquiriram mobilidade, ele se transformou em algo que nem mesmo Dante teria conseguido imaginar."*

E como se deram as interpretações da criatura ao longo do tempo? Aqui, por exemplo, está um pôster de Thomas P. Cooke e como ele retratou o monstro de Frankenstein na peça de 1823, "Presunção, ou o destino de Frankenstein". É a adaptação de palco mais antiga do romance de Mary Shelley e, portanto, o primeiro retrato conhecido do monstro.

(Thomas P. Cooke, do Theatre Royal Covent Garden, no personagem do monstro. Nathaniel Whittock, 1823. Biblioteca Pública de Nova York.)

Aqui está um frontispício para a adaptação de Milner, *Frankenstein*, de 1826, *ou o Homem e o Monstro*:

MR. O. SMITH AS THE MONSTER.
in
FRANKENSTEIN.

(*Frankenstein; ou O homem e o monstro*. Um espetáculo pantomímico, romântico e melodramático. Carl H. Pforzheimer, 1826. Biblioteca Pública de Nova York.)

O ator O. Smith tem as mechas esvoaçantes descritas no romance de Shelley, as roupas largas, de outros, e nenhuma desfiguração.

A peça de Peake estrearia, em 1823, no *Standard Plays de Dick*, e a capa, em uma edição sobrevivente de meados do século XIX, nos dá outro olhar importante sobre a criatura.

Nada do que se poderia esperar de uma coisa, que "nenhum mortal aguentaria o horror daquele rosto", certo?

A sequência de imagens a seguir, todas referentes à peça de Peake, nos dão uma noção do que aterrorizava o público do século XIX. Aqui a criatura é azul ou verde, com boca vermelha, e algumas vezes com *mullets* enormes. A mais impressionante, no entanto, é aquela em que aparece sequestrando uma criança.

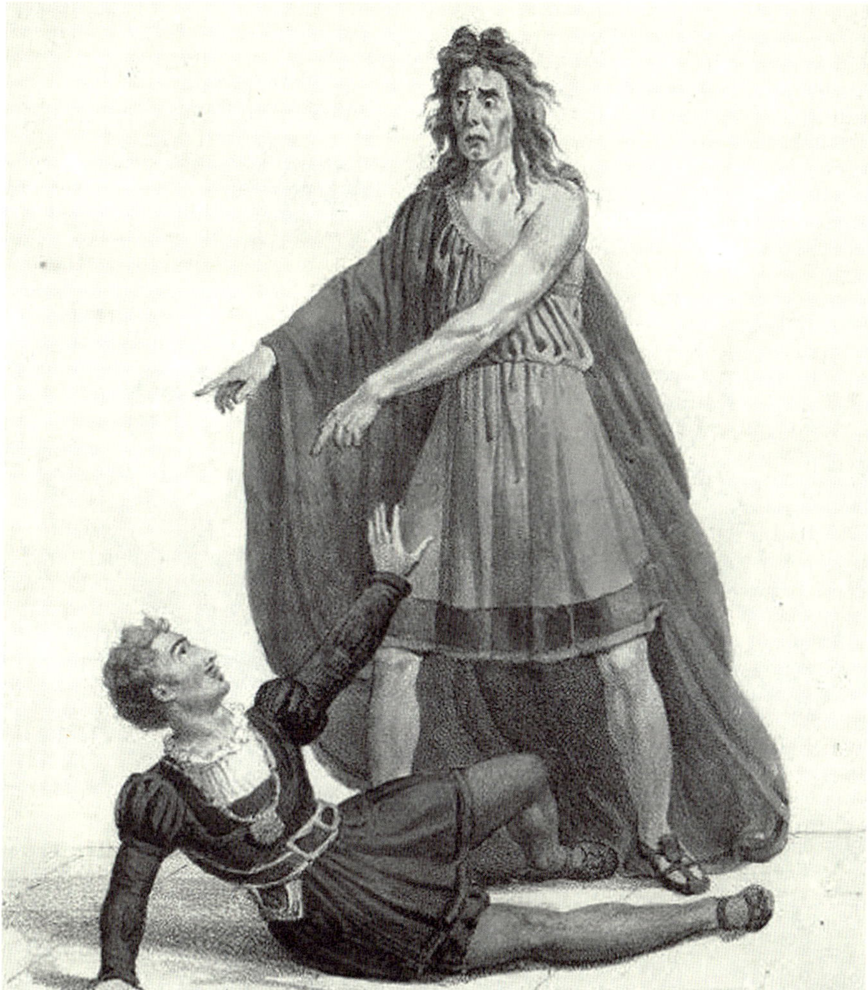

LE MONSTRE ET LE MAGICIEN.

L'apparition du Monstre

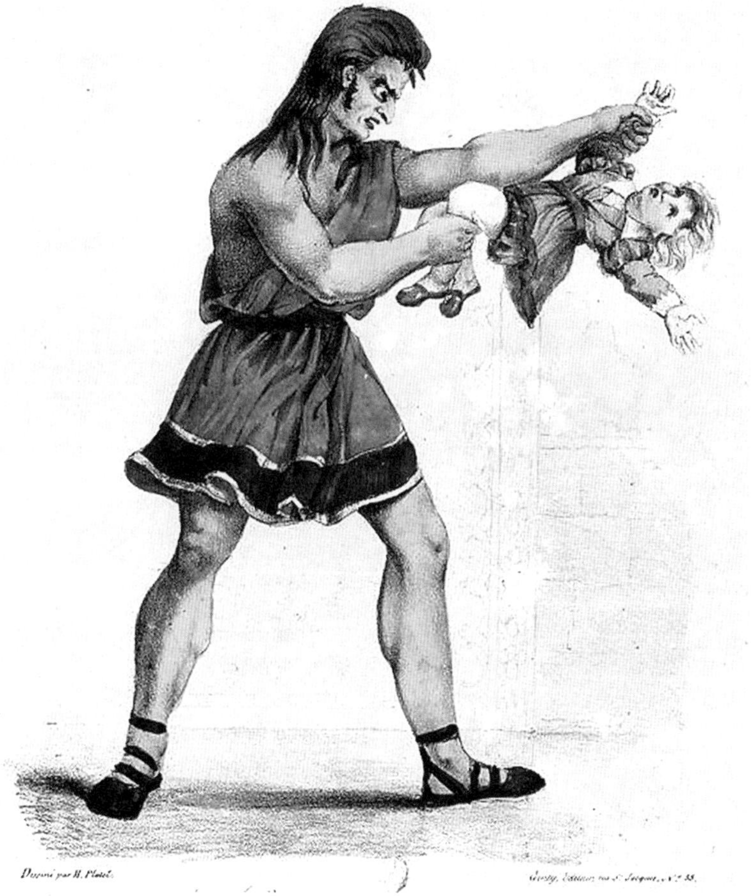

Dessiné par H. Platel. …sty, Éditeur, rue S. Jacques, N.° 33.

Não poderíamos deixar de falar da representação que ilustra essa edição. Mary Shelley supervisionou a edição de 1831 de seu romance na *Standard Novels Edition*. O frontispício da republicação de maior prestígio de seu romance é esta imagem famosa:

Novamente, a criatura é representada de forma bastante humana: nada de azul ou verde, tampouco em posição de ameaça, como nas representações anteriores. Essa imagem evoca o terror de Victor, mas também a inabilidade e, por que não, fragilidade da criatura.

Do teatro ao cinema

Foi no cinema que a obra se tornou um fenômeno. Desde o primeiro filme, houve cerca de 150 outras versões em diferentes formatos. O Catálogo Edison Kinetogram apresenta uma imagem estática da criatura da primeira versão cinematográfica de *Frankenstein*, de 1910, dirigida por J. Searle Dawley. Charles Ogle interpreta o monstro.

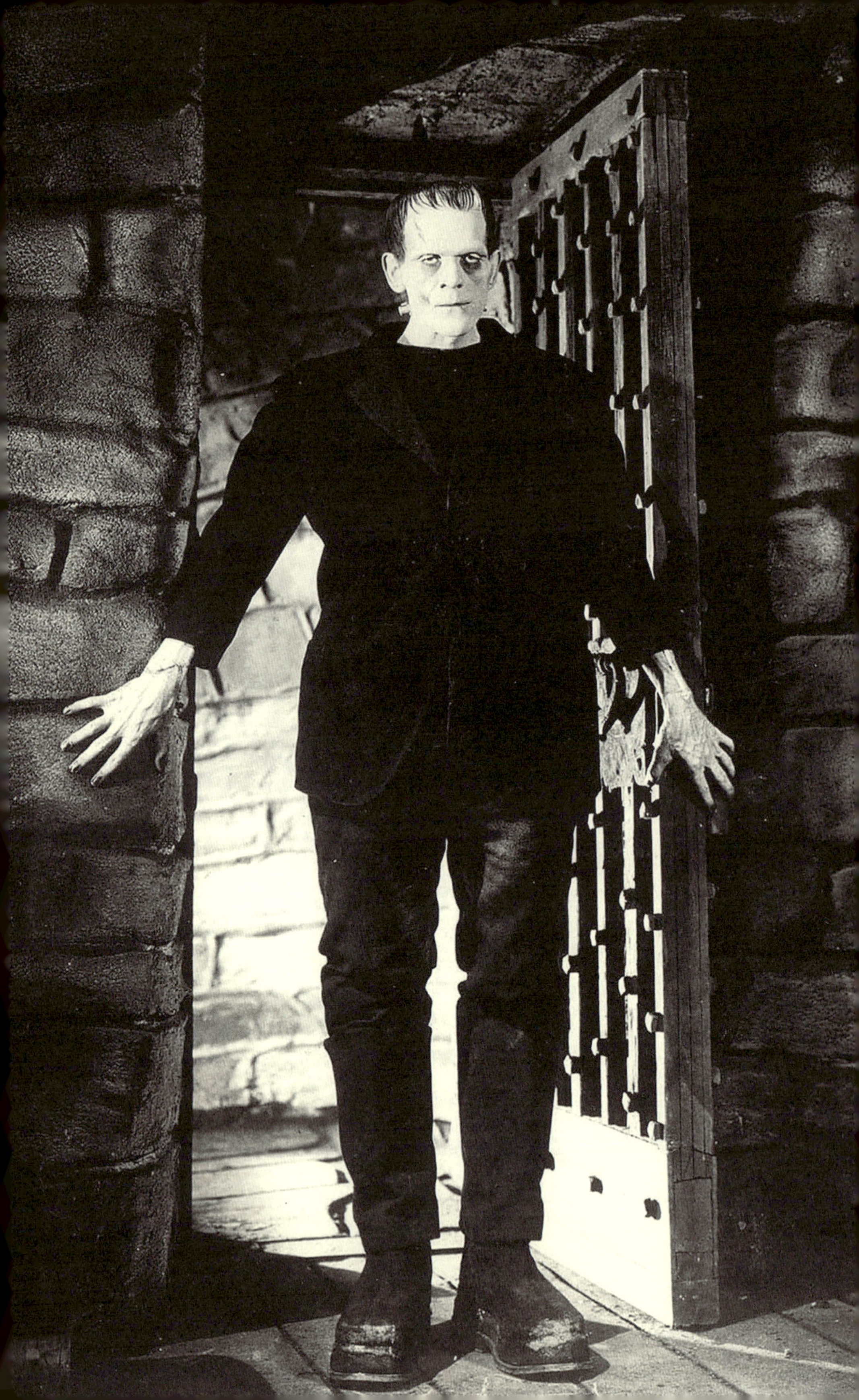

A versão cinematográfica mais influente é, claro, a do monstro interpretado por Boris Karloff, em *Frankenstein*, 1931, de James Whale.

Está vivo!
Está vivo!

Foi assim que o Universal Studios trouxe ao mundo a imagem mais famosa do monstro, interpretado pelo britânico Boris Karloff (1887-1969). Jack Pierce, diretor de maquiagem da produção, transformou Karloff naquilo que se tornaria um verdadeiro mito. A imagem que criaram juntos é mais influente de nossos dias. Foi a partir dela que milhares de "imitações" surgiram: todas as adaptações cinematográficas seguintes optaram por levar em conta a caracterização e a maquiagem de Karloff. Além disso, todos os trejeitos da criatura foram também reproduzidos: seu jeito vagaroso de andar, sua mudez, são aquilo que primeiramente nos vem à cabeça quando pensamos em *Frankenstein*.

A sua sequência, em 1935, terminou por concretizar o mito e representou um verdadeiro sucesso. *A Noiva de Frankenstein* foi considerada mais fiel ao romance, por introduzir temas como pena, por exemplo, e não deixar de fora o egocentrismo e o complexo de deus de Victor Frankenstein.

(Foto de Elsa Lanchester e Boris Karloff do filme de 1935, *A noiva de Frankenstein*)

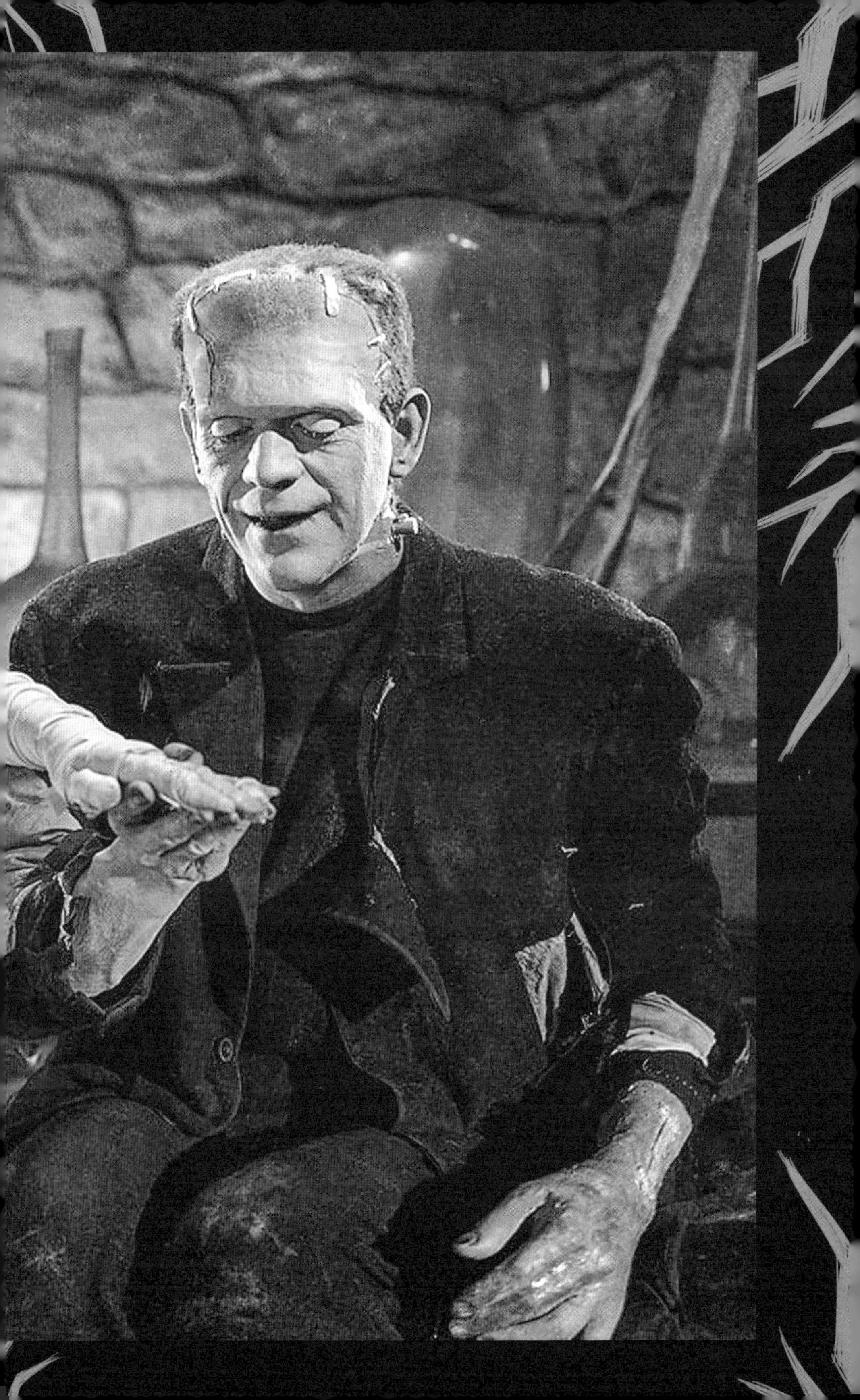

(O monstro de Frankenstein no cartoon editorial sobre o movimento Free Silver, 1896. Fort Wayne Weekly Gazette 29 de outubro de 1896, p. 20)

REFERÊNCIAS

BBC BRASIL. O que explica nosso fascínio com Frankenstein, 200 anos após sua criação? Disponível em: <http://www.bbc.com/portuguese/geral-42537245>. Acesso em: 10 set. 2021.

FRANKENSTEIN MEME. Literary Images of Frankenstein: What Does the Creature Look Like? Disponível em: <https://frankensteinmeme.com/the-frankenstein-meme-project/literary-images-of-frankenstein-what-does-the-creature-look-like/>. Acesso em: 10 set. 2021.

UNESPCIÊNCIA. 200 anos de Frankenstein. Artigos discutem obra clássica de Mary Shelley. Disponível em:<http://unespciencia.com.br/2018/04/01/200-anos-de-frankenstein/>. Acesso em: 10 set. 2021.

Os filmes vieram estabelecer a imagem de monstro irracional e, por isso, a obra é considerada, sobretudo, de terror. No entanto, os elementos fantásticos somados às indagações existenciais é que conferem o status de obra-prima. Originalmente, o cientista dá vida a uma criatura sensível, curiosa e reflexiva. O cerne da história é a busca por propósito e os papéis que podemos desempenhar na sociedade. O monstro não escolheu existir e questiona sua própria existência. Partilhamos com a criatura uma das mais fundamentais questões humanas:

"Por que existimos?".

"Ah, Frankenstein! Não seja justo com todos os outros e destrua só a mim, a quem você mais deve sua misericórdia e seu amor. Lembre-se de que eu sou sua criação. Eu deveria ser seu Adão, mas, pelo contrário, sou um anjo caído, a quem você privou da alegria sem nenhuma culpa."

INFORMAÇÕES SOBRE NOSSAS PUBLICAÇÕES
E NOSSOS ÚLTIMOS LANÇAMENTOS

- editorapandorga.com.br
- /editorapandorga
- @pandorgaeditora
- @editorapandorga

PandorgA